天南诗星

——1937至1949云南诗选

选录初编　罗铁鹰
校审定稿　蔡正发

云南出版集团
云南美术出版社

图书在版编目（CIP）数据

天南诗星：1937至1949云南诗选 / 罗铁鹰选录初编
.-- 昆明：云南美术出版社, 2018.5
ISBN 978-7-5489-3213-0

Ⅰ.①天… Ⅱ.①罗… Ⅲ.①诗集－中国－现代
Ⅳ.①I226

中国版本图书馆CIP数据核字（2018）第100302号

出 版 人：李　维　刘大伟
责任编辑：赵　婧
责任校对：郑经轶　赵异宝
装帧设计：赵建丽　沈正红

天南诗星

——1937 至 1949 云南诗选

选录初编　罗铁鹰
校审定稿　蔡正发

出版发行：云南出版集团
云南美术出版社（昆明市环城西路609号）
制　　版：昆明凡影图文艺术有限公司
印　　刷：昆明滇印彩印有限责任公司
开　　本：889mm×1194mm 1/32
印　　张：11.5
字　　数：350千
版　　次：2018年6月第1版
印　　次：2018年6月第1次印刷
ISBN 978-7-5489-3213-0
定　　价：52.00元

▲陈长平先生收藏《战歌》主编罗铁鹰和他的诗友们：

前排右起：罗铁鹰、雷溅波、欧小牧；后排右起：包白痕（包谷）、聂索、谢成仪（平风）、卜兴纯（胡笳）。

▲右起：陈长平、包白痕、陈长平夫人孙琼（2006年摄于包白痕家）。

目 录

第一编 抗倭寇战歌

第一组 我们上前线

第二组 冲上去呀

第三组　站在西南的山冈上

第四组　荒野的呼唤

第五组　我要努力寻获这一天

第六组　补遗：我们是钢铁的一群

第二编　争民主呐喊

第一组　物价又涨了

第二组　站在民主墙的前面

第三组　杂感

第四组 黎明的小唱

第三编　旧体诗词

序

这部诗歌选集从收集至今已经过去了 30 多个春秋！

20 世纪 80 年代初，福建师范大学陈钟英（福建省杰出人民教师，先后任过福建师大副校长、省人大常委、省政协常委、新华南女子学院院长等要职）和陈宇两教授为了收集林徽因女士抗日战争时期的诗作驾临昆明，由我引路找到了当年《战歌》诗刊的主编罗铁鹰先生。我知道罗先生天天到各图书馆去查找抄录抗日战争时期刊载于云南各报刊上的诗歌。罗先生说：“云南抗战文学在中国现代文学史上的地位不容忽视！我要尽自己的能力将这段历史告诉后人。”不久，他便将诗歌选抄初编成书稿，并将书名定为《天南诗星——1937 至 1949 云南诗选》寄给福建人民出版社请托高农先生审编出版，高先生根据其入选标准将罗先生原书稿入选之诗抽出了大半，只保留了 154 首新体诗（目录为 155 首，其中一首有目无诗）和 23 首旧体诗词，分为抗日战争时期、解放战争时期和旧体诗词三大部分，将书名更改为《红了山茶，绿到天涯——1937 至 1949 云南诗选》，并于 1984 年六七月写了《前言》和《后记》（见附录一、二）交其所供职的福建人民出版社出版。但罗先生尚未来得及见书，便于 1985 年带着遗憾离开了人间。

罗先生临终前委托其诗友包白痕先生卒其未竟之事。福建人民出版社则因故未能将高先生编定的书稿发排而搁置了 13 年。直到 1997 年 9 月，高农先生才应包白痕先生之请将书稿退还到包先生处，并附信（见附录三）说明了未能出版的原因。又过了 9 年，2006 年，包白痕先生临终前又将书稿委托友人陈长平先生保存并设法出版。2012 年 11 月，陈长平先生之贤侄陈秀峰先生将这部书稿交到我手中令我校对重编，语重心长地说：“家叔委托蔡教授全权负责，玉成此事！”

我当年见罗铁鹰先生废寝忘食选编这部诗集，未能给予任何帮助，一直心怀愧疚。30 余年后却有机会来完成罗铁鹰先生未竟之事而了却其心愿，弥补对罗先生之亏欠以慰其在天之灵。这真既是缘分，更是幸运，何乐而不为?

在罗铁鹰先生和高农先生初编、再编的基础上，我又做了如下几项工作：

1．恢复初编书名并重新拟各组标题。高农先生原定书名《红了山茶，绿到天涯——1937至1949云南诗选》象征性太强又过于诗化而不易于读者的理解。所以我将书名恢复为罗铁鹰先生初编所题《天南诗星——1937至1949云南诗选》，这一书名浓缩了茅盾先生对《战歌》的颂扬用语且直白而便于一般读者的理解与接受。恢复书名的同时，重新拟定各组标题。高先生编定的书稿分为三级：第一级为部分；第二级为辑，分别用（一）、（二）……为序号加上标题各统领十几首或二十几首诗；第三级为单首诗。其中第二级标题体例未做统一，有时用《国歌》歌词为题；有时用该组诗中某一首诗的标题为题；有时又由编者自拟题。我则将全书分为编、组、首三级，第一、二编分组，各组一律选用本组中有一定代表性的某首诗之标题为组标题；第三编旧体诗词不分组，由编直接统辖单首诗。

2．增补内容。将高农先生再编的书稿与抽出的诗作全部审读一遍。因国民党军队正面战场抗日之功在1984年尚未获得充分肯定，高先生可能受这一时期的政治气候影响而抽出了一些不应抽出的佳作。如李根源的《滇缅战场记事诗》，记写中国远征军在滇西大反攻中取得攻克孟关、缅甸境内，收复腾冲、龙陵等重大胜利；刘文典《天兵行》“三十三年（1944）秋闻我军渡江而作”；李苇的《秋收》叙述国民革命军第六十军帮助老百姓秋收：“不等起床号／大家就起床／排长连长领着走／拿起镰刀到田庄／不怕流汗不怕累／大家好比上战场！”等在1984年还是犯忌的，所以不能入选而被抽出完全可以理解！现在将这些佳作重新补入诗集以避遗珠之憾。我将高先生抽出的新体诗又选录了25首，为了大致保持高先生所编书稿各部分的顺序，其中抗日战争时期的23首自为一组“补遗”列于第一编抗倭寇战歌之末。选录了解放战争时期的《鼓吹又响起来了》（包白痕）、《站在民主墙的前面》（何达）两首编入第二编争民主呐喊中，分别置于第一组末尾与第二组开头。还将高先生抽出的旧体诗词选录了7首编入第三编旧体诗词，同时从《台儿庄大战诗词选》中选录了赵德恒《边关不少奇男子》两首七律和伍卓峰《吊病故道旁丨哥吾同志》一首七律，从鲁道源《铁锋集》选录了《酣战找桥战场》《中秋月夜》《清明节》三首七律编入本编。本编凡 37 首旧体诗词，一律按发表时间先后排列，同一人收有多篇作品者，其作品连续编排，不插入他人的作品，排列于该编之位置以发表最早的一篇为准。另外，《六十军军歌》在抗日战争中的传播面之广，影响力之强，在云南全部抗战诗歌中无出其右者。遗憾的是罗铁鹰先生没有把它当作诗作入选。我则将《六十军军歌》、《六十军出征歌》、《云南省妇女战地服务团团歌》、王旦东《五里亭送郎出征》、王锡光《滇缅公路纪念歌》、梁继先《欢迎六十军健儿出征抗日》、《昆明小学教师进修集训队歌》凡七首歌词作为好诗录于第一编抗倭寇战歌第一组之首。

3．介绍作者。抗战胜利距今已 70 多年，入选这部诗集的绝大多数作者早已为今天的大多数读者所不知。所以本人尽己之所能给其中凡能查找到材料的作者做了简单介绍，以期有利于读者对其作品的深入理解。同一人而本书选录多首诗者，在第一次出现其诗作后做简介。

4．校勘罗铁鹰先生原稿脱误与高农先生再编稿之误改。可能由于时间仓促，罗铁鹰先生原所抄录之诗作，有的忘了记下作者姓名，有不少则漏了发表该诗作刊物的出版时间，时有字、词、句漏、误的情形，有时硬伤颇重！如陆晶清《醒来，酣睡着的人们》中“战火燃烧到你的门前／屠刀环绕在你的身边”两句被误合为一句：“战火燃烧在你的身边”。高农先生再编稿中有的目录中见篇目而书稿中无诗作，有的则书稿中有诗作而目录中查不到篇目。由于时间过了 30 余年，原稿又几经转手，高农先生所抽出的诗作至少缺失了一册，所以要查寻到有篇目无诗的作品无异于大海捞针，不得已只好放弃查找，从原目录中删除篇目作罢。我主要将精力用于订正抄录诗作漏误的字、词、句，以及查正诗作发表刊物的出版时间等琐细工作。同时，将高农先生误改者做了必要的订正。

5．酌情注释。在三编诗作中，我认为第三编旧体诗词是本书中艺术价值最高之所在，在思想内容方面也绝不低于前两编。其缺点是稍嫌古奥，一般读者不易读懂而较难获得美的享受。因此我花了较多工夫给这几十首诗词中的典故和生僻的词语做了注释，并给大多数作者做了简介。

本书所选诗中有少许字词作者有原注，罗铁鹰选录时又做过少许注解。为避掠美之嫌，在诗末注释中均用“原注”“作者原注”“选录者原注”“高农原注”等注明。原注明显错误者未采用。

6．统一体例。

（1）罗先生初编和高先生再编书稿所选各诗出处与时间的体例未统一。表示发表时间和刊物卷、期次第的数字有时用中，有时用西；有时用年、月、日，有时则分别用一个点替代年、月、日；位置则有时放在报刊之名前，有时又放在报刊之名后。我则将各诗发表时间一律置于发表该诗作的报刊名之前，全部用阿拉伯数字并加年、月、日表示；刊物则一律用中文序数“第一”“第二”“第三”等表示其卷、期次第。有的刊物，如《枫林文艺》期、集、辑不清，有时用期，有时用集，有时用辑。经查证，该刊共出刊六期，故本书将集、辑一律改为“期”。

（2）原编者所选录之诗，有的有标点，有的无标点。凡原来无标点者，本书一律酌情加上现代标点符号，原有标点明显不当者，做了自认为适当的订正，不做任何说明。

（3）原编者所选录诗中，凡用在定语后助词的“底”字，一律改作“的”字，用在状语后的助词“的”一律改作“地”字。不做任何说明；

（4）诗歌原作者所注明写作时间年、月、日一律改用阿拉伯数字标注，不再加任何说明。

至于出版本书的意义，高农先生所编书稿《前言》中已经做了较清楚的阐释。我就不赘述了。

蔡正发

2013年1月

第一编　抗倭寇战歌

第一组　我们上前线

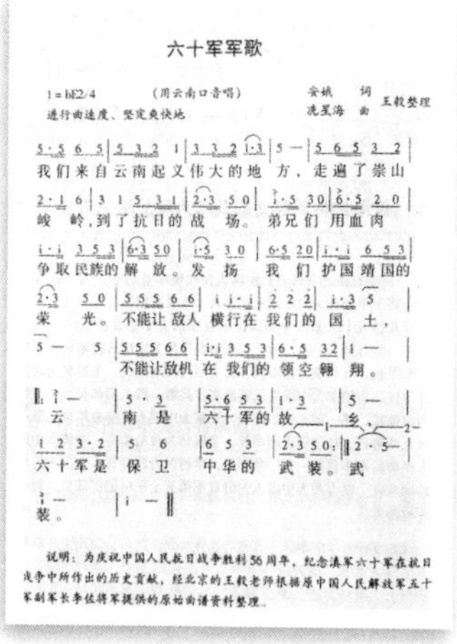

六十军军歌

安娥作词　冼星海谱曲

我们来自云南起义伟大的地方，
走过了崇山峻岭，
开到抗日的战场。
弟兄们用血肉争取民族的解放，
发扬我们护国、靖国的荣光。
不能任敌人横行在我们的国土，
不能任敌机在我们领空翱翔。
云南是六十军的故乡，
六十军是保卫中华的武装！

云南是六十军的故乡，
六十军是保卫中华的武装！

（1938 年 2 月，国民革命军第六十军于武汉开始高唱此歌。）

（审校后记：1990 年，广东教育出版社所出版的《冼星海全集》中《六十军军歌》歌词略异，兹录如下备参。但六十军官兵始终未唱过如下歌词，可知下录非安娥所作原词而显系后人所改：

我们来自云南起义伟大的地方／横穿过贵州、湖南开赴抗敌的战场／弟兄们用血肉争取民族的解放／保卫蔡松坡留给我们的荣光／不能让敌人横行在我们的国土／不能等敌机轰炸我们的澜沧江／云南是六十军的故乡／六十军是保卫中华的武装／武装！）

【作者简介】安娥（1905—1976），原名张式沅，河北获鹿人。女剧作家、歌词作家。北平美术专门学校肄业。1925 年加入中国共产主义青年团和中国共产党。1927 年到莫斯科中山大学学习。1929 年回国在上海中共中央机关工作。1933 年后参加上海进步文艺运动，曾任百代唱片公司歌曲部主任。1934 年为电影《渔光曲》创作主题歌歌词，后来创作《卖报歌》《高粱红了》等诗作、剧作。抗战期间任战地记者，辗转武汉、重庆、桂林、昆明，创作了《战地之春》等歌剧剧本。还有冼星海谱曲的《我们不怕流血》《山茶花》《战士哀歌》《抗战中的三八》《六十军军歌》等歌词。《六十军军歌》是冼星海和安娥应云南妇女战地服务团之请特意创作的，对开赴抗日前线的滇军起了极大的鼓舞作用。抗战胜利后，安娥回上海，执教于市立实验戏剧学校。中华人民共和国成立后任北京人民艺术剧院、中央实验歌剧院和中国剧协创作员。除剧本的创作和翻译外，还写作报告文学。1956 年因病丧失工作能力，1976 年逝世。

冼星海（1905—1945），曾用名黄训、孔宇，祖籍广东番禺，生于澳门。1918 年冼星海就读于岭南大学附属中学学习小提琴。1926 年于北京大学音乐传习所、国立艺术专科学校修读音乐系。1928 年于上海国立音乐专科学校学习小提琴和钢琴。1929 年到巴黎学习提琴与作曲。1931 年考入巴黎音乐学院，在肖拉·康托鲁姆作曲班学习。1935 年回国后参加抗日救亡运动，创作大量战斗性的群众歌曲，并为影片《壮志凌云》《青年进行曲》、话剧《复活》《大雷雨》等配乐。1935 年至 1938 年间，创作《救国军歌》《游击军歌》《到敌人后方去》

《在太行山上》等各种类型的大量声乐作品。1938年10月1日前往延安，在延安任鲁艺音乐系主任，创作了《黄河大合唱》。1940年赴苏联学习、工作，期间写有交响曲《民族解放》《神圣之战》，管弦乐组曲《满江红》等。还撰写了《论中国音乐的民族形式》等论文，已发表35篇。冼星海对音乐与革命的关系所做的有益探索，使他获得了“人民音乐家”的光荣称号。1945年因肺结核病逝于莫斯科，于当地安葬，20世纪80年代，骨灰移回中国，安葬于广州。

六十军出征歌

佚　名

救国兴兵赴战场，
八千里路马蹄忙。
远征斗士强复强！
怒发冲冠慨而慷，
杀伐用张保国疆。
前进！前进！
冲锋！冲锋！
显我军神威。
和倭寇拼命，
劳王师，击虎狼。
万人欢送塞路旁，
三迤健儿皆扬长。
远征斗士强复强！
怒发冲冠慨而慷，
杀伐用张保国疆。
前进！前进！
冲锋！冲锋！

显我军威风，
和倭奴拼命，
万夫之雄。
为民前锋，
报国尽忠。
信义诸君，
马到成功！

欢迎六十军健儿出征抗日[1]

梁继先

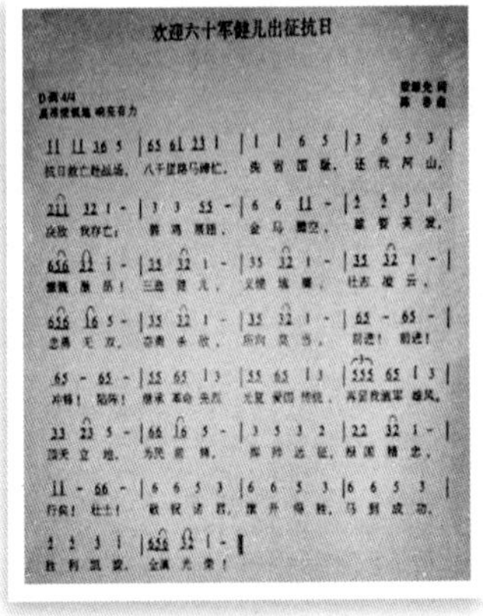

抗日救亡赴战场，
八千里路马蹄忙。
洗雪国耻，还我河山，
决敌我存亡。
碧鸡展翅，金马腾空，
雄姿英发，慷慨激昂。
三迤健儿，义愤填膺，

壮志凌云，忠勇无双。
奋勇杀敌，所向莫当。
前进！前进！
冲锋！陷阵！
继承革命先烈光复爱国传统，
再显我滇军雄风。
顶天立地，为民前锋，
挥师远征，报国精忠。
行矣！壮士！
敬祝诸君，旗开得胜，马到成功。
胜利凯旋，全滇光荣。

①原词作“欢迎”似欠确，宜改作“欢送”。

【作者简介】梁继先（1893—1952），号绍尧，笔名淡痴，云南楚雄人。青年时期在云南省立师范学校学习，毕业后在张家堡第一初级小学（今梁源小学）任教，因家境贫寒，任教期间也像小时候一样帮着父亲卖素面（担担面）以补贴家用，村民都称他为“素面老师”。1910年，梁继先被推荐到昆明劝学所工作。1925年梁继先被调任昆明县教育局长兼昆明县立乡村师范学校校长，任职达18年，为昆明教育事业的发展做出了卓越贡献。1943年，梁继先任昆明县特级秘书兼教育科长，并当选为昆明县参议会议长。中华人民共和国成立前，梁继先担任云南省教育厅督导室主任及秘书，并兼任参议会秘书。1949年12月9日，梁继先随卢汉起义后继续在省教育厅工作。1988年4月6日，昆明市人民政府为梁继先平反，恢复其起义人员名誉。

昆明小学教师进修集训队歌

梁继先

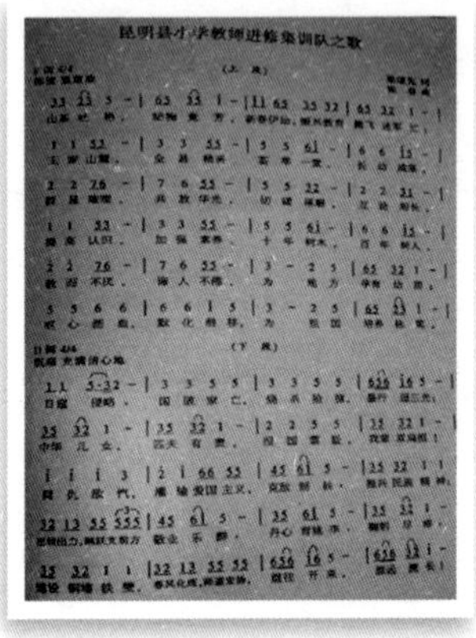

山茶吐艳，腊梅竞芳。
新春伊始，振兴教育，腾飞进军忙。
玉案山麓，全县精英[①]，荟萃一堂。
长幼咸集，群星璀璨，共放华光。
切磋琢磨，互论短长。
提高认识，加强修养。
十年树木，百年树人，
教而不厌，诲人不倦。
为地方孕育幼苗，
呕心沥血，默化潜移，
为祖国培养栋梁。
日寇侵略，国破家亡。
烧杀抢掠，暴行逞三光。
中华儿女，匹夫有责，
报国雪耻，我辈双肩担。
同仇敌忾，灌输爱国主义，

克敌制胜，振兴民族精神，
出钱出力，踊跃支前方。
敬业乐群，丹心育桃李，
鞠躬尽瘁，建设铜墙铁壁，
春风化雨，师道弘扬。
继往开来，源远流长！

①全县：指昆明全市。

（按：以上两首歌词据余琥先生所发微信图片输录编写，歌词用简化字印制，可以判断应是中华人民共和国成立后所编印而非抗战时期原件。）

五里亭送郎出征

王旦东

送郎送到一里亭，
郎有义来妹有情。
小妹恩情休挂念，
抗日才是大事情。
送郎送到二里亭，
绣块手巾送郎行。
拿到沙场揩揩汗，
莫揩相思泪盈盈。
送郎送到三里亭，
缝件汗衫送郎行。
妹心常在郎身上，
跟郎前去杀敌兵。
送郎送到四里亭，
做双鞋子送郎行。
放开大步前方去，

不退敌兵不回程。
送郎送到一里亭，
斟杯美酒送郎行。
愿郎美名扬四海，
得胜回家妹来迎。

（1937 年 1 月，选自中国文史出版社《台儿庄大战诗词选》）

【作者简介】王旦东（1905—1973），原名秉心，又名丹东，字品三。易门县小街人。16 岁即赋诗抒发爱国热忱："御侮当作大丈夫，持枪遍把盗贼诛。中国得安全球救，耳不闻忧心始舒。"1931 年，王旦东在北平加入"反日大同盟"。曾任教于北平美术学院。1936 年 3 月，王旦东回到昆明，组成昆明市第一个群众业余歌唱团，向民众进行抗日救亡宣传。其后，王旦东组建"金马剧社"。全面抗战爆发后，王旦东在"金马剧社"导演和参加演出了《飞将军》《血洒卢沟桥》等多部大型话剧。王旦东率"金马剧社"全体演员不仅在昆明演出，还深入农村、小集镇演出。茅盾到昆明观看他们的演出后，在《云南日报》撰文章予以高度赞扬。王旦东还在昆明组织农民抗日救亡灯剧团，编写了《张小二从军》《新别窖》等现代花灯剧本，亲自导排并组织巡回演出，取得了极好的宣传效果。1939 年 2 月，云南省教育厅以"金马剧社"为基础成立了"云南省教育厅楚（雄）姚（安）大（理）区戏剧歌咏巡回教育工作队"，任命王旦东为队长。同年 10 月，王旦东即率领剧教二队奔赴滇西各县的数十个城镇、村庄进行抗日宣传演出。1940 年 2 月，因经费困难，剧教一、二两队合并而裁减了大批人员。王旦东将裁员重新组建为滇黔绥靖公署国防流动演剧队，简称"国防演剧队"，自任队长。继续到各地进行抗日宣传演出，每到一地都深受民众的欢迎。1943 年 3 月，王旦东应朱家壁邀请，赴滇军十八师艺术工作队担任业务副队长兼编导。抗战胜利后，王旦东回到昆明。先后受聘于昆华女师、昆华师范艺术科任音乐、美术教员。

中华人民共和国成立后，王旦东任文工团团长，还先后任省政协委员、市人大代表等职。1973 年 11 月，王旦东在安宁病逝，享年 68 岁。

滇缅公路纪念歌

王锡光

修公路，大建树；
凿山坡，就坦途，利济渡。
裹粮携锄沧路边，
哪管老弱与女孺！

龙、永派工各一万[1]，
有如蚂蚁搬泰山！
蛮烟瘴雨日复日，
餐风饮露谁偷闲。
总动员：追呼征逐荒园田！
褴褛冻饿苦群黎，
星月风尘度新年。
一段推进又一段，
死病相寻受颠连，
飞沙走石轰石切，
力已竭尽汗已干。
民众力量真魁巍，
前方流血后方汗。
不是公路是血路，
千万雄工中外赞。

土方竣，
铺填桥涵又紧张。
可恨天公心不良，
朝朝暮暮降沱滂。
补倒塌，更难当，
违误通车干军法，

县令焦急一目茫[②]。
力竭声嘶呼民众，
辛苦坚忍莫彷徨。
非怪功令急如火，
为国贤劳惘自伤。
东洋倭祸已深入，
封我港口占我疆。
君不见：
华中华东成焦土，
牛马奴隶俎上肉。

兵员补充战疆场，
胜利必须武器强。
武器强，
还要交通畅。

努力打开生命线，
出海通达印度洋。
国际同情支援我，
军火输运畅通航。

最后胜利确把握，
驱逐强盗国土复。
还我河山武穆志，
坚定信念兴民族。

【作者简介】王锡光（1900—1958），字国华，云南省鹤庆县人，毕业于东陆大学（今云南大学），出任云龙县石门盐场场长，继而考入云南省第一期县长训练班，结业后于1938至1939年任龙陵县长。王锡光任龙陵县长期间把修筑滇缅公路视为“最大的要政”来抓。为完成大垭口至松山段最难的工程，他死守的工地上，一再摆出当时省政府十万火急寄来的一封鸡毛信和一副铁手铐，严肃地对潞江安抚司线光天及属官说："若不能按时完成修路任务，就一起去跳怒江。"显示完成修路任务的决心。由于任务紧迫，他日夜操劳，四处督促，盛怒之下导致左眼突然失明，他的两个秘书也殉职于工地。省主席龙云给他的"奖励"是"因督工不力，记大过一次"的处分。但想到各民族群众为滇缅公路所做的牺牲，王锡光也就无怨无悔了。1939 至 1941 年王锡光任永平县长，后任云龙县长、保安第二旅秘书，1949 年 12 月参加云南起义，1951 年西南革命大学毕业后分配到玉溪一中任教，1958 年因病去世。

【注释】

①龙、永：龙陵县、永平县。

②一目茫：作者因日夜操劳导致左眼突然失明，渺茫成痼疾。

（说明：诗中附图《修筑滇缅公路纪念歌》原碑立于永平县国民政府，青石材质，长 133 厘米、宽 80 厘米、厚 5.5 厘米，现收藏于永平县文物管理所内。）

云南省妇女战地服务团团歌

佚　名

黑雾漫漫，
卢沟烽烟，
沪上鏖战。
惊百载沉梦，
睁目抖擞，
精诚团结，
奋起中华民族四万万。
南滇儿女，

投笔从戎，
须眉不让！
别父母故乡，
丹心碧血，
奔赴沙场，
为国奉献，挥戈挽狂澜。

1938 年 2 月

附录：云南妇女战地服务团集体创作两首：一、古有花木兰／今有女南蛮／奋起为国家／解放又何难！二、为国牺牲学木兰／随军转战有余欢／安危早置乾坤外／孰料胜利早还乡！（按：见陈秀峰据妇女战地服务团女兵段竞强、赵凤稚回忆所撰《云南英雄儿女武汉抗战风采录》）

云南妇女战地服务团宋志飞、刘佩兰、刘先德、彭明绪、张丽芬、陈琼分、孟绍文、黄自仙、张笛芬、苏自贤、嘛绍良、毛士珍凡 12 名女战士在禹王山。

送云南妇女战地服务团到前方

彭 慧

你，山国中生长的健壮的姑娘哟！
为了祖国的自由，
你们要离开这四季长春的故园，
离开你们亲爱的人们
上前线去了！
听啊！战鼓咚咚，
号角在壮你们的行程，
勇敢地去吧！
谁说女儿只能守住家庭？
多年来，
中华民族争自由的血液里，
早已没有男女之分。
在火线上，
我们只能辨别敌人和我们！
把山国女儿的横蛮，
无忌惮地拿出来吧！
我们每人至少也要俘虏几个敌人！
好教疯狂的倭寇，
听着这队娘子军的名字，
也要胆战心惊！
听啊！战鼓咚咚，
号角在壮你们的行程，
勇敢地去吧！
争得了我们的胜利，
全世界的女儿也有光荣！
西班牙的姊妹，
在争自由的战争里，

做了多少悲壮的牺牲！
谁教我们生长在这野蛮的世界呢？
这世界，是要用血和肉，
才能换得民族的生存！
才能换得男女的真正平等！
听啊！战鼓咚咚，
号角在壮你们的行程，
勇敢地去吧！
赶走了野蛮的倭寇，
再回到这美丽的山国里来，
会见你们的亲人！
勇敢地去吧！
你，山国的女儿们，
你，中华民族的娘子军！

1938 年 9 月 27 日于昆明

（选自 1938 年 11 月《战歌》诗刊第三期。）

【作者简介】彭慧（1907—1968），女，原名彭涟清，作家、诗人、教授，湖南长沙人。北京女子师范大学肄业。1926 年加入中国共产党。1927 年赴苏联莫斯科中山大学学习。1930 年回国后，在武汉、上海参加工人运动，并加入左联，从事文学创作和翻译。在左联工作期间，与原创造社成员著名诗人穆木天相识并结成终身伴侣。抗日战争爆发后，彭慧取道广州，从香港过海，经越南，来到大后方昆明。她以笔为武器，写了《滇池岸上》《后方的乡村》等通讯、报告文学，发表在《抗战文艺》《文艺阵地》等杂志上。1941 年后，任中山大学讲师、桂林师范学院副教授。中华人民共和国成立后，任东北师范大学、北京师范大学教授。1968 年 7 月去世，时年 61 岁。著有长篇小说《不尽长江滚滚来》，短篇小说集《还家》；专著《普希金研究》《托尔斯泰研究》；译著《草原》（柴霍夫著）、《哥萨克》（托尔斯泰著）、《列宁格勒日记》、《爱自由的山人》等。

抗战诗歌

老 舍

我们有枪，
我们有炮，
还有抗战的诗歌，
精神的火药。

擦亮了枪，
备好了炮，
唱着我们的诗歌，
把大刀佩好。
炮火在前，
冲杀咆哮，
我们的抗战诗歌，
在心中回绕。

沙场风寒，
群星憨笑，
低唱着抗战诗歌，
枪身儿紧抱。
冬尽春来，
河边青草，
诗歌里画着江山，
用热血来保。

伟丽江山，
雄美歌调，
高唱吧中国男儿，
誓把国仇报。

我有诗歌，
我有枪炮，
炮与歌民族之声，
把爆敌打倒。

（选自《战歌》第一卷第六期。）

（审校后记：1938年12月，出版《战歌》第一卷第四期，1939年7月出版第二卷第一期。《战歌》第一卷第六期为第一卷末期，原刊未注明出刊年月，查该期所刊诗文多作于1939年四五月，可知该期出刊时间应是1939年5月或6月。）

【作者简介】老舍（1899—1966），原名舒庆春，字舍予，满族，北京人。还用过絜青、絜予、非我、鸿来等笔名。中国现代小说家、戏剧家、著名作家。1918年，老舍毕业于北京师范学校。1924年赴伦敦大学东方学院任华语教员，并从事文学创作。1926年发表第一部长篇小说《老张的哲学》，1930至1936年，先后在济南齐鲁大学和青岛山东大学任教。期间，创作了《猫城记》《离婚》等长篇小说。1936年辞职从事专业写作，主要创作有中国现代文学史上的长篇杰作《骆驼祥子》等。抗日战争爆发后，老舍先在武汉任“中华全国文艺界抗敌协会”总务部主任，后到重庆致力于推动抗战的文艺活动。创作了《剑北篇》《忠烈图》等剧作。出版了《火葬》《火车集》等小说，完成了长篇巨著《四世同堂》的前两部《偷生》《惶惑》。抗战胜利后，1946年，老舍和曹禺应邀赴美国访问讲学。访学期间，完成《四世同堂》第三部《饥荒》和另一部长篇小说《鼓书艺人》。1949年10月，老舍回国，先后担任中国民间文艺研究会副理事长、中国作家协会副主席、全国人民代表大会第一、二、三届主席团成员和全国政协三届会议常务委员等职。

我们上前线

青　惠

我们上前线，
今天，不再是理想！
今天我们离开了，
受威胁的优美的生活。
跨着雄壮的脚步，
到抗战的炮火中去，
我们上前线。

谁说我们只是空喊？
谁说我们没勇气干？
这是个钢铁的答复：
八百多个血赤的心，
热烈地团结在——
抗日救国的统一战线上！
昨夜，我们的歌唱是，
“起来，不愿做奴隶的人们……”
今天，我们呼喊着，
“……冒着敌人的炮火，
前进……前进……”

活泼，紧张像火炬，
引导着我们，
一步步奔向前方。
快了，和敌见面，
快了，向那残暴的法西斯强盗，
替被凌辱的
黄帝子孙们，

来一个总的清算！
我们要用千万人的血肉，
换取中华民族的自由解放！

我们上前线，
今天，不再是理想！
钢铁的心紧结着，
抗战的队伍行进着，
从黑暗走向明天。
一步步冲向前方。
我们上前线，
今天！

1938年4月赴抗日前线途中

（选自1938年12月《战歌》诗刊第一卷第四期）

送出征将士

塞克

敌人疯狂的侵略，
逼得我们不能翻身，
多年含垢忍辱，
积成今天的仇恨。
四万万人的眼睛，
都盯住民族的仇人。
上前线去！
为民族抗战的铁军，
粉碎强盗的傀儡政权，
击毁强盗的侵略阵营，

熬着苦难抗战到底，
胜利早晚属于我们。

敌人疯狂的侵略，
逼得我们不能翻身，
多年含垢忍辱，
积成今天的仇恨。
四万万人的眼睛，
都盯住民族的仇人。
上前线去！
为民族抗战的铁军，
夺回我们的工厂、田园，
夺回我们的都市、农村，
咬着牙关向前挺进，
雪洗四万万人的仇恨。

（选自1939年6月30日《新动向》第二卷第十期）

送出征的志愿兵

卢云作词　贺绿汀作曲

到江边去吧！
去欢送我们出征的志愿兵。
出征的队列走过了乡村，
走过了喧嚣的溪畔，
走过了石板路、小木桥，
走过了城市的大街。
一路的歌声，
一路的爆竹声，

大街小巷都挤得密密麻麻的人。
万众争看志愿兵，
江岸簇拥着市民。
以无比热情
挥舞着手，
鼓动歌喉，
同勇士们齐声合唱。
每个字，每个音节，
都用尽全身气力。
今天看谁的声音叫的响！
今天我们叫一颗心，
跳出口腔。

年青的女郎将大红花
插在勇士的胸前，
象征血火的战斗，
象征光辉的胜利。
女郎们又代市民，
向每个勇士献一条面巾，
像叫勇士们每朝洗脸，
便念想起了乡情，
手刃敌人也得劲。
志愿兵脸上飞着红光，
口里唱着救亡。
他们走过码头，
走向船上，
岸上的歌声唱得愈响。
好像说：
勇士们你们别记挂，
你屋里的事全放在大家身上！
你们只管一心一意去打仗，

后方的安排我们来担当！

江水冲着河岸，
歌声回荡在山间。
汽笛声载走了兵船，
载去了一船的愤怒。

（选自1943年7月《枫林文艺》第一期《辽阔的歌声》）

七年的流亡……

穆木天

七年的流亡，
使我走遍了
祖国的海岸线，
七年的流亡，
使我从这一个边疆
走到那一个边疆！
使我从这一个蛮荒
走到那一个蛮荒！
七年的流亡，
使我深受了
祖国命运的凄凉，
七年的流亡，
在荒凉的祖国里。
现在，
已经燃烧起来了
民族解放斗争的
灿烂的火光！

故乡，
现在，
在你的广野里[1]，
那苍莽的野草，
已经快要枯黄。
在那凝了霜的白露里，
若是在往些年呀，
农夫们已经在
欢喜地瞅望着
那已经成熟了的
谷子、麦子和高粱。
现在呀！现在呀！
已经完全是两样！
现在呀！
那里已经是一片血腥的屠场！
可是，在那里，
七年前，放出了
民族解放的新的光芒！
那里呀，
成了民族的榜样，
那里的那一点星火
已经成了烈焰，
烧遍了亚细亚的东方！

七年的流亡，
使我像一个吉卜西人一样[2]，
像一个无钱的犹太人一样，
从祖国的东北角，
流浪到西南！
从这一个边疆
到了那一个边疆！

从这一个蛮荒
到了那一个蛮荒！
可是，在这里，
同我的故乡一样，
这里有肥美的农田，
这里有秀丽的山野，
这里像故乡一样苍莽，
这里也像故乡一样荒凉，
这里的人，
也是同故乡的人一样！
在这万里的云南，
我见到了我的第二故乡！
可是，这里
也像我的故乡一样，
一点一点的星火，
也要燃成巨大的光芒！

故乡！
现在已经冰冷了
在白露凝霜的早晨，
母亲也许还在倚着门望着儿子，
一边在听着大树上乌鸦的叫喊；
也许夜里听着蟋蟀的声音，
母亲一边心里流着泪，
回忆着往事！
可是，母亲也许早已不在了！
家里的窗户，
也许在前几年前，
早就没有窗户纸！
房子土地，听说是：
早就被没收了。

以后，就没有故乡的消息！
该没落的，
也许早就没落了！
六七年来，
故乡背起了全民族的十字架，
故乡传出来民族解放的新的福音！
故乡战斗起来了，
故乡统一起来了，
故乡成了全民族的伟大的教训！
故乡的号角，
已经成了全民族总动员的《马赛曲》；
故乡的烽火，
现在已经燃遍了中华的大地！

七年的流亡，
使我以流浪者的悲哀，
转成了一个盗火者的欢喜。
如同游吟诗人一样，
我在祖国的腹心里流浪着，
我的心，
好比一个托钵僧，
在苦难中，
感到了无限的欢喜！
祖国的民族解放斗争的火花，
灿烂地在全国中怒放了！
从这一个边疆
流浪到那一个边疆，
从这一个蛮荒
流浪到那一个蛮荒，
我的欢喜
永远一天一天地在生长！

这里，这万里的云南，
也要同我的家乡一样，
星火是要放出巨大的光芒！
后来的也许在前罢！
这里的火花，也许更要红亮！
在这里，
新的战士，不断地生长起来了！
在民族解放的不断的战斗中，
他们更要不断地生长！
故乡！
七年间，
你的火燃烧遍了全国了！
七年间，
你的教训，
造成了全民族的铁的力量！
在这个边疆里，
在这个蛮荒里，
大众也武装起来了！
故乡，我祝福你！
现在，
在祖国的大地里边，
到处，
已燃烧起来了
新世纪的
灿烂的火光！

9月2日，昆明

（选自1938年9月《战歌》第一卷第二期）

【注释】①“广野”原文作“大野”。

②吉卜西人：今统一译为吉普赛人。

【作者简介】穆木天（1900—1971），原名穆敬熙，吉林伊通人。1918年毕业于天津南开中学。1920年入日本京都第三高等学校文科。

同年在《新潮》第三卷第一期上发表处女作《蔷薇花》。1921年加入创造社。1923年考入东京大学攻读法国文学，在创造社刊物上发表不少诗作。诗作受法国象征派诗歌影响。同期还发表了许多理论文章和翻译作品。1926年夏回国，先后在广东中山大学、北京孔德学校、吉林省立大学任教。1931年加入左联，9月与杨骚、蒲风等发起成立中国诗歌会。1933年2月创办《新诗歌》旬刊。1937年参加中华全国文艺界抗敌协会，主编诗刊《时调》和《五月》。1938年后，辗转至昆明、广州、桂林、上海等地从事教学和创作。中华人民共和国成立后先后在东北师大、北京师大任教。主要著作有《旅心》（诗歌集）、《秋日风景画》（散文集）、《平凡集》（散文集）、《抗战大鼓词》、《怎样学习诗歌》（理论集）、《闹东京》（曲艺集）、《新的旅途》（诗歌集）等。

赵老太太

陶行知

东洋出妖怪，中国出老太。
老太捉妖怪，妖怪都吓坏。
说起赵老太，谁个不崇拜。
生长在岫岩，与朝鲜交界。
少小不识字，明理无人盖。
眼看众同胞，受尽妖怪害。
组织义勇军，动员休妖怪。
母女与儿孙，同军见三代。
远近齐响应，众军都爱戴。
军队大家庭，英勇而亲爱。
高粱为城堡，锄头为军械。
兵器虽不足，百战不能败。
军中没有粮，妖怪送饭菜。
军中没有枪，妖怪送枪来。

截断妖怪路，一块又一块。
钻进妖怪肚，妖怪摇脑袋。
最后大目的，赶妖出东海。
自由而平等，中华万万载。
老太有名言，救国莫能外。
“别死在床上，战死才痛快。”
博学男子汉，富贵少奶奶。
要想中国好，学学赵老太。

陶行知 1927 年 9 月 15 日

（选自《战歌》第一卷第六期）

（审校后记：赵老太太名赵洪文国，满族，生于辽宁省岫岩县哨子河乡红旗沟。因为不愿做亡国奴而抛弃了家庭，带领子孙三代上山打游击，被人们称为赵老太。抗战时期，她先后参与创建组织了辽南“少年铁血军”“华北国民抗日军”以及“晋察冀游击纵队”，被誉为“游击队之母”“民族之母”。屡挫屡战，直至抗战胜利，赵氏家族为国捐躯三十余人。其子赵侗是著名的抗日英雄，殉国后被国民政府追授陆军中将。陶行知此诗又见于 1939 年 9 月 18 日《星岛日报》第六版，题为《敬送赵老太太》，有个别字词与《战歌》所刊不同。《星岛日报》所刊全诗如下：东洋出妖怪，中国出老太。老太捉妖怪，妖怪都吓坏。说起赵老太，谁个不崇拜？生长在岫岩，与朝鲜交界。少小不识字，明理无人盖。眼看众同胞，受尽妖怪害。组织义勇军，动员休妖怪。母子与孙子，同军见三代。远近齐响应，三军都推戴。军队大家庭，英勇而亲爱。高粱为城堡，锄头是军械。兵器虽不足，百战不能败。军中没有粮，民众送饭菜。军中没有枪，妖怪送枪来。截断妖怪路，一块又一块。钻进妖怪肚，妖怪摇脑袋。最后大目的，赶妖出东海。自由而平等，中华万万载。老太有名言，救国莫能外。“别死在床上，战死才痛快。”博学男子汉，富贵少奶奶，要想中国好，学学赵老太。“九一八”七周年纪念为写。）

【作者简介】陶行知（1891—1946），原名文濬，后改名知行、行知，安徽歙县人。幼入私塾，15 岁入歙县崇一学堂。1908 年考入杭州教会所办广济医学堂，后退学。1910 年，考入南京金陵大学文学系。1914 年毕业后考取公费留学，先后获美国伊利诺斯大学和哥伦比亚大学科学和文学硕士学位，成为美国著名实用主义教育家杜威之学生。1917年回国，任南京高师（后改东南大学）教授、教务长兼教育专修科主任。受五四运动的影响，于1919年7月提出教育要“自新、常新、全新”和“自主、自立、自动”之主张，并参加《新教育》杂志编辑工作，后任该杂志主编。1923年发起组织“中华平民教育促进会”，编写《平民千字课本》，推广平民教育。1926年发表《中华教育改进社改造全国乡村教育宣言书》，倡导乡村教育运动。次年3月在南京创办“晓庄试验乡村师范学校”，提出“生活即是教育、社会即是学校”等理论；10月在萧山湘湖创办“浙江省立乡村师范学校”。1931年发起“科学下嫁”运动，从事科学普及工作。次年组织生活教育社，创办山海工学团，倡导“教学做合一”教育活动。面对日本帝国主义的侵略，积极投入抗日救亡运动，提倡国难教育、战时教育，在重庆先后创办育才学校和社会大学。1945年加入中国民主同盟，当选为中央委员兼民主教育委员会主任委员，主办《民主》周刊。1946年7月病逝于上海。著作有《中国教育改造》《古庙敲钟录》《斋夫自由谈》《行知书信》《行知诗歌集》《陶行知全集》等。

轰炸后的潘家湾

溅 波

残肢断体——
浸濡在丝丝雨里，
飘摇的风吹打着
这些斑烂的血迹！

像是死者的鬼泣，
呜咽着那些悲惨的过去，
呵！断手拼不合自己的脚，
血头向那桥边飞落！

是比烙印还鲜明的日子，
游荡着死者不瞑的灵魂，
这样天大的仇恨，
我们的生者有谁见过？

呵！记得——
谁能够把它忘记，
妈妈抱住殷红的血糊，
向天凄惨地号哭！

丝丝的细雨，
在潘家湾的道上飘摇，
呜咽的风浪
萦回着人们的心肠！

1938 年 11 月 17 日

（选自 1938 年 12 月《战歌》诗刊第一卷第四期）

【作者简介】溅波（1909—1999），原名雷必兴，后更名雷溅波，又名雷同，笔名溅波、碧星、田雨、赞庭等，云南思茅（今普洱市）人。1925 年考入昆明省立第一中学，1927 年加入共青团，1928 年转入中国共产党，同年底，被推举为昆明市学联主席。1930 年到上海，开始在《萌芽》《诗刊》等报刊上发表诗作，与田间合编《每月诗刊》，任上海《中华日报》副刊诗歌版《动向》编辑，为《文艺新地》《春光》撰写诗文。1932 年加入左联，与穆木天、扬骚等人一起筹备并成立中国诗歌社。1935 年 2 月，出版诗集《熔合》《前哨》。1935 年 11 月，赴日本东京大学留学，参加东京左联诗歌社活动，与柯仲平等人编辑《诗歌生活月刊》。1937 年回国，与周而复、田间等人发表《成立中国诗歌者协会宣言》。1938 年参加全国文艺界抗敌救国协会昆明分会，次年当选为理事，编辑《歼倭》半月刊，与罗铁鹰、徐嘉瑞合编诗歌月刊《战歌》，并为创刊号拟写发刊词。先后出版诗集《战火》《群众的队伍》等。1946 年出版诗集《前进！中国兵》。1947 年任《新云南周刊》社副社长。1949 年起先后任六顺县长、普洱专署副秘书主任兼民政科长等职。1951 年调昆明工作，先后任省、市文化馆长。1978 年后在《诗刊》《边疆文艺》

等报刊上不断发表诗歌和回忆录。1999年2月22日逝世，享年91岁。

醒来，酣睡着的人们

陆晶清

醒来，酣睡着的人们！
睁开你的睡眼，看看——
你所在的世界已成了何等样？！
烽烟满布了四方，
人的血，像江水般泛滥。
战地上健儿们的白骨成堆，
他们的死——
为民族抗战，为保卫河山。

再用你的双耳听听——
难民们的哀号是何等凄凉！
他们原也有过家，
像你一样欢欣，舒畅。
是被敌人的火炮和炸弹
炸毁了他们血汗换得的财产！
而今，他们扶老携幼，远离开故乡——
忍受着饥寒，流浪在田野荒山。

醒来，酣睡着的人们！
这时代不容许你久恋在梦中，
敌人的炮声已震惊了世界和痴聋。
战火燃烧到你的门前，
屠刀环绕在你的身边，
你如花的美梦，将消逝无踪！

因为你不是羔羊，不是奴隶种，
你的命运和一切中国人相同，
趁着你的心还活跃，血还鲜红，
快粉碎了个人欢乐迷梦，
鼓起奋勇，冲上前——
参加到抗战队伍中！

（选自1939年2月17日《云南日报》副刊《南风》）

【作者简介】陆晶清（1907—1993），原名陆秀珍，笔名小鹿、娜君、梅影。云南昆明人。陆晶清在小学读书时，就经常阅读《新青年》《少年中国》等进步刊物。1922年秋，陆晶清入北京女子高等师范文科班学习，开始在《晨报副刊》《文学旬刊》《语丝》等刊物上发表诗文。1922年秋考入北京女子高等师范学校国文科，开始发表新诗，曾主编《晨报副刊》附印的《妇女周刊》。1926年前后与石评梅共同编辑《世界10报》周刊之一《蔷薇周刊》。1927年3月到汉口，参加国民党妇女部工作。1928年回京料理石评梅丧事，入女师大语文系学习。同年秋主编《河北国民日报副刊》。其后曾在女师大附中等校任教。1931年赴日与王礼锡结婚，数月后与王礼锡回上海主编《读书杂志》。1933年与王礼锡流亡英国伦敦。期间在《新中华》等刊物上发表了不少散文。1939年初回国，当选为中华全国文艺界抗敌协会理事。1940年后在重庆市女中和重庆求精商业专科学校任教，并主编《扫荡报》（后改为《和平日报》）副刊。1945年夏为特派记者赴欧洲采访。1948年回国后在暨南大学、上海财经学院任教，曾应中国新闻社之约为海外华侨报纸提供稿件。1965年退休。历任民革上海市委委员、常委、民革中央妇委、民革中央监委委员等职，并担任上海市妇女联合会执委。1993年3月13日去世，享年86岁。1997年，四川大学出版社出版了《陆晶清诗文集》。

回来祖国了

唐郎予

从赤道线上的国土——缅甸哟！
怅望着遥远祖国的烽火！
我们的眼泪干了！
我们的血液
沸腾在我们的胸膛，
好像奔涌的河流。
缅甸哟！
我们再不能依恋你，
再不能在你的怀中逗留。
烽烟漫野的祖国，
正向我们恳切地招手，
因而，踏上我们的途程，
抛弃了我们的享乐，
回来祖国，学习一切抗战的技能，
到战场，到民间，
到丰美祖国的广大原野，
会同我们的全国战友……

（选自1939年2月2日《云南日报》副刊《南风》）

咱们走

方　殷

妈妈，
您快跟我走。

您别舍不得离开
那睡了好多年的热炕头。
村前的那几亩地，
谁也知道那就是咱的命，
几辈子的祖宗坟，
谁都不愿意丢；
实在没有办法呀！
鬼子兵来了，
您受罪的日子在后头。
您没听周庄儿
逃出来的人说过吗？
他们那儿，
已经让鬼子糟蹋得
人不像人，
狗不像狗！
今儿个，
咱只有同着大伙儿
一块儿走，
走，走到村北边
那个顶高的山头，
那里有枪，有炮，还有吃住，
四乡的老少们，都集在山里，
等着跟鬼子拼命，
报这个天大的仇！
咱们走，
能带的全带去，
一颗米粒儿
也不给强盗留！
园子里的那口井，
我就去把它填死；
只剩下破盆、烂罐、空屋子，

让鬼子来了，喝不到
咱们的半口便宜粥。
妈妈，
今儿个咱们走，
您愁也别发，
泪也别流；
等有一天
把鬼子打回老窝，
咱再回来过平安的日子，
您也好高枕无忧地
再睡您的热炕头。

1939年2月于重庆

（选自《战歌》第一卷第六期）

【作者简介】方殷（1913—1982），原名常钟元，笔名芳殷，河北雄县人。1935年毕业于北平中国大学。1932年在北平参加反帝大同盟、共青团、左联，历任《少年先锋》《科学新闻》《诗歌杂志》编辑，南京《金陵日报》特约记者，山西临汾民族革命大学教师，延安鲁艺音乐系学员，重庆全民通讯社记者、编辑，重庆中华全国文艺界抗敌活动协会诗歌组长，重庆精益中学教师，重庆市文联编辑，北京人民文学出版社编辑，民进中央文教委员。1933年开始发表作品。九一八事变后，东北沦陷，值“国难方殷”之际，他为抒其爱国心境，改名方殷。1956年加入中国作家协会。1982年9月13日在北京逝世，终年69岁。其追悼会由楼适夷主持，有阳翰笙、艾青、孔罗荪、姚雪垠等二百余位社会名流参加。方殷遗作有诗集《平凡的夜话》《方殷诗选》，叙事长诗《诛魔记》等。

好哥哥

——拟一个弟弟写给十六岁从军的哥哥

青　鸟

好哥哥哟！
去年的今夜，
我们团聚在这灯光下，
为你整理行装，
听你那留别的话——
你说：“好男儿，要当兵。
我要从军去
杀退敌人才回家！”

好哥哥哟！
今年的今夜，
我们团聚这灯光下，
看你这武装的相片，
如同和你对面谈话。
弟妹们举起双手
似争看一幅图画，
妈妈的眼睛
也笑对着灯花！

明年的今夜，
我们团聚这灯光下，
为你杀一只肥鸭。
请你一面喝酒，一面讲给我们
你怎么把日本鬼子杀！
爸爸也要归来，
欢迎你胜利回家！

1939 年夏之夜

（选自《战歌》第一卷第六期）

【作者简介】青鸟（1899—1991），李青鸟，原名李曦，后改名炬苍，笔名青鸟、苍。福建闽侯县马鞍乡人。李青鸟17岁时入福州格致书院读预科，后考进中学部。20岁时被“中华邮政”录取进入邮政部门。1927年出席在武汉召开的全国邮务工会。会后即返福建筹备建立全省邮务工会，曾因发动邮政职工请愿被捕入狱。获释后，被派往闽北山区工作八年。其后，先后调任二、三等邮局局长。李青鸟爱好文艺，常写诗文。1937年夏，任集美邮局局长时参加厦门第二次诗歌座谈会。1937年12月，李青鸟把自己的诗作汇集寄给在广州主持《中国诗坛》和诗歌出版社的蒲风，蒲风将此诗集定名《奴隶的歌》请郭沫若题签后，亲自写序并联系校对、印刷、出版、发行。1937年8月15日，厦门诗歌会改选理事会，李青鸟被选为理事。10月26日，日本侵略者占领金门，李青鸟积极参加抗日救国、保卫厦门的宣传、演出等工作。1938年5月，厦门沦陷。李青鸟调往晋江（今泉州市）邮局任主任秘书，10月，晋江地区成立诗歌战线社，出版社刊《诗歌战线》，并在当地报纸出版诗歌副刊《半月诗坛》，由李青鸟负责编辑。到1939年秋，《诗歌战线》共出了六期。抗战胜利后，李青鸟赴台湾协助接收邮务工作，重建为中国邮政体制。此后，李青鸟历任宜兰、澎湖等邮局局长、台湾总局设计研究会副主任。1991年9月13日，李青鸟在台北病逝，享年92岁。李青鸟著述甚丰，除《奴隶的歌》之外，还有《解放集》《新绿的田野》等。

我应该再穿起戎装

雷石榆

我应该再穿起戎装，
狂跳的心灵那样不安于宁静的环境。
我何尝惯于操笔的生涯？
我却毫无考虑地接受了使命，
生活的鞭挞与精神的镣铐，
叫我把生命放在一边。
当我想起晨号的吹响，

回忆那时遛马在辽阔的草场；
当我通过行人道上的噪音，
想起士兵集体的高唱；
当我孤寂地默望着墙壁，
想起战斗图翻满案上；
而且在那里忘记了时间，
也无心作闲情的幻想，
可是我却脱下了威武的戎装，
带走劫后仅余的小行囊。
我还有什么值得宝贵的东西？
可不是已失去了一切书籍、爱情与衣裳！
我还有什么值得再恋的地方？
可不是早已记不清自己的家乡！
如果相信一支笔可以慰藉自己的生命，
我宁可用眼泪去写自己读的文章。
友哟，战地的伴侣！
你们喜欢陪我跑，
看我笑，听我唱；
你们喜欢我告诉你们
我工作内容的各色各样。
当我寂寞地回想和你们生活在一起的情况，
就唤着自己的灵魂：
——我应该再穿起戎装！

（选自1940年1月10日《云南日报》副刊《南风》）

【作者简介】雷石榆（1911—1996），笔名纱雨、杜拉，广东台山县人。1933年赴日本留学，参加中国左翼作家联盟东京分盟，主编盟刊《东流》《诗歌》，并用日文进行诗歌创作。其日文诗集《沙漠之歌》出版后，受到日本文学界好评。抗日战争爆发后，雷石榆参加中华全国文艺界抗敌协会，投身抗日救亡文化活动，主编刊物，身赴战区，发表了大量的文艺作品。1939年，雷石榆到昆明，作为第三届文艺界抗敌协会理事，主持昆明分会工作，并主编分会会刊《西南文艺》。抗战胜利后，台湾光复，1946 年雷石榆应邀赴台任《国声报》主笔兼副主编。1947 年转任台湾大学法学院副教授。1952 年应聘到天津任津沽大学（河北大学前身）教授，曾先后任中国现代文学教研室和外国文学教研室主任。雷石榆一生成果丰硕，著作等身。主要有专著《日本文学简史》《文艺一般论》《写作方法初步》等。创作有诗集七部、译诗二部、小说集三部。论文在此不一一列举了。

他埋下一粒种子

罗铁鹰

他抱着
日本鬼子炸飞肠肚的
血淋淋的独子，
悲愤地走上后山。

乱葬岗上
他以常用的锄头
挖了一个深坑，
悲愤的泪珠
一点一点往坑里滴进。

他埋下了他的独子，
——一粒复仇的种子。
长啸一声！
举起粗大的拳头，
对着青天宣誓。

1940 年 1 月

（1940 年 3 月最先发表于重庆《新华日报》。后收入作者诗集《火之歌》）

【作者简介】见附录《罗铁鹰小传》。

黄果树（改良儿歌）

老迟生

黄果树，开白花，
大门响，吧嗒嗒，
哪个来了？二姑妈。
一说话，笑哈哈：
“你老表，在长沙，
打胜仗，带了花，
请了假，回了家。
喊你爹，去看他！”
姑妈说话不住嘴，
姑妈跑路不住腿；
爹出来，喊二狗：
“快称肉，快打酒，
收拾收拾快点走！”

（选自1940年2月2日《云南日报》副刊《南风》）

【作者简介】老迟生（1911—1958），原名迟秀璞，字蕴生，笔名迟习儒、老迟生，河北省沧州长市人。老迟生幼年丧父，靠母亲养育成长，8岁入学，13岁考入天津第一师范学校，后转中学，18岁毕业，考入北京大学预科。1932年为北大经济系学生，同年转入中文系。在北大求学期间，受进步思想熏陶，倾向革命，积极参加“一二·九”学生运动，成为学生运动的骨干。抗日战争爆发后，老迟生到昆明，在石林、武定等参与中共云南地方组织工作。并以老迟生等笔名发表诗文。

三河坝

——粤东诗草之二

陈残云

韩江像一株山竹，
透过密叠的峰峦
尖顶上，
开一个匀整的叉椏，
三河坝就在
叉椏的中央点。
街巷是古朴的，
古朴得像人们的脸，
倒容易叫你联想起
受难的热河。
那在残破的画报上的
街外是一摊黄沙，
一群劳碌的妇人
拖一双疲乏的脚胫
在沙滩上行走。
“挑东西吗？”
穿黄衣的客人是健步的
向着声音摇摇头，
默默地走了。
走过这古旧的街巷
和这一连山脉，
就看见褪色的太阳旗。
滩边却有人叹息：
“鬼！把我们的活路
都关封啊！”
那穿梭在韩江的内航船
却躺着了，

像深藏着满胸仇恨，
等待到有一天
在仇人的前面消解。

（选自 1941 年 1 月《战歌》第二卷第二期）

【作者简介】陈残云（1914—2002），广州人，新加坡归侨。幼年家贫，靠亲属资助上学，后到香港当过几年伙计。19 岁时，在《大光报》上发表《一个青年的苦恼》。1935 年，考入广州大学，出版诗集《铁蹄下的歌手》，并参加广州艺术工作者协会诗歌组的文化运动，担任《中国诗坛》编辑。1940 年到广西逸仙中学任教，参加了抗日救亡运动。1941 年 10 月，赴新加坡，后辗转回国。1944 年后，历任桂林文化界抗敌工作队队长，广西梧州大坡山李济深部队政工队长。抗日战争胜利后，写了中篇小说《风沙的城》，与司马文森合编《文艺生活》。1946 年，到香港教书，期间创作了电影剧本《珠江泪》，于 1950 年获国家荣誉奖，从此步入影坛。与章泯合编《电影周刊》，还完成两部中篇小说《南洋伯还乡》《新生群》，并在一家影业公司担任编导室主任。1953 年后，先后担任中国作家协会广东分会副主席、广东文联副主席及对外友好协会广东分会副会长等职。1963 年，与蔡楚生等合编了电影剧本《南海潮》，拍成电影，轰动一时。1964 年，编写了大型纪录片剧本《并肩前进（纪录片）》。1966 年，创作了电影剧本《故乡情》，完成了长篇小说《香飘四季》。20 世纪 70 年代末，与人合编粤剧《粤海忠魂》，创作了《雪夜》等电影剧本。2001 年 1 月，中国作家协会第六届主席团委会授予陈残云名誉委员称号和证书，授予金质纪念章。2002 年 10 月 2 日逝世。

诗人的怒吼

王亚平

我不能再歌颂湘江的美丽，
衡山的壮伟，
我无心再歌颂黄花开遍江南，

蝴蝶在草原上翻飞。
今天我咽着热泪与怆痛，
唱一支哀悼而悲壮的歌曲，
献给埋身于炸药下的同胞。
让他们不灭的精神
从激昂的音波里获得些许安慰。
当凄厉的警笛，颤抖地
穿过长空钻进人心里的时候，
愤怒是怎样烧着我的血液啊！
我望见那些慌乱的人群，
洪流样涌现街头，孩子被
丢进箩筐，像猪猡样担起。
妇女、老人背负起仅有的财物，
喘吁吁地，奔逃着，
恐惧的眼睛
频频地向天空顾望，
恨没有重雾、乌云，
乌鸦的翅膀也引起内心的颤悸。
铛铛铛铛……连串的钟声
在耳边打起死亡的音浪。
许多人躲进芦苇的密叶里，
石桥下挤满了人影，
不敢咳嗽、喘息，五月的太阳
照着死寂了的城市。
呼嗡——呼嗡——熟悉的声响
震慑着活跃的大地，
谁都恨不能变做一只小鸟，
飞到天外的天上去。
期待着，想象着那一刹那，
生命的毁灭？幸存？
“中一个‘头彩’倒好，

万勿弄成半肢残废！”
孔隆！孔隆！屋瓦梁柱化做飞灰，
烟火腾起，呻吟，哀号，
无数的生命在焦土里埋掩。
我爬出硫黄的烟瘴，
回头那房屋倒在火焰里。
向哪里逃？死神绊住了我，
生命变成了细微的尘沙。
看到那些惨痛的景象啊！
我誓以复仇的歌音
来诅咒禽兽的罪愆！
男的烧去了两只腿，
焦烂的手，抚住年青女人，
露出白骨与脂油的前胸。
那是一个伟大的铜像啊！
他眼睛突出来，下半身焦烂了，
蜡样的脸，对着倒塌的屋梁。
钢盔滚进烟灰里，
旁边留一支烧残的拐杖。
“啊！捍卫真理的战士，
你当恨没死到杀敌的前线！
风卷着腥臭的烟火，
掠过街心、河坝。
百千只渔船、帆舟
停息在呜咽着的湘江上。
急救车的铃声响过马路，
模糊的血肉、残缺的肢体、
辉煌的楼台化成了废墟，
洋车拖去伤者的呻吟，
母亲？儿女？抱着尸体哀哭，
人类还有比这更残酷的么？

认清！那仇敌是谁！
成群的人从城外归来，
成群的人从烟火里突围，
防空壕里掘出三百具尸体，
青肿的脸上含着余恨。
容八百人的收容所，
毁灭在烧夷弹的火光里，
——那壮烈不屈的精神呵，
永随巍峨的南岳屹立！
啊啊！在蜿蜒的长堤上，
三湘的山野、草林里，
从今天，添了多少新的坟墓？
墓前没有碑志，
没有鲜花与祭礼。
有多少饥饿的男女，
怀着丧家的哀情，
流离，凄凉，孤苦，
望着夜星微弱的光辉，
往时的回忆谁也不敢想起。
当前的磨难，
使他们硬起了心肠，
眼角再也挤不出一滴泪水——
我知道这是诗人的羞耻，
他不能唱激越的歌曲，
唤起沉睡者的心志，
战斗——为着祖国的明天！
他不能用高亢的语调
向人类广播出强盗的罪戾，
使同情的怒潮变作反侵略的堤垒！

（选自 1941 年 1 月《战歌》第二卷第三期）

【作者简介】王亚平（1905—1983），原名王福全，笔名罗伦、李荫等。河北威县人。1926年毕业于河北省立第四师范学校。1932年参加中国诗歌会，1933年后到青岛与老舍、洪深、王统照、臧克家、吴伯箫、孟超、西蒙等12人在青岛共同创办《避暑录话》，主编《现代诗歌》《诗歌季刊》等。1935年留学日本，回国后参加战地服务队，任《春草诗丛》主编。抗日战争爆发后，王亚平到上海，编辑诗刊《高射炮》。后由郭沫若介绍，参加抗战服务团。这一时期，王亚平走遍了江、浙、鄂、湘、赣五省，夜里行军，白天宣传抗战，写了不少的短歌小调和通俗的诗。1946年到冀鲁豫解放区，任冀鲁豫文联主任，主编《平原文艺》，1949年后，历任《人民日报》副刊主编，《新民报》总编辑，北京市文艺处处长、市文联秘书长，全国曲协常务理事。1983年4月6日，王亚平在北京逝世，终年78岁。著有诗集《都市的冬》《十二月的风》《海燕的歌》《生活的谣曲》《火雾》《血的斗笠》《黄河英雄歌》《第一支颂歌》《李季真传歌》《宋江河》《春云离婚》《穆林女献枪》《红蔷薇》。论文集《从旧艺术到新艺术》《杜甫论》，剧本《张羽煮海》，歌剧剧本《铁水钢花》，唱词《百鸟朝凤》《黑姑娘》《蓝桥恨》等。

扫路的人

包白痕

每天清晨，
我都看见你
拿着用竹梢绑成的扫把，
弯着驼背的腰
打扫着隔夜的路。

人说你老了，
没有力气跑路，
为了参加祖国抗战的行列，
你和许多年青的同志

离开了侨居的南洋，
奔驰在祖国的西南高原。
每天雨打日头晒，
千百个艰苦的日子，
在你脚下流走，
你只是为人类驮着未来的希望，
走着遥远的路。

路途风尘的跋涉，
工作忙碌的辛劳，
使你更加苍老了①。
可是你的心还那样年青啊！
每天你都在扫着路，
扫着隔夜的污秽的路。
一身衣服
被路面飞起的灰土
染得更黄更黑了。

你，扫路的人，
扫清隔夜的路啊！
让走路的人伸出轻快的脚步，
朗爽而坚实地踏过去。

（选自《枫林文艺》第三期，笔名用辛茹，有较多的节删。）

【注释】①“使”原抄录稿为“于是”。

【作者简介】详见附录《包白痕小传》

胡家茶铺

李　聪

越过十里山坡，
胡家茶铺
隐约出现在松林里，
铺子和主人一样年老，
它张开瘪嘴，
吐纳着来往的行人。

行人把疲倦的身子
交给了板凳：
“两元钱，
泡一碗茶！”
客人脸上开着花，
主人脸上也开着花。

兵灾，匪祸，
生活的担子
把主人压得佝偻。
但他却常向人矜夸：
“我的儿子，
抗战在长沙！”

中午，行人稀少了，
天空蓝得发呆。
咳一个嗽
也会打起山谷的回响。
他静静地躺在炕上，
默望着袅上树梢的蓝烟

掠过山顶的薄云……

（选自1944年7月21日，昆明《中央日报》）

双枪将

——有赠

薛沉之

你一向给人
文弱的色彩，
描绘成
一条可怜的蠢虫：
给老鹰啄食，
给狼狗践踏，
给兔子欺负。
给乌龟在身上爬。
现在你却从书本里
跳了出来，将身子翻了一下，
轻松地吐了一口气：
抛弃了几千年的传统，
面临着严重的现实。

为了你，
为了我，
为了大家，
为了四万万五千万，
你站起来了！
一只手耍着笔杆，
一只手耍着枪杆，

站起来了！
站起来了！
你，时代的双枪将！

（选自1945年5月2日《云南晓报》副刊《夜莺》）

第二组　冲上去呀

冲上去呀

雷石榆

冲上去呀！
冲上去！
撕毁太阳旗！
它玷污了我们的土地！
冲上去呀！
冲上去！
砍下鬼子头！
它残害了我们父母兄弟！
来，来，来！
装好子弹，
上好刺刀，
冲上去呀！
冲上去！
在敌人的血里！
插上我们的国旗！

（选自《战歌》第一卷第六期　丁珰配曲）

别了卢沟桥

海 燕

没有将军的命令，
我们打退了敌人；
喜峰口抗战的光荣，
重降到了卢沟桥。

四万万人拥护我们，
死守住这座桥；
让敌人的枪炮在桥上
深深地镌下二十九军的名声。

我们立誓：愿以桥头为坟墓；
将军却说：只要能够和平。
一纸命令赛过了炮火的猛烈，
轻轻地把我们扫开去了。

别了，卢沟桥！
我们浴血的阵地。
别了，卢沟桥！
你将受到木屐的践踏。

我们只有惭愧，
只为“和平”放弃了你；
耳听着桥下的流水声，
按不住心头的悲愤呜咽。

1937年7月2日写

（选自1937年7月24日《云南日报》副刊《南风》）

【作者简介】海燕（1913—1989），疑即田海燕，笔名田钟灵、口海水、苏东等。四川泸县人。1934 年入上海中国医学院学习，学习期间从事文学创作。1938 年由上海中国医学院毕业赴延安，曾任抗大、中共中央战地考察团、新华社及《解放日报》编辑、记者。1943 年离开延安到重庆，到重庆后经董必武安排在中共中央南方局领导下从事经济文化统战工作。1949 年后历任宜昌港务局局长、长江流域规划办公室、交通运输室主任、广东省第一届人民代表大会代表、武汉市第五届政协委员。1960 年加入中国作家协会。著有民间故事集《狼军师》《地下白银》《农民和农王太子》《卖蒜老头》《三峡传说》《金玉凤凰》，游记《红军路上百花开》，《红色歌谣集》等。

（说明：本简介经田海燕先生哲嗣、湖北大学教授田子渝先生审改认定。）

哨兵曲

盛超群

站在我的岗位上，
寒冷在我的周围。
虽是四月的春天，
也听不见子规的悲啼。
群星在太空闪烁，
照遍了大地的沉寂。
冷风一阵阵地吹去，
甜梦在零碎中回忆。
这是北国的原野，
听不见虫蚁的声息。
偶尔一声两声……
传来远远的犬吠。
不能增加宇宙的活跃，
反而使它更加凄寂。

握着古俄罗斯的枪支，
在营门外来去。
古今中外去来今，
足有一颗愤怒的对敌的心。
时间一秒两秒地过去，
又传来喔喔的鸡鸣。
……
离开我的岗位，
交代了口令，
——又交代了敌情。
脱去棉袄爬上土炕，
呼呼地睡去……
梦里又在袭击敌人。

1938 年 4 月 29 日于黄河边

（选自 1940 年 4 月 13 日《云南日报》）

【作者简介】盛超群（1919—1949），原名本祥，又名盛和、建华，四川省云阳县（今属重庆市）于桑坪乡桃树坪人。1936 年考入南京国民党中央军校十四期学员队，南京沦陷后，军校随国民政府西迁武汉。1938 年初，经李公朴介绍到延安入抗日军政大学第四期军事队学习，并加入“中华民族解放先锋队”，同年夏提前毕业回川从事抗日活动。1939 年至 1943 年，云阳县当局两次以其有宣传共产党的嫌疑而将其逮捕。1944 年春考入上海法学院万县分院新闻系报业专修科，任该院所办《中外春秋》编辑。1947 年初《中外春秋》停刊，回云阳任县税捐稽征处课长，以县参议员、候补参议员身份与当局斗争。1948 年 2 月 18 日因叛徒出卖在万县被捕。1949 年 11 月 14 日，在渣滓洞遇难。1983 年 10 月 15 日被四川省人民政府追认为革命烈士。

夜走龙王庙

易　河

飞机赶走了白昼，
炸弹炸落了太阳。
迷茫中托起困倦的身子，
远离了一刹血腥的战伤。

原野中躺着一条灰白的路，
大名城落向了后方。
哟呵！奶奶的！大车滚着，
一条鞭子随着夜行人的影儿高扬。

长堤蜷伏着历历的战壕，
卫河横亘着数千年的国防。
月光下，星星的灯火，
守夜人倦倚着夜的哨岗。

“口令！”一声梦也似的惊叫，
“不，老乡！赶部队上龙王庙。”
脚踏着长堤的泥沙，
心里沉浮着苦想。

（选自1938年8月《战歌》诗刊第一期）

无声的炸弹（朗诵诗·节选）

徐嘉瑞

（四）无声的炸弹

八只铁鸟轻轻下降，
长崎的灯光真是灿烂，
他们丢下了十万磅无声的炸弹。
不是炸弹，
是传单，
告劳动者的传单，
告农民大众的传单，
告日本政党的传单，
告工商业者的传单，
告日本人民的传单。
百万张传单，
把日本的天空布满，
这一些传单，
飞到少女的身旁，
飞到少妇的身旁，
飞到老人的身旁，
飞到军阀的露台上面，
飞到工人的住宅门前，
飞到香槟酒杯旁边，
飞到钢琴的键上，
飞到兵营，
飞到学校，
飞去抱着机关枪和大炮，
飞到都市，
飞到乡村，
变成一百万颗种子，

送给日本的农人。
春天来了，
富士山的火山喷发，
这百万张传单一起爆炸，
爆炸！爆炸！爆炸！
时候到了，少女低低地哭泣，
老人在暗中流泪，
军阀的露台倒了，
被压迫的工人起来了，
香槟酒杯干了，
钢琴的键上响起了
大众进行曲，
反侵略的炮弹
从军营，从学校，从农村，
从都市，飞了出来，
时候到了，
对岸的兄弟们，起来！

（五）黎明的歌曲

八只英勇的铁鸟，
把传单散遍了日本的三岛，
他们的任务已经达到，
他们没轰炸日本人民的房屋[①]，
他们唤醒被压迫的日本民众，
起来把他们的军阀打倒，
他们建立了空军最伟大的功勋，
唱着凯歌走向胜利的归程。
大海的波涛在打着节拍，
向着自己的国土前进，
远远的天边现出了一线红色，
报告天色已经破晓，

天宫开开了黎明的大门，
现出了一条铺满玫瑰花的大道，
这时候的天色好像少女的脸色，
露出一庄淡紫色的微笑。
（下略）

（选自1938年8月《战歌》诗刊第一期。）

【注释】①此行原句误漏“没”字而为“他们轰炸日本人民的房屋”。

【作者简介】徐嘉瑞（1895—1977），号梦麟。云南邓川人，母亲是白族。15岁考入昆明工矿学堂，因家贫两年后辍学报考省立师范公费生。18岁时，又因父病逝而辍学。1913年至1922年，徐嘉瑞在昆明陆军医院任司药，期间博览群书，自学英语和日语。1923年起，先后在昆明成德中学、省立第一中学和省立女子中学任教，并东渡日本求学。1924年，徐嘉瑞出版第一部著作《中古文学概论》。1927年，在昆明秘密加入中国共产党，创办和负责地下刊物。1928年，徐嘉瑞担任《民众日报》社长兼总编辑，但只办了一年就被当局查封。1929年，先后到暨南大学、复旦大学等校任教。1930年，回到了昆明。1931、1932年，先后在昆明女子中学、昆明达文学校任教。期间，翻译了莎士比亚的《仲夏夜之梦》《罗马大将恺撒》等剧作。1934年，出版学术专著《近古文学概论》。1938年任云南大学讲师，与罗铁鹰主编诗刊《战歌》。1939年任云南大学教授兼文史系主任。1940年完成学术著作《云南农村戏曲史》。1943年出版抗日话剧剧本《台湾》，并在昆明公演。1945年完成学术力作《大理古代文化史》，于1949年印行。1949年后，历任昆明师范学院校管会主任、云南省教育厅厅长、西南军政委员会委员、省人民政府委员、省文联主席、中国作家协会昆明分会主席、中国民间文学研究会常委、云南民族文艺研究会主席、中国人民保卫世界和平大会云南分会主席、云南省政协委员等职。1977年逝世。除上述著作外，还有《今古文学概论》《楚辞乱白解》《秦妇吟本事》《辛稼轩评传》《金元戏曲方言考》《望夫云》《驼子拜年》《多沙阿波》《徐嘉瑞诗词选》等传世。

旧关

高咏青

旧关上的一片血，
大中华的一段光荣。
光荣的火，血的红，
涂紫了晋东。

十六日清晨，
秋风吹动着露与落叶。
高呼了，
敌人攻入这古老的关阙。

三十八师教导团，
二千七百个年青人，
沸腾了，
二千七百个年青人的心。

命令：
“抢旧关；
跑步上刺刀，
手榴弹！”
关口下闪着火光，
关口上架着机关枪；
冲啊，杀！
黄河奔流在山下！

弟兄的尸体，
踏在脚下，
冒着雨样的扫射，

喊着冲！喊着杀！

秋风，吹去了，
晴空！
杀啊！杀！
冲啊！冲！

正午的太阳，
被炮火震碎，
“杀，杀！
不夺得旧关誓不回！”

天边，黄昏飞，
来了夜，
“杀，杀！
流尽我们的血！”

月亮，
将夜描得分外凄凉，
“杀，杀！”
杀声还在战场！

拂晓，
太阳涨团了血红的脸①，
照亮了旧关的山头，
战士们夺回了旧关。

尸体堆遍了山，
积满了谷，
血染红了泥土，
染红了草木。

昨夜，
夜色和秋风，
连今晨的朝露，
都被染成了光荣。

旧关上，三十个青年兵，
雄视着太阳和白云。
伟大的清晨，
做了他们的背景。

（选自1938年12月《战歌》第一卷第四期）

【注释】①选录者原注：此行《战歌》诗刊刊出时误漏“涨”字。

【作者简介】高咏青，曾在大公报副刊《文艺》与《战线》发表过报告文学。其他事迹待考。

大清河的渔人

兆　澜

河边展开着遥远的翠绿，
麦田、高粱、珍珠米……
柳林中来往着——
穿军装的游击队，
棕色的马，
叶色的军装。

傍晚，
夕阳送回一张张的归帆，
微风摇荡着水中的柳影；
鱼鹰张开了强壮但已疲乏的翅膀，

像劳作回来的耕牛，
没有骄矜，没有虚夸。

夜色染黑了大清河粼粼的碧波，
渔火：一点，两点，三点……
带来了寂静中的“欸乃”声声。

江畔渔村，
茅屋中透出微弱的孤灯和话声。
娘儿们把准备好了的晚餐，
放在锅里热着：
“娃！
你去看看，
那远处水中的灯光，
是否你爸回来的归舟？”

那一夜，
风在呼啸，
水也怒吼，
河岸上火光吞噬了村舍的屋宇。
从那时起——
没有了渔人、小娃。

破碎的月色：惨淡，幽寂；
破碎的心灵：激动，愤恨；
茅屋主人悄悄地回来了——在寂静的夜里，
大清河畔安恬的渔人回来了——带回
一颗复仇的心。

村舍？茅屋？
为何却只是瓦砾堆堆？

没有村犬的吠叫，
没有迎着月色的鸡啼，
也没有欸乃的归舟，
可是，他们的主人归来了。

风正萧索，
月更迷蒙；
大清河愈发寂寞了！
河岸上蜿蜒着静静的长堤，
长堤开起汽车来了——在敌人入侵时。
望着那里老的堤岸，
河水在破冰下凝咽。
远处，
白亮的灯光射过来了，
射穿在渔人瘦长的身上，
他安闲地抖去了身上的白光，
藏在河滩的小沟里，
呼吸屏住了！
衰老的长堤，
经不起敌人汽车的重压，
呻吟着它那乖张的厄运，
电光又感染大清河的夜了。

渔人摸一摸怀中，
灼热的心，
——把藏着的手榴弹也烫热了。
他细心地准备着，
他谨慎地温习着初学的投弹法。
没有惧怕，也没有踌躇，
弹声爆发了——
震荡着大清河，

摇撼了长堤！
远处林中哇哇地飞起一阵乌鸦。

月色移动了稀疏的柳影，
破碎的心，
洋溢着复仇的快意和轻松。
渔人又悄悄地离开了——那瓦砾的焦堆。
踏着破碎的河冰，
抚摩着冰冷的柳树枝，
这是从前出缆的泊舟处，
那边靡靡的芦丛，
是谁给放火烧了？
仰起了头，
浮云遮盖住半个月球，
默默地想——
往日的安静；
莫名之情绪涌上心头：
说是快乐，又像悲伤。

（选自1939年7月《战歌》第二卷第一期）

小战士（河北儿歌）

袁　勃

（一）

小战士，我姓张，
骑着马，扛着枪。
别看我，年纪小，
我也跟爸打东洋。

（二）

说东洋，道东洋，
东洋鬼子太猖狂，
闯进我村不讲理，
杀死我妈烧我房。

（三）

王二婶、刘大娘，
爱我的人儿全遭殃。
爸爸领我逃活命，
从此我们离家乡。

（四）

离家乡，打游击，
人既强，马也壮。
白天唱歌又演戏，
太阳落山打东洋。

（五）

太阳落山打东洋，
游击队，背上枪，
唏嗦唏嗦过山冈，
正是复仇好时光。

（六）

好时光，不放松，
众战士，进敌营，
手掷弹炸鬼子兵，
大家笑看太阳红。

（七）

太阳出红水波绿，
人马归来很整齐。
谁来哩？爹来哩！
打胜鬼子转来哩！

（八）

爸爸，这是啥衣裳？
爸爸，这叫啥洋枪？
打胜鬼子好风光，
又有大衣又有枪！

（选自《战歌》第一卷第六期）

【作者简介】袁勃（1911—1967），原名何风文。直隶（今河北省）广宗人。北平中国学院肄业。20 世纪 30 年代开始发表作品。1938 年加入中国共产党。抗日战争爆发后，曾任汉口《新华日报》、重庆《新华日报》编辑，《新华日报》太行版副总编辑，晋冀鲁豫《人民日报》副总编辑，华北《人民日报》及《北平解放报》编辑、总编辑。中华人民共和国成立后，历任云南省人民政府新闻出版处处长，中共云南省委宣传部副部长兼《云南日报》社长、总编辑，中共云南省委常委、宣传部长，云南省作协主席，中国文联第三届委员。有《真理的船》《逃到甜蜜的地方》《袁勃诗文选》（收集整理彝族长诗）等传世。

看护士

——给于斐

蒲　风

我微笑了——
当我安躺在藤椅上
仰起带病的眼睛
让充看护士的你
给我放射甘润的泉露；
那时，你谨慎地按着眼眶，
用娴静的脸孔，
回答了我一个慈祥的笑窝。
我微笑了——

像一个前方英勇作战的将士，
我也曾白夜出力，但是
但是仅用我的笔枪，
打得眼睛出了火，
直到我缠上了病魔。
于是，我看见了你，
展开了素养的技能，
充当了一个看护士。
溜落我心头的温柔与快愉，
多过你所放射进去的药露，
金色的光辉马上在我的眼底喷吐。
啊！我的看护士，我的生命的爱友！
我将欢笑付与你，永久又永久！
从异域我便把这么一个伴侣追求——
丝毫不是为了个人的幸福，
全不是为了个人的享受。
我知道，在整个民族的灾难里，
我跟我的伴侣将来有更多伟大的任务。
我要我的伴侣
也能给一切真理的战斗士看护，
当他英勇地搏斗，
子弹盲目地穿过了他们的胸脯、腿股。
现在——多谢上帝！
我微笑了——
你是一个忠诚的看护士，
今天你来看护我，
明天，更多的真理！
需要你，需要你！
你将是伟大的看护士！

1940年3月17日眼疾中

（选自 1941 年 1 月《战歌》第二卷第三期）

【作者简介】蒲风(1911—1942)，原名黄日华，又名黄飘霞、黄蒲芳，笔名蒲风、黄风，广东梅县人。早年曾就读于上海中国公学。1927 年开始诗歌创作。后参加左联，与杨骚等组织中国诗歌会，出版《新诗歌》。1934年在日本与雷石榆等创办《诗歌生活》。抗战开始后，在广州主编《中国诗坛》，任广州文化界抗协后援会理事。1938 年加入中国共产党。1940 年到皖南，随新四军转战华东各地。病逝于皖南天长市。著有《六月流火》《现代中国诗坛》《抗战诗歌讲话》《茫茫夜》《生活》《黑陋的角落里》《抗战三部曲》《在我们的旗帜下》等论著及诗集。

空军颂

唐　牧

飞机穿过了云层，
飞机盘旋在天空。
千万对眼睛
欢乐地望向
蔚蓝的天空。

我也是其中之一哪！
因为我对于祖国的空军
怀着最高的爱，
最高的崇敬。

“从苏联来的！
从苏联来的！”

崭新的飞机在兰州的上空，
展开着雄健的翅膀，
像老鹰。

“崭新的飞机，
祖国的保姆啊！”

飞机掠过天空的时候，
中国人的眼睛是最美丽的。

于兰州

（选自1940年7月2日《云南日报》的《诗歌专页》）

【作者简介】唐牧，原名唐景崇，原是南洋新加坡一带的华侨教师，抗日战争爆发后，特地回到故乡，在瓯江北岸的一所乡村小学当校长。为了在温州创办诗歌社，邀约了莫洛、胡今虚、孙哲文三位青年诗歌爱好者共四人于1938年成立海燕诗歌社。1939年2月出版《海燕诗歌丛书》，后因时局紧张，出版困难，诗歌社的一切工作仅由莫洛一人负责。但还是出版了诗集四种，其中有唐牧诗集《游击队的母亲》。

我们五个人

鲁　马

——在晋南，
我们五个人，
黑夜奔赴前线，
途中忽遇大风雨。
我们五个人，
在大风雨的夜里行走。

急骤的风雨在
我们的
周围怒号。
——远远的炮声

从前面传来。

我们抱着愤怒，
靠紧臂膀，
和着刚强的步子，
走向田野，
越过山林。
我们不怕大风雨，
在黑夜里，
我们要赶紧追寻
凶恶的敌人。

（选自1939年7月《战歌》第二卷第一期）

人民行列中的一员
——空袭服务人员赞

厂　民（严　辰）

你们
是人民行列中的一员。

你们
从人民的行列中走出，
站到人民的面前，
站到人民的周围。

人民以坚厚的石层
作为生命的防御。
你们以血肉的身躯

作为人民的守卫者。

红球升起了！
人民背负着
他们尽可能携带的财宝
涌进防空洞里去。
绿球升起了！
他们又带着
轻松的微笑出来。

你们——
是最后进洞的一个，
却又是最先站到街头的一个。
你们背负的
不光个人的财宝，
而是防御与救护人民的
那些药品、担架、消防器……
你们背负的
不是个人的安全，
却是全市千万人民的生命。

当人民还没有睁开
从防空洞出来的昏花的眼，
你们却已经忙着
在抢救被炸的灾区了。
而你们的肚子
也许已经咕叫了一天。

当人民掉着泪
眼看被焚的房舍，
你们却咬着牙

让热汗和着水
喷射到烈焰中去。

当人民呻吟着
负伤在担架上的时候，
那呻吟如同鞭子
鞭策着你们，
更急速的走向医院。
那被炸的创伤
像不是痛在伤者的身上，
而是痛在你们自己的心上。
就这样，
你们痛苦地工作着，
日夜地服务着，
不为名誉，不为酬报，
也不曾有一点声响。

你们
是人民行列中的一员啊！

（选自1941年1月20日《诗与散文》第一卷第五期）

【作者简介】厂民，原名严汉民（1914—2003），笔名严辰、厂民。江苏武进人。1933年毕业于上海正风文学院文学系。1934年开始发表作品。曾任国立编译馆编审。1941年参加革命工作，历任延安文艺界抗敌协会、鲁迅艺术文学院研究室和中央党校四部创作员、教师，华北联合大学、华北大学文学系教师。1949年加入中国作家协会，成为中国作家协会专业作家，《人民文学》副主编，《新观察》主编，黑龙江省文联副主席，中国作家协会第三、四届理事，中国作家协会第五届名誉委员，《诗刊》主编、顾问。著有散文集《在城郊前哨》；诗集《唱给延河》《生命的春天》《小沈庄》《朝鲜在战斗》《风雪情怀》《迎新曲》《英雄与孩子》《同一片云彩下》《繁星集》《少丹集》《青青的林子》《严辰诗选》《黑海的帆》《严辰诗歌六十年》《春满天涯》

《战斗的旗》《晨星集》《最好的玫瑰》《红岸》《红霞集》《玫瑰与石竹》等；报告文学集《光荣的岗位》《时代新人》（合作）；《信天游选》《民歌选集》；电影纪录片撰稿《英雄战胜北大荒》等。

凭　吊

方　殷

我燃起了一把芦苇，
在这大明湖畔
来凭吊你——
为自由而战死的烈士！
让秋风去代替我的悼词，
让低泣的流水，
来代替我那眼泪。
宇宙间一切能鸣的鸟兽，
齐鸣吧！
一切能歌唱的，
歌唱吧！
告诉你——
我那最英勇的殉难者，
那高举着，
反抗的火把的行列，
仍继续咆哮在
祖国的原野。

（选自1941年1月《战歌》第二卷第三期）

挖　坟[1]

包白痕

（一）

晚暮，
夕阳斜照着山林，
斜照着我们的阵地，
斜照着我们的脸。

我们
年青的战伙，
有力的一群，
守伏在阵地里。
带着我们的友伴，
镐锹，
枪炮，
手榴弹，
静候着队长的分遣。

“敌人的后路
已被我们友军抄断，
现在我们要准备
明朝拂晓攻击
敌人的右翼。”
新的命令，
新的任务，
下来了！

搓一搓手，
摸一摸脸。

我们的战伙
抖起精神，
爬行在夜暗的山野。
屏息着气，
向敌人
摸索，
前进！

摸索前进，
快到敌人的阵地了！
突然，
蓬蓬蓬……
咯咯咯……
枪声响了，
敌人开始向我们射击。

散开来！
散开来！
战斗前进！
为了保卫祖国，
勇猛地
冲上去！

轰隆……
轰隆……
黎明的炮火
燃红了战伙们的心！

（二）

山脚的一角，
黄土翻倒了身。

哦——
那里有一个
一个高大的新坟。

看看去！
是谁的坟？
木牌上写着：
日本皇军
××××之墓。

战伙的胸膛
忽地燃起了愤怒的烈火。
睁大眼
喊：
“嘿！
狗东西！
生着要占我们的土地，
死了也要占我们的土地？
挖了它！
挖了它！
中华的圣土，
哪容海盗做坟墓！”

“挖了它！”
“挖了它！”
战伙又是一阵吼。

几十把
圆锹、
十字镐，
在坟包上挥动着，

黄泥土
又翻转了身。

挖呀挖，
锹呀锹，
当的一声响！
铁和铁的打击，
泥土里闪出几粒火星。
是钢板？
是铜棺？
好像是炮。
是炮？
是炮。
再挖！
再挖！
一门，
二门，
三门……
八门大炮！
战伙们惊喜得发跳。

鬼子设诡计：
大炮退不去！
做假坟，
哄死人。

战伙们，
昂起头，
挺一挺身，
无限兴奋：
“用敌人的枪炮

来消灭敌人！”

1940年1月于柳州

（选自1941年1月《战歌》第二卷第三期）

【注释】①作者原注：这是昆仑关附近的一个地方某次战斗纪实。

在野战医院里

肖　寒

夜里，我躺在病床上，
那入耳的呻吟声和惨叫声
刺痛了我的心。
呻吟声是那么低微，
声音里像含着——哀怨、家乡的梦、人生的苦味。
惨叫声是那么尖锐，
声音里是含着——仇恨、愤怒、不平。

白天，太阳光照耀着庭院里，
那一张张毫无血色的脸，
那一条条瘦得像碗口一样粗的腿，
干枯的手抚摸着烂疮疤，
身体缩成一堆在墙角打着颤抖，
都在阳光下缓慢地动着，
这哪里像是万物之灵的生物啊！

只有太阳是真正公平的，
它给予世间各个不同的人爱抚。
这些只穿着薄薄黄单衣的人们，
很甜蜜地在享受太阳赐给的温暖的爱。

这温暖了他们的身体，
似乎也温暖着心了，
而我却想起夜里我盖着三张灰毯犹觉得冷的惭愧了，
然而仁慈的太阳啊！
虽然你整日不断地爱抚着大地，
你能否将慈爱的光普照着而扫除人间黑暗的丑恶呢？

在病院后面的一间小茅房里面，
隔不几日就有几个人被送入这黑暗的小房。
在这小房里面躺着的人，
他们走完了人生的旅程到达着归宿，
他们在苦难里活着得不到多少真挚的同情，
死了也没有谁掉一滴眼泪。
但这是文士们笔底下的英勇的战士！
是人人口中喊出的保卫祖国的英雄！

1943 年 12 月 24 日于杨桥

（选自 1944 年 3 月 21 日昆明《扫荡报》）

枪响在“中国姑娘”的手里

胡　拓

（一）

喂养得肥大而驯服的蒙古高原的马，
疯狂撒开着奴隶的脚蹄，
奔驰在襄河与扬子江间的愁惨的平野，
践踏着血腥的汉宜大道，

跨越着惨遭屠杀的湖北中部的村落……

而那身体矮小的骑兵队，
那抖擞着武士道余威的骑兵队，
猴子般的蹲伏在闪射着金属光亮的鞍上，
狰狞地俯摇着机枪，怒气冲冲地
进行其追击“游匪”[①]之愚笨任务……

——啊！
尘土
被兽性的群蹄掀起了……
又滚动在天郊……
骑兵们如此急速的向前飞驰，
为的是——
“皇军”的运输车辆，
——那满载着军火与慰劳品的大卡车，
在前面给神出鬼没的游击队摧毁！

（二）

“咦！
中国姑娘！
好好的……”

是的
“好好的……”
一群不及躲出淫恶虎口的中国农村妇女，
浑身颤抖地向迎面奔来的敌人叩头求饶了。

于是
肥大的马匹被弃在路畔，
追击“游匪”的命令被抛却于脑后了。

于是
一群胆破心裂的无辜的“中国姑娘”
将于转眼间遭受人间之最惨痛的凌辱啊！

但是——
“碰！碰！碰！……”枪响了！
枪响在蓦地反抗起来的咬牙切齿的“中国姑娘”的手里呀！
复仇的铅弹向淫醉酩酊的敌人的胸膛飞去……
啊啊！
倒下了！
那久违了樱花之芳香的，
而跋涉自迢迢异国的骑士们倒下了，
倒在怒吼的扬子江边的血泊里……
倒在无人性的兽行里！
（何等不名誉的牺牲啊！）

而一群遗弃的马匹，
跨上了一批掀落了花布头巾的男性小伙子哪！
他们还来不及揩掉鲜艳的脂粉，
还来不及脱掉女人的服装，
便打马向天边的丛林奔去了……

（三）

夜来了，
夜的丛林活跃……
天空
星光闪耀着，
林中
灯火照亮着，
人们

心胸跳跃着……
应和着噼拍的掌声，
应和着胜利之歌，
朝向广大的行列。
是谁？
是谁在高声说话呀？
听……

“东洋的香烟和啤酒有，
——是‘老东’的大肚子运来的[②]！
轻便的机关枪与高大的蒙古马有，
——是‘老东’的骑兵队送的礼！
啊，好牙祭，好战斗的武器！
但是，我的好兄弟，
今晚大家不要喝得烂醉像泥巴哩！
因为明天——
明天我们还得去迎接更大的胜利！”
《后记》（略）

（选自1944年8月16日昆明《扫荡报》副刊《七月诗页》第八号）

【注释】

①作者原注：游匪，沦陷区敌伪统称我游击队为“游匪”。

②作者原注：老东，是鄂中游击队对敌人非正式的称呼。

【作者简介】胡拓（1915—1987），湖北省松滋市老城镇西门河人。1935年，胡拓在武汉上学时参加“一二·九”学生运动。抗日战争爆发后带笔从戎，在新四军做战地宣传员。1938年6月，随皖南特支委员谢云峰到武汉办事，经组织批准回家探亲。后转入建始师范上学，毕业后经学校地下党负责人黄宽成介绍到宜昌分乡小学教书。1940年随流亡人群前往重庆，在重庆市立二小任教，因与校方发生矛盾而被解职。后到南川第七保育院工作。太平洋战争爆发后，大批文化人士齐集桂林，他亦前往。由于在桂林处境艰难又转到重庆，经人介绍到国民党空军“新生社”任文化干事。1945年7月被提升为空军四大队中队指导员，以稿件形式向《新华日报》反映空军的一些情报。1946年3月，因形势恶化返回松滋，在老城小学任校长。松滋解放后，历任松滋县民政科副科长、松滋文化馆馆长、图书馆馆长、县文联主席、文工队队长。是第一至七届县政协委员、常委，还当选过县人大代表。胡拓先后创作了大小剧本40余个、演唱材料100余篇。1980年自费出版诗集《太阳照在她的头顶上》。其文学创作编入《中国抗日战争时期大后方文学书系》和《中国文学家辞典》条目。

夜 袭

禾 波

一弯月，
是引路的灯。
斑斓的星星，
给出击者以无限的温存。
松涛掩盖着我们的脚步，
耻辱消泯在同志们的脸。
溪水向林间低唱，
奏出大地欢快的歌声。

穿过幽邃的林木，
踏破丛山的险峻，
蒙蒙的月色下，
飞舞着流萤。
一颗颗热烈的心凝固，
像磐石雄搁在山间。

轻踏着步子，
不敢惊破晚间的沉醉。
让乌鸦在林间睡吧！

沉压着火焰的眼睛，
那重山下就是仇恨，
熟睡着像死猪一样的敌人。
紧捏着爆烈的手榴弹，
再轻些，压缩了呼吸，
手一放松，去吧！
来一个震撼山岳的回应。

（选自1944年9月10日《云南晚报》副刊）

【作者简介】禾波（1920—1998），本名刘志清，笔名禾波，四川荣县人。1937年开始发表作品。1949年前，曾在重庆以教师的公开身份从事中共地下工作。1949年后，历任中央文学研究所、北京市文联、北京市作协分会干部、北京市曲艺团编剧。1953年毕业于中央文学研究所。1980年加入中国作家协会。著有诗集《创造者》《三门峡的歌》《煤海浪花》《禾波诗选》《生活赞歌》《战斗情曲》《抒情叙事诗》《离休杂咏》《禾波八行诗》《抒情诗》，散文《光明胡同赞》《回忆与联想》等。

给输血的士兵

欧阳似虹

你们，吃不饱。
更何用谈营养！
大腿比不了富商的膀子。
你们的膀子，像手指，
然而你们捐出了
你们纯洁的血，
好吧，是纯洁的血啊！
让你们自己的血交流！

看护妇感动得流泪，
每一个好市民都敬仰你们，
有良心的人会跟着你们来，
这国度里还存在着
一大群善良的年青人！
明天，像你们一样瘦的穷学生，
要骄傲地来输血十万西西[①]！

（选自1944年10月16日《云南晚报》）

【注释】①西西：毫升

第三组　站在西南的山冈上

南国的花，火一般地红

穆木天

南国的花，火一般地红。
铁鹰的银翼，翱翔在南国的天空。
滇池的水，像是在涨。
群山，在光明中，朦胧。
在原野里，刮着八月的微风。
铁鹰的翼膀上，带着飞将军的梦：
在我们的天空，不叫强盗横行！

南国的花，火一般地红。
银翼的铁鹰，振响在万里的晴空。
翠湖的树，像是在生长。
大地，在午睡中，觉醒。

在万山里，燃着八月的热情。
在铁鹰的额上，悬着全民族的梦：
在我们的领土上，不叫强盗横行！

南国的花，火一般地红。
南国的原野里燃烧着抗战的热情。
森林里边，瞪着愤怒的眼睛。
山谷里边，激昂着复仇的心胸。
在烟瘴中，吹震着动员的号角。
向着太阳那边，集中着四十年的仇恨：
强盗法西斯蒂，我们要把你铲平！

南国的花，火一般地红。
在南国的宇宙中，吹着八月的暖风。
天空中，铁鹰在翱翔。
大地上，热情在沸腾。
每个人，怀着民族解放的憧憬：
保卫大武汉，我们的马德里！
强盗法西斯蒂，我们要把它扫平！

（选自1938年9月4日《云南日报》副刊《南风》）

云南（朗诵诗）

羊醉秋

我想说一说：
这一伟大的后方，
我歌颂它那个响亮的名字，
像暗夜里一点闪烁的星光。

我爱这块广大的山原，
它蕴藏着掘不完的宝藏：
高粱、荞麦和谷物，
春天来时，给它换一件美丽的新装。

我更爱这里千百万的老百姓，
耐苦、淳朴，还有热烈的心肠，
我们酷爱着祖国，
正如爱着自己的家乡。

呵，七月七，
这个兴奋的日子，
它指示我们艰苦的斗争！
也给我们带来了民族的解放，
全中国的人民像洪流汇在一起。
“抵抗！抵抗！”大家都喊出一样的声响！

云南的心里也燃起了野火，
云南的儿女更兴奋得发狂！
野火烧断了他们的柔肠，
给他们熔出一身钢铁的力量。

那一天，（我永远不会遗忘）
几千万兄弟姊妹们，
一齐走向广大的草场。
他们记起了六年的耻辱，
今天，他们要纪念这一次创伤。

那一天，我像一个小孩子，
夹进了大人的行列。
我听见悲愤的呼喊，

像狂流，像利刃穿透了人心，
让人们流出感动的泪行。

从此，云南的野火，
燃得更高更长，
一切的男女，
把仇恨紧紧记在心上。
我看见大街里杂沓的人群，
红着眼睛倾听着学生的演讲，
我听到白天黑夜里，
到处飘荡着激昂的歌唱。
看到苦力车夫们，
把一切积蓄捐助给前方。
我还看见四方的兵丁，
他们一齐拿起了枪杆。
几万个大军越过荒山，
越过平原，走到台儿庄。
为了祖国，他们忘记了自己，
把枪口对准敌人的胸膛。
他们愿意流干了热血，
一寸土地也不肯白让。
还有更多的青年们，
在后方，脱下了衣裳，
今天他们都穿好了武装，
一个个磨着拳头，擦着手掌，
恨不得马上把敌人杀光！
四下里我听不到哀怨或嗟伤，
我觉得云南不断地紧张！
我欢迎着云南，
她会在斗争里健全地成长。
（中略）

云南，你这伟大的地方！
忘不了你这光荣的名字，
我希望你
从斗争里更健全地生长！
勇敢地前进吧！
胜利在前！

（选自1938年6月16日《云南日报》）

【作者简介】羊醉秋，本名杨承礼，大理人，白族。中华人民共和国成立后曾任丽江专员公署民政人事科科长。

歌手的安眠

——纪念聂耳

杨　琦

七月，怒喷着中华民族复活的光焰，
中国的土地上流遍了复仇的烽烟。
数年来我们沉溺在漆黑的深夜里，
今天，才看见黎明的火光一片。

在血泊中，我们斗争着已有两年，
“泥足”的倭寇渐渐走向崩溃的崖边。
我们壮大的行列朝着胜利的路上挺进，
我们激动的歌声震彻了全世界。

在七月里，
我们准备着更猛烈的反攻战斗。
在七月里，
我们记起了你伟大的勇敢歌手！

四年前，
你吼着“中华民族到了最危险的时候”。
四年前，
你掀起“中华民族自救的巨浪”！

四年前，
你奠立了划时代新音乐的初基。
四年前，
你消逝在敌人海边的波浪里。

今天，我们四万万团结成一条铁链，
把民族解放的重担放上两肩。
踏着战士洒满鲜血的路子，
冒着敌人的炮火英勇向前！

你虽然已离开这苦难的人间，
但你雄壮的歌声却永远响遍全国各地。
复活的季节里我们悲痛地纪念，①
纪念你伟大的歌手长久的安眠！

（选自1939年7月7日《云南日报》副刊《南风》）

【注释】①“季节”原抄录稿为“节季”。

【作者简介】杨琦（1921—），本名杨其庄，纳西族，云南省丽江人。音乐理论家、美学家、诗人、教授。国立音乐学院理论作曲专业毕业。20世纪30年代即开始从事艺术活动与文艺创作（中华人民共和国成立前做过教师和新闻记者），主编过《中国日报》副刊和《文学新丛》、国民公报的《文学新叶》以及《诗行列》诗刊。中华人民共和国成立后，在南京从事行政工作。1954年调北京中国音乐家协会工作。1963年调四川音乐学院至1988年离休。在任期间，兼任中国音乐家协会理论委员会委员、四川省音乐家协会顾问、四川省美学学会副会长、《诗之国》（天津）诗刊特约编审、凤翥诗词学会顾问等社会职务。杨琦一生辛勤耕耘，致力于音乐美学的研究工作，其学术论文多次获奖。曾出版过《在音乐战线上》（音乐文集）、《为我报仇》（剧本）、《杨琦诗抄》、《旅美心影》、《艺术家与德育》、《外国不人故事·音乐家》（后两本与人合作）。

慰劳信

卞之琳

你们与朝阳约会，
十里外山顶上相见。
穿出残夜的锄头队，
争光明一齐登先。

荒瘠里要挤出膏腴，
你们向黄土要粮食。
翻开了暗草的冬衣，
一千个山头都变色。

把庄稼个别的姿容，
排入田畴的图案。
你们将用了人工，
依自然丰美了自然。

让你们苦中尝尝甜，
有年深月久的甘草根。
白手也生了硬肉茧，
回头会握叫了爱人。

锄头是如此原始，
你们却不惜费力。

你们不背向现实，
也给了象征以实体。

1939年11月27日

（选自1940年昆明明日社版《慰劳信集》）

【作者简介】卞之琳（1910—2000），曾用笔名季陵，江苏海门人。1931年开始发表作品。1933年毕业于北京大学英文系，抗日战争初期曾访问延安从事临时性教学工作，还访问过太行山区前方。回西南大后方后到昆明任西南联大讲师、副教授、定级教授。1946年至天津南开大学任职一年。1947年做客英国牛津大学任研究员，期间写了七八十万字的抗战小说，描绘知识分子的抗战心态。1949年回到国内，历任北京大学西语系教授(1949—1952)，中国社科院文学所研究员(二级、享受终身制待遇)；国务院学位委员会第一、二届外国文学评议组成员；中国莎士比亚研究会副会长；中国作家协会理事、顾问；多次下乡生活与协助农村工作。2000年1月，卞之琳获得了首届“中国诗人奖——终身成就奖”。同年12月逝世。有《三秋草》《鱼目集》《汉园集》《十年诗草》《翻一个浪头》《雕虫纪历》《沧桑集》等诗文集，翻译著作《莎士比亚悲剧四种》、《英国诗选》、纪德《浪子回家》、里敦·斯特莱切《维多利亚女王传》等。

马拉

蒂克

白云似一缕飞纱，
轻拂着山腰的人家。
丝丝炊烟，
又飘出白云里溶化。

舜王坪上[1]
开着碗大的黄花。

一只花豹在草坪上奔跑，
后面追来了
持着猎枪的马拉。

一片白云扫去了花豹的踪影，
酒杯花笑红了腮巴。
马拉张着滴溜溜的眼睛，
打量着翠绿的山洼洼。

（选自1941年2月中华文艺界抗敌协会昆明分会会刊《西南文艺》创刊号）

【注释】①作者原注：晋南历山之巅，土人称之曰舜王坪，上面奇花异草甚多。

站在西南的山冈上（歌词）

李良康

（歌岗合唱团团歌）

站在西南的山冈上，
我们歌唱出第一支歌。
像荡漾的春风，
像汹涌的波涛，
和那漫山遍野的烈火！
我们赞美壮丽的山河，
歌唱战斗的祖国。
我们唤醒人们的迷梦，
传播解放的战歌。
歌声从山林飞过江河，
歌声从城镇飞向海洋。

歌咏是我们的武器，
紧随着我们的歌声行进！
歌咏是我们的武器，
紧守着岗位欢迎着光明。

1942年，徐守廉作曲

山林果（歌词）

仁苏

山林果，
红了东山坡，
红了西山脚，
东山西山庄稼汉子笑呵呵。
春天栽秧，
秋天老老小小一齐来收获！
稻谷堆满仓，
牲畜放回窝，
庄稼汉子笑呵呵。
丢下了犁耙，
背上了土枪，
走过东山坡，
走过西山脚，
打游击呀真快乐！

（1942年此歌词由徐守廉作曲，在抗战期间流行于云南。）

【作者简介】仁苏，本名李璇枢（1888—1954），别字仁苏，号璇三郎，又号沧桑过客，广东省东莞莞城人。李璇枢幼童时考中秀才，1908年毕业于东莞县学堂，后入广东政法学堂，受民主革命思潮影响，办《东莞旬报》鼓吹革命，该报曾刊有其戏剧创作《义民迹传奇》（今仅见《楔子·感时》)。1911年3月29日，与莫纪彭、陈哲梅、李文甫、黄侠毅等参加攻打两广总督衙门的“黄花岗起义”。

献给乡村的诗

艾青

我的诗献给中国的一个小小的乡村——
它被一条山冈所伸出的手臂环护着。
山冈上是年老的常常呻吟的松树；
还有红叶子像鸭掌般撑开的枫树；
高大的结着戴帽子的果实的榉子树，
和老槐树，主干被雷霆劈断的老槐树。
这些年老的树，在山冈上集成树林，
荫蔽着一个古老的乡村和它的居民。

我想起乡村边上的池沼——
它的周围密密地环抱着浓绿的杨柳，
水面浮着菱叶、水葫芦叶、睡莲的白花。
它是天的衷心伴侣，映着天的欢笑与愁苦；
它是云的梳妆台，太阳、月亮、飞鸟的镜子；
它是群星沐浴处，水禽的游泳池。
而老实又庞大的水牛从水里伸出了头，
看着村妇蹲在石板上洗着蔬菜和衣服。

我想起乡村里那些幽静的果树园——
园里种满桃子、杏子、李子、石榴和林檎。
外面围着石砌的围墙或竹编的篱笆，
墙上和篱笆上爬满了茑萝和纺车花。
那里是喜鹊的家，麻雀的游戏场；

蜜蜂的酿造室，蚂蚁的堆货栈；
蟋蟀的练音房，纺织娘的弹琴处。
而残忍的蜘蛛偷偷地织着网捕捉蝴蝶。

我想起乡村路边的那些石井——
青石砌成的六角形石井是乡村的储水库，
汲水的年月久了，它的边沿已刻着绳迹，
暗绿而濡湿的青苔也已长满它的周围。
我想起山村田野上的道路——
用卵石或石板铺的曲折窄小的道路，
它们从乡村通到溪流、山冈和树林，
通到森林后面和山那面的另一个乡村。

我想起乡村附近的小溪——
它无日无夜地从远方引来了流水，
给乡村灌溉田地、果树园、池沼和井，
供给乡村的居民们以足够的饮料；
我想起乡村附近小溪上的木桥——
它因劳苦消瘦得只剩了一副骨骼，
长年地赤露着瘦长的腿站在水里，
让村民们从它驼着的背脊上走过。

我想起乡村间平坦的旷场——
它是牧童们的竞技场，角力和摔跤的地方。
大人们在那里打麦、掼豆、扬谷、筛米……
长长的横竹竿上飘着未干的衣服和裤子；
宽大的地席上铺晒着大麦、黄豆和荞麦；
夏天晚上人们在那里谈天、乘凉，甚至争吵；
冬天早晨在那里解开衣服找虱子、晒太阳。
假如一头牛从山岩跌下，它就成了屠场——

我想起乡村里那些简陋的房屋——
它们紧紧地挨挤着，好像冬天寒冷的人们，
它们被紫烟熏成乌黑，到处挂满了尘埃。
里面充溢着女人的叱骂和小孩的啼哭，
屋檐下悬挂着向日葵和萝卜的种子，
和成串的焦红的辣椒、枯黄的干菜；
小小的窗子凝望着村外的道路，
看着山峦以及远处山脚下的村落。

我想起乡村里最老的老人——
他的须发灰白，他的牙齿掉了，耳朵聋了。
手像紫荆藤紧紧地握着手杖，
从市集回来的村民高声地和他谈着行情。
我想起村里最老的女人——
自从一次出嫁到这乡村，她就没有离开过。
她没有看见过帆船，更不必说火车轮船，
她的子孙都死光了，她却很骄傲地活着。

我想起乡村重压下的农夫——
他们的脸像松树一样发皱而阴郁，
他们的背被过重的挑担压成弓形，
他们的眼睛被失望与怨愤磨成混沌。
我想起这些农夫的忠厚的妻子——
他们贫血的脸像土地一样灰黄，
他们整天忙着磨谷、舂米、烧饭、喂猪，
一边纳鞋底一边把奶头塞进婴孩啼哭的嘴。

我想起乡村里的牧童们——
想起用污手擦着眼皮的童养媳们，
想起没有土地没有耕牛的佃户们，
想起除了身体和衣服之外什么也没有的雇农们，

想起建造房屋的木匠们、石匠们、泥水匠们，
想起屠夫们、铁匠们、裁缝们，
想起所有这些被穷困所折磨的人们——
他们终年劳苦，从未得到应有的报酬。

我的诗献给乡村里一切不幸的人——
无论到什么地方我都记起他们，
记起那些被山岭把他们和世界隔开的人。
他们的性格像野猪一样，沉默而凶猛，
他们长久地被蒙蔽、欺骗与愚弄，
每个脸上都隐蔽着不曾爆发的愤恨。
他们衣襟遮掩着的怀里歪插着尖长快利的刀子，
那藏在套里的刀锋，期待着复仇的来临。

我的诗献给生长我的小小的乡村——
卑微的，没有人注意的小小的乡村，
它像中国大地上的千百万的乡村。
它存在于我的心里，像母亲存在儿子的心里。
纵然明丽的风光和污秽的生活形成了对照，
而自然的恩惠也不曾弥补了居民的贫穷，
这是不合理的：它应该有它和自然一样的和谐。
为了反抗欺骗与压榨，它将从沉睡中醒来。

1942年9月7日

（选自昆明北门出版社版《献给乡村的诗》，据1979年诗刊社版《艾青诗选》校订。）

【作者简介】艾青（1910—1996），原名蒋海澄，笔名莪加、克阿、林壁等，浙江金华人。自幼由一位贫苦农妇养育到5岁回家。1928年中学毕业后考入杭州国立西湖艺术学院绘画系。1929年在林风眠校长的鼓励下到巴黎勤工俭学，在学习绘画的同时，接触欧洲现代派诗歌。1932年5月回到上海，在上海加入中国左翼美术家联盟，从事革命文艺活动，不久被捕，在狱中写了不少诗，其中的《大堰河——我的保姆》

发表后一举成名。1935 年出狱，翌年出版了第一本诗集《大堰河》。抗日战争爆发后，在汉口、重庆等地投入抗日救亡运动，任《文艺阵地》编委、育才学校文学系主任等职。1941 年赴延安，任《诗刊》主编，这段时间的代表作有《向太阳》等。1944 年获“模范工作者”奖，并加入中国共产党。1945 年 10 月随华北文艺工作团到张家口，后在华北联合大学文艺学院任领导工作，写有《布谷鸟》等诗。1979 年后写了《归来的歌》《光的赞歌》等诗。

四月的江城

孙艺秋

昨日，
人从山里来，
说野蔷薇开遍了岭南岭北；
说江里的流水，
流成了绿色的漩涡。

一夜江城的四月雨，
原野草色乃发青了。
嫩草好喂我的战马，
趁新潮浣洗征衣[①]。
江水正打着沙石
微风飘来菜花的芳香。

远山升起白烟啦！
望着白云，
望着白云，
白云那面是我们的家吗？
我的白马呀！
驮着我，

奔波了多远的路程啊！

四月的江城，
是有一双明丽的眼睛的，
它召唤着我，
与我的家乡的怀念。
家乡在召唤着我呀！

燕子来了，
人还没有回去。
我的白马，
不肯啮食草原上的嫩芽，
只忧郁地站着，
摆它的尾巴。

回去啊！
回去啊！
回到北方去啊！
生在北方的战马，
不惯这四月的江城啊！

（选自1943年7月《枫林文艺》第一期《辽阔的歌》）

【注释】①选录者原注：原为“衬新潮”可能是“趁新潮”之误。

【作者简介】孙艺秋（1918—1998），原名孙萍，河南安阳人。19岁即任《安阳日报》副刊编辑，1943年毕业于西北大学中文系。先后在台湾大学、中原工学院、嵩华文法学院任教（副教授）。1948年担任《高原文艺》副主编。1949年加入中国人民解放军，参与了解放舟山群岛的战役。1955年转业后任教于兰州大学中文系。20世纪70年代末调入西北民族学院，任汉语言文学系教授，并曾兼任《西北民族学院学报》主编。

歌向风沙中的高原

牛　汉

来到绿色的盆地，
我生活得好：
生活里收获了无边的绿色，
生活里收获了新谱的歌！

昨天这小城落着雨，
这茅屋，阴湿啊，寂寞呀！
我又想起我的悲哀的伙伴们，
我知道在那暴动着风沙的莽原上，
伙伴们围着炭火，
烤着寒郁的心……
于是我的幼小的心里
又落下了阴湿的雾。

呵，我的悲哀的伙伴们！
对我的遭遇，
我只有静静的愤怒，
在这里，我向你们祝福。
我永远不会离开你们！
我那颗心留给你们，
我把心留给你们呵……

呵，你温暖的风，
春的跃动的流呵！
请你驮着我这轻柔的歌，
飘到高原，飘进那寂寞地
蹲在风沙里的土屋，

告诉那些我的伙伴：
我生活得好……

（选自1943年7月《枫林文艺》第一期《辽阔的歌》）

【作者简介】牛汉（1923—2013），本名史承汉、史成汉，曾用笔名谷风，山西定襄县人，蒙古族。14岁之前一直在乡村放牛、拾柴、练拳、摔跤、吹笙、唱秧歌、弄泥塑、打群架，是村里最顽皮的孩子，浑身带着伤疤，一生未褪尽。父亲是个具有艺术气质和民主自由思想的中学教员，大革命时期在北京大学旁听过，旧诗写得颇有功力。他10岁以后就入迷地翻看父亲所藏的那些似懂非懂的书刊。他母亲教他诵读唐诗，母亲生性耿直倔强，他继承了母亲的某些性格。抗日战争爆发后，牛汉随父亲流亡到陕西，在西安叫卖过报纸，学过几个月绘画，徒步攀越陇山到达天水，进入专收战区流亡学生的天水一中读书。他入迷地画画写诗，几次想去陕北鲁艺学习未成。1940年开始发表诗，1941年在成都发表诗剧《智慧的悲哀》，1942年在桂林《诗创作》上发表的《鄂尔多斯草原》引起诗歌界的注视。1943年考入设在陕西的西北大学外语系俄语专业。1945年初在西安主编文艺期刊《流火》。1946年因参加学生运动被判刑两年。1948年夏出版诗集《彩色的生活》，1948年8月进入华北解放区。中华人民共和国成立初期，在大学、部队工作过。1979年以来，创作了二三百首诗。出版散文集《牛汉散文》《萤火集》《童年牧歌》。曾任《中国文学》执行副主编、《新文学史料》主编、《中国》杂志副主编，人民文学出版社五四文学编辑室主任及编审。还任过中国作家协会全国名誉委员、中国诗歌协会副会长。代表作《华南虎》《悼念一棵枫树》与《半棵树》都创作于“文革”期间。《悼念一棵枫树》获1981—1982年文学创作奖；诗集《温泉》获全国第二届优秀新诗诗集奖；2003年，又以几篇新作获“新世纪第一届《北京文学》奖”一等奖。同年，荣获欧洲马其顿的“文学节杖奖”，其文学成就得到了国际的认可。

写给老马

文　骥

据报载：挑夫老马于七七献金时，又一次本其已往热忱，以其年末积蓄献国家，特做此诗为其祝福。

每天
用一条扁担撑住生活！
每天
用一双肩头负起生活！
日子从挑担时溜过去了，
从烽烟里又度过第八年。
老马！
你真活像一匹老马啊！！
一生默默地
驮着沉重的艰辛，
在这漫长的岁月中，
日日不停地行进。

沉重的负荷，
压不倒你！
艰辛的生活，
压不倒你！

为着要赶快走到
胜利的门前喘一口气，
年年你把磨损了肩头
才慢慢换来的钱，
毫无考虑地
举起瘦手送到献金台上。

年年是那样默默地放着，
又默默地走开。
（没有那些达官们的骄傲，
没有那些巨商们的颓丧，
没有想到：
也许有人趁着这机会要背一笔。
更没有做官和乘龙的梦……）
耐劳、爽直、善良、无私，
为你已往的化身，
听说今年你也是一如已往。

老马，
你真活像一匹老马呵！
但愿能如我祝福。
今后
（生活和结局）
不会像老马那样……

（选自1944年7月7日，《云南晚报》副刊。）

擂鼓的诗人

——寄一多先生

臧克家

呵，你擂鼓的诗人！
站在思想的前线上！
站在最要紧的关口上！
你擂鼓，
是鼓的声音，

是心的声音，是战斗的声音。
越过山，越过海，
去叩每一扇心门。
麻醉的，活动了！
累倒的，振奋了！
险恶的，战栗了！
失掉的，开始寻找他自己的心。

呵，你擂鼓的诗人
从沉埋了三十年的经典里，
从幽暗的斗室里，
带着苦心培养文化“血情”，
你走出来。
当别人
为了一个目的，
从几千年的枯坟里，
拖出了死人，
把他们的脸上贴满了泯金；
当别人
为了一个目的，
把万年的烂谷糠，
拿来喂二十世纪五十年代
中华民族的灵魂。

呵，你擂鼓的诗人！
经过了曲折的路程，
经过了探索挣扎的痛苦，
你走向了人民。
把大地做一块幕布，
（你是那么挚爱它）
挂一幅理想的远景，

你倔强地、精神抖擞地
走向他，
一步比一步接近了群众，
你的人，也一步比一步更高大。
我看见你庄严的神情，
我听见你心血的汹涌，
最后，我看见你的头
在布幕上有斗大，
一尺长的胡须，
在眼睛的星光中
飘动，
最后，像火山口里
听到了爆炸的地心，
从你大张的口里
我听到了
“呵，祖国！呵，人民！”

（选自1944年8月31日《扫荡报》副刊《七月诗》第4期）

（审校后记：作者在重庆看到1944年8月《新华日报》刊载闻一多被解聘的消息。于8月20日写下了这首诗。原题为《擂鼓的诗人——呈闻一多先生》。）

【作者简介】臧克家（1905—2004），曾用名臧瑗望，笔名少全、孙荃、何嘉、克家等，山东诸城人，18岁前一直生活在胶东半岛的农村。1923年夏考入济南省立第一师范学校，开始写新诗。1925年在《语丝》上发表处女作《别十与天罡》。1929年入读国立大学补习班，在青岛《民国日报》上第一次发表新诗《默静在晚林中》。1930年入读国立青岛大学（1931年改为山东大学）中文系。1933年出版第一部诗集《烙印》。1934年出版诗集《罪恶的黑手》。同年，于山东大学毕业。1934年至1937年，在山东临清中学任教，出版诗集《运河》和长诗《自己的写照》，创作了散文集《乱莠集》。1936年参加中国文艺家协会。1938年参加中华全国文艺界抗敌协会。1938年至1941年夏初，任第五战区抗敌青年军团宣传科教官、司令长官部秘书、战时文化工作团团长、三十军参议等职，三赴台儿庄前线采访，写成长篇报告文学《津浦北线血战记》，率第五战区战时文化工作团开展抗日文艺宣传和创作活动。组织“文艺人从军部队”参加随枣战役。这期间，出版了《从军行》《淮上吟》等诗集及散文集《随枣行》。1941年秋，任第三十一集团军参议、三一出版社副社长、代理社长，筹备出版了刊物《大地文丛》，创刊后被查禁。1942年7月到重庆，在中华全国文艺界抗敌协会第五届年会上当选为候补理事。任赈济委员会专员，编辑《难童教养》杂志至1945年秋，出版了散文集《我的诗生活》、诗集《泥土的歌》《十年诗选》等；历任上海《侨声报》文艺副刊、《文讯》月刊、《创造诗丛刊》主编。1948年12月流亡香港。1949年3月到北京后历任华北大学文艺学院文学创作研究室研究员、新闻出版总署、人民出版社编审、《新华月报》编委，主编《新华月报》文艺栏。1956年任中国作协书记处书记。1957年至1965年任《诗刊》主编。系第二、三届全国人大代表，第五、八届全国政协委员，第六、七届全国政协常委。1988年4月获中国作家协会首届文学期刊编辑荣誉奖。2000年1月获首届“厦新杯中国诗人奖”终身成就奖。11月，获“国际炎黄文化研究会首届龙文化金奖”终身成就奖。2002年10月，获世界诗人大会和世界艺术文化学院授予荣誉人文学博士。12月，获第七届今世缘国际诗人笔会颁发的“中国当代诗魂”金奖。2004年2月5日在北京逝世，享年98岁。

我们的歌

联大新诗社

不是一支牧歌，
飘荡在绿荫的草原。
不是一支西班牙舞曲，
飞翻在少女的红裙底下。
不是一支纵情的船歌，像星光
闪烁在威尼斯的水波上。

我们的歌，
如此粗犷，

像一匹发怒的野马，
在山浪里狂奔呵！
我们的歌，
溶进了
那流浪遍大江南北的怨恨，
饥饿线上死亡的哀号！
我们的歌，
感染了
伤兵脸上的惨白，
在战场上和路边死者的污血。
我们的歌，
卷入了
年青人血脉的激动，
战斗者刚强的射击。
我们的歌是粗犷的，
因为有着粗犷的暴力在我们的背后抽打。
我们的歌像风暴，
因为风暴正在人们心里翻滚。
我们的歌，粗糙而不柔和，
因为这里
有万金豪赌的夜市，
有纵横的腐尸在路旁。

当我们试用温柔的调子
去迷惑自己和别人；
想用做梦者的呓语，
去装饰宇宙的沉默。
我们就感到比拉往屠场的牲口更苦，
比喑哑还沉痛！
我们宁愿在沉默中死去，
不愿做妓女的侑歌。

我们也希望有一天，
呵，这一天一定到来！
天空永远灿烂着云彩，
老人都唱着孩子般天真的歌。
悲哀再不是脸上的表情，
毒草将再不能在土地上生根。
那时我们的歌，
比春天更美，
比云雀的欢呼更快乐。

（选自1944年10月30日《云南晚报》副刊）

【作者简介】“联大”新诗社：1944年4月在闻一多、朱自清等先生指导下成立的西南联合大学新诗社。闻先生说：“新诗社是写诗的团体，但它应该不同于过去和现在那些自命不凡的人组织的团体。它应该是完全新的诗社。不仅要写形式上新的诗，更要写内容也新的诗。不仅要做新诗，更要做新的诗人”。他还说：“当一个人对生活有了这样那样的感受，他心头在激动，他想把这种感受倾吐出来，争取别人的共鸣。他要用最好的语言去激动别人的感情。这样的诗才会真实，才会有内容。”遵照闻先生的教导，新诗社当时订了四条纲领：“一、我们把诗当作生命，不是玩物；当作工作，不是享受；当作献礼，不是商品。二、我们反对一切颓废晦涩的自私的诗；追求健康的爽朗的集体的诗。三、我们认为生活的道路，就是创作的道路；民主的前途，就是诗歌的前途。四、我们之间是坦白的、直率的、团结的、友爱的。”新诗社不断举行朗诵会，参加朗诵的人愈来愈多。许多校外的同学、公务人员、中学教员、报馆编辑、记者，也带着自己的诗来参加朗诵会，成了新诗社的社员。开过几次千人以上的朗诵会。除了开朗诵会，同时也出墙报。开朗诵会是运动战，出墙报是阵地战。用报纸副刊的形式，出版了多期《七月诗页》；还出版了戈扬的《抢火者——“一二·一”运动的叙事诗》和杨明的《死在战场以外的中国兵》等诗集。1944年为贫病作家募捐，在后方各大城市募捐的300多万元中，新诗社就占36万元。新诗社最积极的社员何（孝）达做了大量工作，写了不少好诗，受到朱自清先生的称赞。清华大学迁回北平后，将联大新诗社带到清华园继续新诗创作与朗诵活动。

滇缅公路

杜运燮

不要说这只是简单的现实，
试想没有血脉的躯体，没有油管的机器。
你们该起来歌颂：就是他们
（营养不足，半裸体，挣扎在死亡的边沿）
就是他们，冒着饥寒与疟蚊的袭击，
每天不让太阳占先，从匆促搭盖的土穴草寮里出来，
挥动着原始的锹铲，
不惜仅有的血汗，一厘一分地
为民族争取平坦，
争取自由的呼吸。

歌唱呵，你们，就要自由的人民！
路给我们希望与幸福，而就是他们
（还带着沉重的枷锁而使人播弄）
给我们明朗的信念，
光明闪烁在眼前。
我们都记得无知而勇敢的牺牲，
永在阴谋剥削而支持幸福的一群，
与一种新声音在响，一个新世界在到来！
如同不会忘记时代是怎样无情，
一个浪头，一个齿轮都是清楚的教训。

看，那就是，那就是他们不朽的化身：
穿过高寿的森林，经过万千年风霜，
与期待的山岭，蛮横如野兽的激流，
以及神秘如地狱的疟蚊大本营……
就用勇敢而善良的血汗与忍耐，

踩过一切阻挡，走出来，走出来！
给战斗疲倦的中国送鲜美的海风，
送热烈的鼓励、送血、送一切，于是
这坚忍的民族更英勇，开始欢笑：
“我起来了，我起来了，我已经自由！”

路永远使我们兴奋，都来歌唱呵！
这是重要的日子，幸福就在手头。
看它，风一样有力，飘过绿色田野[1]，
蛇一样轻灵，从茂密的草木间
盘上高山的背脊，飘行在流云中，
俨然在飞机和座舱里，发现新的世界！
而又鹰一般敏捷，画几个美丽的圆弧，
降落下箕形的溪谷，倾听村落里
安息前欢愉的匆促，轻烟的朦胧中
溢着亲密的呼唤，人性的温暖，
于是更懒散，沿着水流缓缓走进城市。

而就在粗糙的寒衣里，荒冷而空洞，
也一样负着全民族的食粮。
载重车的黄眼满山搜索，
搜索者跑向人民的渴望。
沉重的橡皮轮不绝滚动着，
人民兴奋的脉搏，每一块石子
一样觉得为胜利尽忠而骄傲。
微笑了，在满足而微笑着的星月下面，
微笑了，在豪华的凯旋日子的好梦里。

征服了黑暗就是光明，它晓得。
你看，黎明红色消息已写在每一片云上，
钻涌出多少兴奋的头颅！

七色的光在忙碌调整布景的效果，
星子在奔走，鸟儿在转身睁眼，
远处沿着山顶闪着新弹的棉花，
滇缅公路得万物朝气的鼓励，
狂欢地引负远方来的货物。
上峰顶看雾，看山坡上的日出，
修路工人在草露上打哈欠："好早啊！"

早啊！好早啊！路上的尘土还没有
大群地起来追逐，辛勤的农夫
因为太疲劳，肌肉还需要松弛，
牧羊的小孩正在纯洁的忘却中，
城里人还在重复他们枯燥的旧梦，
而它，就引着成群各种形状的影子
在荒废久年的森林草丛间飞奔：
一切在飞奔，不准许任何人停留，
远方的地球被转下地平线，
拥挤着房屋的城市已到面前，
可是它，不能停，还要走，还要走！
整个民族在等待，需要它的负载。

（选自1942年12月8日《文聚》第一卷第一期）

【注释】①"飘"原抄录稿为"航"字。

【作者简介】杜运燮（1918—2002），福建省古田人，生于马来西亚霹雳州。1934年，回福州，1940年考入西南联大，参加学生组织"群社"和"冬青文艺社"，为"冬青文艺社"负责人。同年，开始发表作品。《滇缅公路》一诗是其成名之作。与穆旦、郑敏被誉为联大"三星"；又与穆旦、袁可嘉、郑敏等九位诗人合出《九叶集》而被评论界称为"九叶诗派"，在中国诗歌界具有较大的影响。1943—1945年，参加中国远征军远赴印度、缅甸，为美国训练中心当过通译员。1945年毕业于西南联大外语系后历任重庆《大公报》编辑，新加坡南洋女中和华侨中学教师，香港《大公报》副刊编辑，《新晚报》电讯翻译。1951年起在北京新华社国际部工作，任新华通讯社国际部编辑、翻译。1979年3月重返新华社国际部继续从事编辑工作，任《环球》杂志副主编，兼任中国社会科学院研究生院新闻系研究生导师。1980年加入中国作家协会。1986年10月评为译审，享受早期回国定居专家待遇。2002年7月16日去世，享年84岁。有《诗四十首》(1946)、《晚稻集》(1988)、《南音集》、《你是我爱的第一个》(1993)、《杜运燮诗精选一百首》、《海城路上的求索——杜运燮译文选》、《九叶集》（合集）、《八叶集》（合集）、《杜运燮六十年诗选》等传世。

畹　町

江　河

奇迹一样地出现，
又梦一般地消逝了！
畹町，祖国的门槛，
你的命运，
何其如此短暂？

善良的人们，
用可惊的劳力，
以可惊的速度，
克服瘴雨蛮烟，
开垦，建造了你。
而残暴的铁蹄，
又以毁灭世界的凶焰，
将你踏为平地！

谁能记起？
在荒凉的山谷中，
一庄竹编的草屋，

却构成廿世纪都市的繁荣！
石桥上柔软的柏油路，
把两个国家的动脉接通。
卡车连成长蛇，
由朝到夜，没有尽穷。
嘶叫着爬上山峰，
把物资给祖国输送。
这边挤满人，那边挤满人，
挤满了各色各样的人：
摆夷、山头、戛拉、老缅，
司机、游客、兵士、公务员……
急走着，交谈着，呼应着，
像热锅上的蚂蚁在不停奔波。
走出旅店，走进饭馆，
走出检查站，走进海关，
或过河到九谷的百货店，
买罐头，毛呢，香烟……
太阳给云雾蒙得不露原形，
天气这般闷，但没一点疲倦！
发脚流着汗，嘴上露着笑，
手里流动着钱钞。
旅客惊喜着货便宜；
店员艳羡着钱好找。
傍晚，河两面降下了中英国旗，
黑幕把山谷笼罩。
茶馆透出明亮的灯光，
司机、旅客在纵情谈笑！
留声机开着缅甸、印度曲子，
夜的山谷充满了神秘的异国的情调。

今天啊，畹町！

谁知道你变成什么情景？
可能想象的是
蔓草荒烟，野兽横行，
河流在终日哭诉，
杜鹃与猿猴深夜悲鸣。
似在呼唤它的主人，
何不早日归去？
是呵，我们要立即归去！
赶走豺狼，由废墟中重建起你。
用尽情歌唱
把国旗升入高空，永远飘扬！

（选自1944年11月3日《正义报》副刊《大千》）

血的哺养

杨鹏九

在一个劫后的村庄的广场上，
我看见一幅血的哺育图：
是敌人亲手制成的啊！
母亲躺在血泊里，
身边爬着一个小孩子，
两手抱紧
母亲的血的双乳。

（选自1945年2月2日昆明《扫荡报》副刊《诗之页》之十三。原题目是《小夜歌》，共有七首。《血的哺养》是其中的一首）

草原醒了

海　涛

这时候，
黎明扯开了暗蓝色的窗帘，
太阳起床了，
山峦翻身，
草原醒了！
农人醒了！

这是什么日子？
在金色交织的田野里
我问着一个孩子。
他不说话，
手一指铺满田埂的豌豆花，
努起嘴吹着清脆的喇叭，
——嫩绿的柳皮哨子呵！

绿色燃起生命的火焰，
土地长出红色的花朵。
很久没有自由地呼吸了，
也没有看见湛蓝的天。
是岩石也该裂开了嘴，
涌出一阵复仇的血泉。

农民军武装起来了！
你们英勇地渡过河去，
迎击海上败退的敌人。
迎接登陆的盟军，
柳皮哨子——春天的号角，

将是你们胜利的军号！
草原醒了！
太阳已经升得很高很高，
春天在笑！

1945年2月28日于昆明翠湖

（选自1945年3月6日《正义报》副刊《大千》）

腐烂的一群

敏

“抗他妈的战！
害我打不成麻将！
唉！走吧，玛丽姑娘！
到香港、海防，最好是南洋。
那里没有大炮声，
又没有炸弹响！
有的是高楼大厦，
戏院舞场。
你来买港币，
我来买金镑。”
噢，外汇大涨！
百物俱昂！
小百姓遭了殃。
大老板拍着手，弯着腰，
满面春风笑哈哈：
“嘿！发点国难财又何妨？
难民千千万，
头发太长，又无衣裳，

太脏！太脏！
哪能登大雅之堂？
要我捐钱给他们，
给他们喝点米汤？
笑话！笑话！
他们死了，国家还省点粮！”
绅士淑女踏进跳舞场，
尽情地跳吧！
华尔兹、却而斯登，还有
那迷人的西班牙土风舞！
嘴里哼着：
“当你在我怀中，柔声歌唱……”
再喝点香槟，抽两支吉士烟，
算一算账：
只付六块港洋，①
便宜便宜，既痛快又舒畅！
“救国不忘娱乐！”
“得醉且醉，快给酒杯干！”

（选自1938年11月20日《云南日报》副刊《南风》）

【注释】①“付”原抄录稿误为“有”字。

【作者简介】敏，即郑敏（1920—），福建闽侯人，中国现代女诗人。1939年考入西南联大学习外国文学和哲学。1942年开始诗歌创作，与王辛笛、曹辛之、唐祈、唐湜、陈敬容、杜运燮、袁可嘉、穆旦等合出诗集《九叶集》而被称为“九叶诗派”；又与穆旦、杜运燮被誉为联大“三星”。1943年毕业后即赴美国留学，先后在布朗大学和伊利诺伊州立大学研究院学习。对里尔克的诗歌作品有深入的研究，1956年回国，在当时中国科学院文学研究所外国文学部从事英国文学的研究工作。后转入北京师范大学外语系讲授英美文学。出版有《诗集1942—1947》《寻觅集》《心象》《早晨，我在雨里采花》等。

第四组　荒野的呼唤

献（两首）

丽　沙

念

谁没有一颗温热的心呢？
我看到笑着的灯花开了又哭着谢啦！
向深黑的夜路奔去的人啊！
你的脚步，该已点燃
一串明亮的火星了吧？……

慰

让嘲笑和泥泞飞起又沉落吧！
我们是从土地里生长出来的儿女呀！
溜滑了的路走惯了！
害怕风雨的日子吗？

1942年，壁山

（选自《枫林文艺》第六期《致波多莱尔》）

有赠（之一）

汪铭竹

为何止足不前？我心上之
果树园，正为你而开。

你的眼可煮沸一湖春水，
我愿为此春水中一条游鱼。

你也有咫尺天涯之感吗？三年了，
我手拙劣，终画不成这两条线的交点。

昨晚我有一个但丁的梦，但我不愿
进天国，宁愿伴着你，永远在地上。

【作者简介】汪铭竹（1904—1989），南京人，原名汪鸿（宏）勋。毕业于中央大学哲学系，受教于刘伯明、胡小石、宗白华、方东美诸大师。1934年秋，与滕刚、章铁昭、程千帆、孙望、常任侠等成立土星笔会，参加者有中央大学、金陵大学的学生几十人，霍焕明、沈祖棻、李白凤、吕亮耕等均是会员。从9月1日起，出版同仁刊物《诗帆》半月刊，至1937年5月为止，共出版17期，另有同仁诗集《土星笔会丛书》。抗日战争爆发后，携家逃离南京，流落大西南。生计窘迫，经营百鸟书屋，与商承祚、庄严、罗寄梅交游。曾经向《诗文学》《枫林文艺》等刊物投稿。抗战胜利后，回到南京，与孙望等人创办《诗星火》杂志。1949年，汪铭竹寓居台湾，四十年内不再言诗。平生仅出版《自画像》《纪德与蝶》两部诗集，四十余年后在台湾重版。部分诗作入选闻一多编选的《现代中国诗选》。汪氏才高学厚，涉猎博雅，但生性淡泊，素不喜与文艺界人物交游。数十年来评介汪铭竹其人其诗者，仅有莫渝、覃子豪、周伯乃、杨昌年等人的短文，以及魏荒弩、常任侠、于还素、王士仪等人的回忆文章。

村妇二首

钟敬文

（一）

小河流边，
那用旧船厂改成的
临时的军营里，
今天突然空起来了，
两个衣服破烂的村妇
急忙走进里面去。
一个在秽草堆上，
捡到一条烂绑腿；
另一个在里墙脚
捡起一双穿了底的破鞋。
像被风所推赶的虚舟般的
她们急忙拔起双脚，
飞飘着回家了。

（二）

风像利刀一般，
我把头紧缩在大衣领上，
还有些颤抖。
可是，你看：
那些挑水的村妇，
却没有感觉般的，
随意把双脚插进冻流里去。
这十二月天，
除了些毛鸭子——
它们依然自在地在波上拍浮着。
更有谁愿意

来跟她们争尝这冷味儿呢？

（选自 1942 年 8 月 15 日昆明华侨书店出版《创作月刊》第一卷第三期）

【作者简介】钟敬文（1903—2002），原名钟谭宗。广东汕尾海丰人。1922 年毕业于海丰县陆安师范，毕业后在家乡教小学。20 年代中期入广州岭南大学国文系工作。1927 年秋，在中山大学中文系任助教，与顾颉刚等人组织了民俗学会，编辑了《民间文艺》《民俗》及民俗学丛书，同时写作散文与新诗，出版了散文集和民间文艺论集。后到广州岭南大学半工半读，整理了《粤风》专集。1928 年秋后，任浙江大学文理学院讲师。教学之余，积极从事民间文学、民俗学的研究和文艺创作。著有散文集《荔枝小品》《西湖漫拾》《湖山散记》，新诗集《滨海的二月》，文艺短篇集《柳花集》，写了《中国的天鹅处女故事》《中国地方传说》等学术论文，并与人合创了中国民俗学会，编印了《民间》《民俗学集镌》等刊物和丛书。1934 年在日本早稻田大学文科研究院学习，并继续民间文学研究，在当地《民族学研究》《民俗学》和国内的《艺风》发表论文。1936 年夏回国后继续从事教育研究工作。抗日战争期间，积极参加抗日爱国民主运动。在广东四战区政治部任视察专员，与何家槐一起创立了中国全国文艺抗战协会曲江分会，任常务理事，写了报告文学集《良口之战》。1941 年到中山大学文学院任教至 1947 年夏，转香港，在香港达德学院任文学系教授，被选为中国文学协会香港分会常务理事。期间，出版了新诗集《未来的春》，还主编了《方言文学》文集。1949 年到北京参加第一届文代会。当选为全国文联候补委员，文学工作者协会常务委员。不久就任北京师范大学文学系教授、副教务长、科研室主任、学校科研部主任，并兼任北京辅仁大学教授。当选为中国民间文艺研究会副会长。1954 年，当选为北京市人大代表。1979 年，为恢复民俗学的学术地位而呼吁奔走，亲自邀约顾颉刚、容肇祖、杨堃、杨成志、白寿彝、罗致平等七位著名学者，联名倡议恢复民俗学的学术地位，建立中国民俗学学术机构。1979 年当选为北京市政协常委，国务院学位委员会第一届评议组成员。先后两次组织全国高校教师编写《民间文学概论》（1988 年获国家教委高等学校优秀教材一等奖）、《民俗学概论》（1999 年获国家图书奖提名奖），并在北京先后六次举办民间文学、民俗学讲习班及高级研讨班。1983 年，任中国民俗学会理事长，20 世纪 80 年代初，承担《中国大百科全书》民间文学部分的主编工作。为中国第一批博士生导师、第一批文科博士后流动站的合作导师。1994年，任北师大中国民间文化研究所所长。1997年中国民间文学学科进入了国家211工程重点建设行列。期间，钟敬文领导的学科点培养了近五十位博士、博士后，以及来自国内外的访问学者。他主持的“中国民俗学学科建设的创建与实践”的教学改革项目分别获得北京市普通高等学校教育教学成果一等奖（2000）、教育部高等学校教学成果一等奖（2001）。

寂　寞

郑　敏

这一棵矮小的棕榈树，
它是成年的都站在
这儿，我的门前吗？
我仿佛自一场闹宴上回来，
当黄昏的天光
照着它独个站在
泥地和青苔的绿光里。
我突然跌回世界，
它的心的顶深处，
在这儿，我觉得
它静静地围在我的四周，
像一个下沉着的泥塘。
我的眼睛，
好像在深夜里睁开，
看见一切在它们
最秘密的情形里。
我的耳朵，
好像突然醒来，
听见黄昏的一切

东西在申说着，
我是单独地对着世界。
我是寂寞的，
当白日将没于黑暗，
我坐在屋门口，
在屋外的半天上，
这时飞翔着那
在消灭着的笑声。
在远处有
河边的散步，
我看见了：
那啄着水的胸膛的燕子，
刚刚覆着河水的
早春的大树。

我想起海里有两块岩石，
有人说它们是不寂寞的：
同晒着太阳，
同激起白沫，
同守着海上的寂静。
但是对于我，它们
只不过是种在庭院里
不能行走的两棵大树。
纵使手臂搭着手臂，
头发缠着头发，
只不过是一扇玻璃窗
上的两个格子，
永远地站在自己的位子上。
呵，人们是何等地
渴望着一个混合的生命，
假设这个肉体里有那个肉体，

这个灵魂内有那个灵魂。

世界上有哪一个梦
是有人伴着我们做的呢？
我们同爬上带雪的高山，
我们同行在缓缓的河上，
但是谁能把别人，
他的朋友，甚至爱人，
那用誓约和他锁在一起的人
装在他的身躯里，
伴着他同
听那生命吩咐给他一个人的话，
看那生命显示给他一个人的颜容，
感着他的心所感觉的
恐怖、痛苦、憧憬和快乐呢？
在我的心里有许多
星光和影子，
这是任何人都看不见的。
当我和我的爱人散步的时候，
我看见许多魔鬼和神使，
我嗅到了最早的春天的气息，
我看见一块飞来的雨云。
这一刻我听见黄莺的喜悦，
这一刻我听见报雨的斑鸠。
但是因为人们各自
生活着自己的生命，
它们永远使我想起
一块块的岩石，
一棵棵的大树，
一个不能参与的梦。

为什么我常常希望
贴在一棵大树上如一枝软藤？
为什么我常常觉得
被推入一群陌生的人里？
我常常祈求道：
来吧，我们联合在一起，
不是去游玩，
不是去工作，
我是说你也看见吗？
在我心里那要来到的一场大雨！
当寂寞挨近我，
世界无情而鲁莽地
直走入我的胸膛里，
我只有默默望着那丰满的柏树，
想道：他会开开那浑圆的身体，
完满的世界，
让我走进去躲躲吗？
但是，有一天当我正感觉
“寂寞”它咬我的心像一条蛇，
忽然，我悟道：
我是和一个
最忠实的伴侣在一起，
整个世界都转过他们的脸去，
整个人类都听不见我的招呼。
它却紧贴在我的心边，
它让我自一个安静的光线里
看见世界的每一部分，
它让我有一双在空中的眼睛，
看见这个坐在屋里的我，
他的情感，和他的思想。
当我是一个玩玩具的孩童，

当我是一个恋爱着的青年，
我永远是寂寞的。
我们同走了许多路，
直到最后看见
“死”在黄昏的微光里
穿着它的长衣裳。
将你那可笑的盼望的眼光
自树木和岩石上取回来吧！
它们都是聋哑而不通信息的，
我想起有人自火的疼痛里
求得“虔诚”的最后的安息，
我也将在“寂寞”的咬噬里，
寻得“生命”最严肃的意义。
因为它，人们才无论
在冬季风雪的狂暴里，
在发怒的波浪上，
都不息地挣扎着。
来吧，我的眼泪，
和我痛苦的心，
我欢喜知道他在那儿
撕裂、压挤我的心。
我把人类一切渺小、可笑、猥琐
的情绪都掷入它的无边里，
然后看见：
生命原来是一条滚滚的河流。

1943年于昆明

（审校后记：原抄录稿遗漏了发表该诗报刊名及发表时间，无查寻线索。）

十四行

冯　至

我常想到人的一生，
便不由得向你祈祷：
你一丛白茸茸的小草，
不曾辜负了一个名称。

但你躲避着一切名称，
过一个渺小的生活。
不辜负高贵和洁白，
默默地成就你的死生。

一切的形容，一切的喧嚷，
到你身边，有的便凋落；
有的化成了你的沉默。

这就是你伟大的骄傲，
却在你的否认里完成。
我向你祈祷，为了人生。

（选自 1943 年 2 月 10 日《文聚》第一卷第二期）

【作者简介】冯至（1905—1993），原名冯承植，字君培。直隶涿州（今河北涿州）人。12 岁在涿县高等小学毕业后，入北京市立第四中学读书时开始写诗。1921 年考入北京大学。1923 年参加文艺团体浅草社，1925 年与友人创立沉钟社，发表了许多诗与散文。1927 年暑假从北大德文系毕业，到哈尔滨第一中学教国文，兼北大德文系助教。1927 年 4 月出版第一部诗集《昨日之歌》，1929 年 8 月出版第二部诗集《北游及其他》。曾与冯文炳（废名）合编文学刊物《骆驼草》。1930 年底至 1935 年 6 月留学德国，攻读文学、哲学与艺术史。1935 年 9 月回国，1936 年 7 月任上海同济大学教授兼附设高级中学主任。

1939至1946年任西南联合大学外文系德语教授。这7年间是其创作和研究的旺盛时期，出版了诗作《十四行集》、散文集《山水》、中篇历史小说《伍子胥》及学术论文、杂文等。1946年7月至1964年执教于北京大学西语系，1951年后兼系主任。20世纪50年代著有《杜甫传》。1964年9月调任中国社会科学院外国文学研究所所长。1982年辞去所长职务，改任名誉所长。在中国作家协会第三、四次代表大会上当选为作协副主席。还担任过外国文学学会会长等多项社会科学学术团体领导职务。是瑞典、联邦德国、奥地利等国科学院外籍院士或通讯院士，1983年获德意志联邦共和国慕尼黑歌德剧院颁发的歌德奖章，1985年获民主德国格林兄弟奖，1987年获联邦德国国际交流中心颁发艺术奖，1988年获联邦德国达姆施塔特语言文学研究院颁发宫多尔夫奖，还获得过德国"大十字勋章"等多项奖。

我写春天

姚　寄

是从什么地方吹来的绵软的风？
是什么鸟儿在村间啼鸣？
怎么几天不经心，
路旁的野花也开得那样茂盛！
久别的蝴蝶，
又展着银翅从我低矮的窗前飞过去了，
蜜蜂也嗡嗡地唱着：
"趁着春光好
我们要劳动。"
好像时光对它们太珍贵，
一秒钟也不肯放松。

外面的太阳太美好，
我应该把窗子打开，

让春风吹进来，
让阳光照进来。
我也不该在阴湿的土屋里蜷伏着了，
我要到外面去走走，
不只是踏青，
乘着好时光，我也要劳动。

我行走在狭窄的田塍路上，
仰望着那高远辽阔的蓝天，
我欣羡着一只健飞的苍鹰，
在山峰的那边，
还有几朵白云飘飞着，
像在追逐着高空的风……

在我眼前，铺展着毗连的田野，
波荡着绿发的田苗，
田野里有劳作的农夫，
有的正扶着耕犁翻耕着泥土，
我还听到他们大声地吆喝着牲畜。

我行走在嘉陵江岸上，
那碧油油的江水静静地从我眼前流过，
笨重的木船在绿色的波浪上航行着，
我听到船夫们有节奏的摇橹的歌声①。
声调悲凉又沉重，
像失意的琴师拨弄着古旧的琴弦，
总弹奏不出愉快清新的曲调……
春天了，你们终年劳碌的人民呵，
难道不该快活快活么？
而你们的歌声却总是那样悲凉又沉重。
我走过几所低矮的土屋，

屋里卑湿又阴暗。
一个年青的妇人在奶着孩子，
坐在门前，
脸色憔悴，衣服褴褛，
瞪着两个忧郁的眼睛，
望着过路的人，
像在诉说着说不尽的愁苦。
春天了，你年青的妇人不该快活快活么？
而你为什么那样愁眉苦脸地瞪着忧郁的眼睛？

我走着又走着，
我的心情由轻快而沉重，
生活在这块国土上，
我知道一块国土上的人民
有着怎样的命运……
我不是来游春的呵！
我也不能插上翅膀飞向高空，
我生活在土地上，就要忠实于土地，
我若歌唱，就要唱出这块土地上的人民的歌呵！
由愚昧到觉醒！
由无望到希望！
由空想到追求！
由顺从到反抗！
让我的歌
做他们的桥梁呵！
纵在春天，我也不能说我很快乐，
因为有更多人的悲苦要我来诉说……

1942年3月20日

（选自1943年6月10日《文聚》第一卷第三期）

【注释】①本句原抄录稿中无“有”字。

林　荫

郭　风

我是如此地快乐，
啊，路旁的树！
他们以多么柔软的枝叶，
在我的头上，不断地编织着
绿布的帆帐。
我的母亲，
亲爱的自然啊……
你怎样地，
以阳光的丝线
在那帆帐上面绣着会活动的花朵，
而那黄莺们，又是会唱歌的啊！

一切都是这么活泼，
这么地富有生命。
阵阵的凉风，
那吹在我身上的
自然母亲的呼吸，
使我感到，流在血液里的生命
是如此地酣畅，使我说不出一句话了。

我是这样地受着抚爱，
以致我感动得说不出一句话。
我想，我是受着祝福的人，

我要以我的祝福，送给那些爱我的人！

1943 年 6 月于福建

（选自《枫林文艺》第三期《云的童话》）

【作者简介】郭风（1917—2010），原名郭嘉桂，回族，福建莆田人，1944 年毕业于福建师范专科学校中文系。中华人民共和国成立后，历任福建省文联秘书长、副主席。1957 年加入中国作家协会，任中国作协第三、四届理事和福建分会主席、中国作家协会全委会名誉委员、福建省文联名誉委员、福建省文学院名誉院长。著有童话诗集《木偶戏》《火柴盒的火车》；童话散文集《鲜花的早晨》《蒲公英和虹》《早晨的钟声》《蒲公英的小屋》《月亮的船》；散文集《小小的履印》《搭船的鸟》《洗澡的虎》《在植物园里》《山溪和海岛》《英雄和花朵》《曙》《避雨的豹》《你是普通的花》《杂文集》《唱吧，山溪》《给爱花的人》《开窗的人》《晴窗小札》《石羊及其他》《旅踪》《木偶人水手》《龙眼园里》；散文诗集《叶笛集》《笙歌》《灯火集》《小郭在林中写生》《会飞的种子》；诗集《轮船》；论文集《散文札记》等。1991 年首批被国务院授予“为我国文化艺术事业做出突出贡献专家”称号、全国劳模。童话集《红菇们的旅行》获全国第二次少年儿童文艺创作二等奖，《孙悟空在我们村里》获中国作家协会儿童文学奖一等奖，《郭风散文选集》获第五届全国少数民族文学骏马奖和鲁迅文学奖，散文集《黄巷集》获 1995 年台湾金鼎奖，《汗颜斋文札》获第六届全国少数民族文学骏马奖，以及许多省级奖、报刊奖。2010 年 1 月 3 日在福州逝世，享年 94 岁。

葬　歌

孙艺秋

留不住你，
像春天留不住桃花。
让你去，
随流水飘遍天涯！

留不住你，
像青春留不住岁月。
让你去，
两鬓边的青丝变成云烟！

留不住你，
像野草留不住东风。
让你去，
叫杜鹃为你啼到天明！

（选自1943年7月《枫林文艺》第一期《辽阔的歌》）

运木工

艾　人

让江水冲蚀木头，
似苦痛冲蚀生命；
让江水漂流木头，
似生活漂流每一个人。

镀一身太阳，
披一头星光，
从没有路的江边，
你走出自己的路来！

你是坚定者
是先驱，
执一根长竿，
你也替漫江木头开着路，

指点它们
到它们所要到的地方。

木头，
一批一批流过。
江水笑着，
木头笑着！
岁月
就从褐色的手握着的
褐色的竿上滑过……

1944年2月

（选自1944年8月8日《正义报》副刊《大千》）

隐　雷

吴　芜

漫天飞扬起黄沙，
远方传来隐隐的雷声，
那是滚着轮子，响着来的
响彻了旷野的悸动的心脏。

隐雷从天边越滚越近，
那也许就是风雨的驱车。
一程路，一程欢腾，
在地之子们的心头
滚过了欲雨的希望！

（选自1944年11月16日《扫荡报》副刊）

荒野的呼号（三首）

王亚平

自己的声音

当秋风挟着秋雨，
冲进凄迷的草丛，
那振翅跃起的蟋蟀，
向旷冷的秋空
奏着抗争的悲鸣。
我爱这样的歌唱，
因为它们灿烂的生命
交付给自己的声音。

梦

爱说谎的人，
有繁多的噩梦。
我爱真，爱现实，
我远离了梦境。
梦是荒唐的苗裔，
而说谎比梦更可怕。

但我很爱绮丽的梦想，
它给我的现实穿上了丰美的衣裳。

雁

我向往长空飞行的雁群，
它们有天大的豪性，
去追求南国的温暖。

但我讨厌那悲苦
而哀怨的声音，
像向冷清的人间讨取怜悯。

只要飞，飞，向前……
不管海水阔，天外还有天，
寒带过了，该当是南国的春天。

（选自《枫林文艺》第四期《浪子谣》）

雨的骑队

白堤

在茅屋的窗前，
我看见阵头雨。
那雨的骑队，
如何从那旷野的边沿，
那丛生着密密的树林的远方，
那堆积着密密的云层的远方，
向我
奔驰而来……

我所盼望的，
像盼望情人那样的雨呀！
来了！
如决了堤的河流，
不可抑制地来了呀！

我听见了：

在那方，
响起了雨的蹄音，
如此急躁而愤怒呵！

我激动得
奔出了茅屋，
向旷野
向雨的骑队所来的地方。

我向那骑队所来的地方，
挥着迎接的手臂，
呼喊着！
奔跑着！

我扑向湿淋淋的旷野，
我的呼吸如此急促！

我狂奔着，
我兴奋，
我像一面
暴风中飘展的旗……

骑队
越过茅屋和茅屋，
树林和树林，
来了！

我伸着手掌
迎接呐喊而来的
漂亮的骑队……
（我看见

一只狗夹着尾巴
跑进茅屋去了。）

我看见
骑队的晶亮的
雨的蹄壳。

雨的骑队
匆匆地
疾驰过去了，
从我面前过去了！
呐喊着过去了！
扬起水沫的尘埃，
雾一样，
白茫茫的尘埃
过去了！

阵头雨，
雨的骑队，
过去了呀！
晒得出油的太阳
又高高地挂着……

这干燥而灼热的气流，
使我不能有
畅快的呼吸。

我们还需要雨呵！
每一棵草，
每一粒泥土。
也都还需要雨水呵！

我们渴望着雨，
大雷雨！

我们以不可抑制的情热
期待着大雨呵！
昏天黑地的大雷雨呵！

我们像海鸥，
能预知暴风雨的到来呀！
我们像热锅里的蚂蚁，
在期待，期待着
一闪电光！
大雷雨的信号……

（选自《枫林文艺》第六期《致波多莱尔》）

雷

苏金伞

（一）

有终年的沉默，
才有破天的轰响；
有辽阔的天的幅员，
才有不羁的行踪。
一个个牺牲在热情的呼喊里，
一个个牺牲在袒裸的宣泄里；
但也给人们一个个猝不及防的欢喜，
但也给人们一个个胀毛膨体的感奋。

雷不信：
世间会有卑微的私语，
会有在肚子里发霉的密谋。
而且不信：
除了自己以外，
还有其他的声音。

（二）（略）

（三）

声中的有雷，
跟光中的有太阳一样：
太阳不私光，
雷有不顾惜的声音。
由于雷的催促，
羊奶葡萄般的雨点，
饱含着亮光，
负载着生机，
一颗一颗摔碎在地上。
当雷第一声鸣响时，
饥渴的土地，
贫瘠的河流
和噎黄的禾苗
都一齐伸长脖子仰望；
像醒来的群婴，
盯着垂着大奶
俯在床栏上的母亲的一声呼唤，
而张开双臂，
翕动着小嘴唇，
希冀着饱吸乳汁一样。

（选自《枫林文艺》第六期《致波多莱尔》）

【作者简介】苏金伞（1906—1997），原名苏鹤田，河南省睢县人。1926 年毕业于河南体育专科学校。1927 年加入中国共产党。历任开封第一高中、河南水利专科学校、河南省立女中教员、河南大学体育系主任、华北大学三部文学创作组研究员。1932 年开始发表作品，1949 年加入中国作家协会。著有诗集《地层下》《鹁鸪鸟》《窗外》《苏金伞诗选》《苏金伞新作选》等，在全国文坛产生过很大影响。誉为我国乡土诗派的代表人物之一。是我国五四以来杰出诗人之一，是河南省 20 世纪最著名的诗人。1949 年 10 月，调回河南筹办河南省文联。20 世纪 70 年代末以后，历任河南大学讲师、河南省文联第一届主席，河南省政协常委、人大代表。1997 年 1 月 24 日病逝于郑州。同年 2 月 5 日《人民日报》刊发了纪念专文。

夜

黄药眠

夜已深，
这空间好像是
停在千寻的海底，
永远没有过移动。

这不算是冬天，
为什么那么寒冷？
太阳是给谁偷去了？
在地底下受着灾难。

星星瞎了眼睛，
夜是哑的，
用大铁锤
也敲不出钟声。

灯，像一个老年人，
跑了远路，
摇摇欲睡了，
海也停止了呼吸。

枯枝伸出了僵硬的手，
乌鸦拍着翅膀，
枭鸟在呼唤，
黑暗吞没了形象和颜色。

浓密的夜的巢穴里
是看得见那么多的
奸佞的、贪鄙的
潜藏的噩梦……

啊，在屋角里，
那飘荡盘旋的，
是从哪里逃来的风？
吐着苦难的呻吟。

你是告诉我：
那个穿着单衫
在雪地上打滚的
叫花子的悲泣么？

你是告诉我：
那个被埋了的活尸
从洞穴的缺口
吐出来的叹息么？

一切欢乐、愉快

爱情和幸福
都给夜，这看不透的夜
埋在千寻万寻的海底。
1944 年 2 月 22 日于桂林

（选自 1944 年 5 月 7 日《云南日报》副刊）

【作者简介】黄药眠（1903—1987），原名访苏、黄访、黄恍，笔名有达史、黄吉、番茄等，广东省梅县人。早年就读于广东省立第五中学（今梅州中学），1921 年秋考入广东高等师范英语系，后赴日本留学，毕业回国后在百侯中学、金山中学任教。1927 年，在上海加入革命文学团体“创造社”，任该社出版部主力编辑，在《创造周社》《流沙》等报刊上发表作品，出版诗集《黄花岗上》。1928 年加入中国共产党。1929 年在上海艺术大学兼课。是年冬任共青团中央宣传部部长。1934 年 10 月被国民党逮捕判 10 年徒刑，押送南京中央军人监狱。1937 年由八路军办事处出面保释出狱。先在延安新华通讯社工作，后到桂林与胡愈之、范长江等组织国际新闻社，任总编辑。1941 年到香港从事国际宣传。同年 12 月，香港沦陷，回到梅县东山中学任英文教员。不久赴桂林、成都、昆明，从事创作和理论研究，出版散文集《美丽的黑海》。1944 年，在成都加入中国民主同盟，积极参与推动抗日救亡的民主运动。1946 年初，在广州任农工民主党主办的《人民报》主编，是年夏主办民盟机关刊物《民主星期刊》以及《民主与文化》。同年秋，在香港参与创办达德学院，任文学系主任，并参与民盟的领导工作，主编民盟中央机关主办的《光明报》。出版著名长诗《桂林的撤退》，小说集《暗影》《再见》，论文集《论走私主义者的哲学》等。1949 年 5 月，从香港到北京。7 月，出席全国文学艺术工作者代表会。9 月参加全国政协第一届全体会议。中华人民共和国成立后，任北京师范大学中文系教授。20 世纪 50 年代初、中期，先后出版《沉思集》《批判集》《初学集》。1978 年后，任北京师范大学一级教授，发表了《悼念》等诗歌、散文、美学和艺术学论文，培养了一批硕士、博士。历任第一届全国人大代表；第三、四、五届全国政协委员、六届全国政协常委、民盟第一至五届中央委员（第一、二、四、五届中央常委）、民盟参议委员会副主任；中国文联常委、副秘书长；中国作协常委、顾问；全国高校文艺理论学会副会长等职。1987 年 9 月 3 日病逝于北京，享年 84 岁。

沙漠的梦

邹荻帆

那沙漠是好的，
看！
从地平线那边，
马和猩红的太阳一齐奔来，
强壮的膀子张开！

剑儿
折断；
飞鸟
倦落于瀚海……

勒转马，
看那边有一个赤脚的
披发的少女。

爱情，
好的！
月黑的沙漠用信号枪去呼喊
我的情人。
木棚边去吹起我的口哨，
等候着啊！
这深夜的马蹄，
只有仇敌或情人。

那沙漠是好的，
刀和血
恰似孩子们的玩具，

少女的花。
沙漠是没有水的，
喝血的人是不需要水的。

那么
让野风在帐幕边
吹拂我裸露的胸膛。
我梦着
银星落进了沙漠。
一只木船摇着我，
荡漾于一片大海和白浪。

（选自1944年8月16日昆明《扫荡报》副刊）

【作者简介】邹荻帆（1917—1995），湖北天门人。1937年8月毕业于湖北省师范学校，9月参加“上海救亡演剧第二队”，辗转到达桂林，成为艾青主编的《广西日报》副刊《南方》的主要撰稿人。1938年与臧克家等在大别山第五战区文化团从事抗日救亡工作。诗作日益受到胡风的影响。同时与姚奔、绿原、白鲁等人合作创办《诗垦地》，出版了《七月诗丛》之一《意志的赌徒》和《青空与林》。1939年9月参加九十四军政治部宣传队，到白鹭湖一带战地宣传抗日。1940年前往重庆，考入复旦大学外文系继续学业。1941年秋，创办《诗垦地》丛刊。1942年，出版译著托尔斯泰长篇小说《克罗采长曲》。1944年到成都“战地服务团”工作。9月经中共地下党员介绍入成都美国新闻处当雇员，被选为文艺界抗敌协会成都分会理事。年底出版《诗垦地》第6辑《白色花》。1946年1月，到武汉美国新闻处工作。期间，出版诗专辑《沙漠的喧哗》和小说、散文、诗辑《大江日夜流》。1948年初，到香港为《华商报》编副刊。1949年6月，回到北京。8月间参加文化部对外文化联络局筹备组工作，在该局一直工作到1956年底。1958年出版长诗《祖国抒情诗》。1959年任《世界文学》编辑。1978年，到《诗刊》工作，至1988年，共出了七本诗集，一本诗评集。为花城出版社编外国诗选《少女的声音》《月照波心一颗珠》，并编选了《中国新文艺大系1976—1982年诗选》。1988年出版长篇小说《颤抖的灵魂》。1979—1994年，一直担任中国作协理事，并曾任作协外委会委员。1983年任《诗刊》主编。

作为诗坛主帅，创办了全国青年诗歌刊授学院，培养了众多青年诗人。中华人民共和国成立后为进行国际文化文艺交流，共访问过捷克斯洛伐克、波兰、马其顿、南斯拉夫、罗马尼亚、意大利、东西德、尼泊尔、苏联、泰国等十多个国家。1994 年冬被选为国际华人诗人协会主席团成员。1993 年 10 月 14 日，在第 24 届南斯拉夫梅代雷沃国际诗歌节上荣获“斯梅代雷沃城堡金钥匙”奖。一年一度的斯梅代雷沃诗歌节始于 1970 年，自 1986 年以来，每届诗歌节均以这座古城堡的金钥匙表彰一位在国际享有盛名的诗人。

城市近郊

郭 风

过了渡船，
再走几步，经过那个添油的小汽车站，
便是纯粹的城市近郊了。

这里有马路，
但不是叫嚣的马路。
这里有电杆木，
但上面的天空，
是广阔的，真正的天空啊！

城市的近郊，
有并不比城市逊色的建筑物。
却没有建得拥挤，
从来不会嘈杂的。

城市的近郊，
是以它们自己的姿态站立在那里的。
城市的近郊，

绝不是城市的禁脔。
那是以怎样非凡的抱负，
站立在那里的！

那里的阳光，
是没有偏爱地投射下来的。
只有在那里，高大的电杆木，
和网样的电线，才唱出自己的歌的。
只有在那里，山林和岩石，
是退让了，而仍旧有自己的地位……
只有在这样的处所，
我的心是膨胀起来，想呼吸一切，
而不是排斥一切，
只有在这里，
我的步伐才是如此地阔大。
当我经过这里的时候，
听见从厂房里传出的
纺织机的声音。
感到那声音是如此容易了解，
而想永久地在这里驻足……

城市的近郊，
——是站立在城市的这边，
靠着城市而又远离着城市。
城市的近郊，是以它们自己的姿态，
站在那里的啊！

（选自1944年9月20日《扫荡报》副刊）

表面张力

俞铭传

一道白光，一声霹雳，
一根针戳破了表面张力。
风来了，雨来了，
冰雹来了，
喧嚣的夜呵，种田的五月！

饥饿的等待，奢侈的忍受，
现实玩弄着我们，玩弄得够！
风来了，雨来了，
冰雹来了，
窒息的灵魂预期着解救？

空睁着眼，空伸着手，
哈姆雷特在悬岩上发抖！
风来了，雨来了
冰雹来了，
这是什么时候？这是什么时候？

发酸的是筋骨，发胀的是血液，
狭窄的肺叶容不了急迫的呼吸！
风来了，雨来了，
冰雹来了，
一根针戳破了表面张力。

（选自1945年4月23日昆明《民主周刊》第一卷第十八期）

【作者简介】俞铭传（1915—1979），安徽南陵县人。13岁离开家庭前往上海读书，后加入中国共产党，在一次学生示威游行中被捕入狱，一年零八个月后获释，时年18岁。后考入安徽大学，一年后转入武汉大学，抗战爆发后，考入西南联大清华研究院。后到北大任教，再次入党，成为北大地下党的负责人之一。1951年后，调入中央外文局人民画报社，任英文版副总编，随中国代表团先后出访许多国家考察，包括捷克斯洛伐克、印尼、东德、苏联等。1961年调入石家庄河北师范大学任教。1979年4月，俞铭传在北京医院病逝，享年64岁。

不开花的树枝

陈敬容

像是在落叶的深秋，
偶然忆起春日里
阳光的明媚，
雨的温柔。

故人书信带来惆怅的怀旧，
黑夜里望灯火，望星
仿佛自己是一丝游风，
总在急走，很少停留。

如今停在记忆的琴键上，
也弹不起挽歌。
我有的只是一片迷茫，
掺和着悼念，掺和着希望。

不开花的树枝，
有比花更美的战栗；
秋天呵，我独爱你
萧萧风中的红叶。

假若热情化灰，
你说，我将怎么样？
想想吧，我便是那火——
还得多少次燃烧，归向死亡！

1945 年 5 月 11 日晨于垂床

（选自 1945 年 7 月 4 日昆明《观察报》）

【作者简介】陈敬容（1917—1989），女，笔名蓝冰、成辉、文谷等，四川乐山人。1932 年春读初中时开始学习写诗。1934 年底只身离家前往北京，自学中外文学，并在北京大学和清华大学中文系旁听。这时期开始发表诗歌和散文。第一首诗《十月》作于 1935 年春，1946 年在上海《联合日报晚刊》上发表。1938年在成都参加中华全国文艺界抗敌协会。1945 年在重庆当过小学教师。1946 年当过杂志社和书局的编辑。同年出版第一本散文集《星雨集》，并到上海，专门从事创作和翻译。1948 年参与创办《中国新诗》月刊，任编委。与杜运燮、袁可嘉、穆旦同为《九叶集》诗友成员。1949 年在华北大学学习，同年底开始从事政法工作。1956 年任《世界文学》编辑，1973 年退休。从 1978 年开始，重新执笔创作，先后发表诗作近 200 首，散文和散文诗数十篇，并有新的译著问世。1981 年至 1984 年曾为《诗刊》编外国诗专栏。诗集《老去的是时间》获 1986 年全国优秀新诗集奖。主要著作有《星雨集》（散文集）、《交响集》（诗集）、《盈盈集》（诗集）、《九叶集》（与八诗友的诗选合集）、《陈敬容选集》（诗文合集）、《远帆集》（诗文选集）、《八叶集》（与七诗友的诗选合集）等；译著有《安徒生童话》（6 册）、《沼泽王的女儿》（童话）、《丑小鸭》（童话）、《太阳的宝库》（中篇童话）、《巴黎圣母院》（长篇小说）、《绞刑架下的报告》、《图像与花朵》（诗集）等。

抒情短笺

袁可嘉

（一）

像海绵浸透于水分，
我浸透于默默的思念。
隙缝里流转着颗颗明露，
挑起来，湿淋淋落一襟珠霰。

千重水，万重山，
我是伸颈而待的港湾。
无边的沉默收敛了波澜，
遥望你的窗口出帆。

（二）

塞外雪野上跳着你的足迹，
千重铁门外悸着你的呼吸。
好远呵，打开地图看——
却只差蚯蚓背上的半枚环节。

从思潮撩起你来，
像春雨中撩起一朵好花。
可是，拿开点看，远了，远了——
你我相望如画。

（选自1945年7月11日《观察报》）

【作者简介】袁可嘉（1921—2008），浙江省慈溪人。中学时代开始写新诗，1938年在《大公报》副刊上发表第一篇诗作《我们是黎明边缘的轻骑兵》，歌颂了抗战中的勇士。1941年考入西南联大外文系，求学期间将徐志摩等人的新诗用英文译介到国外。1946年大学毕业，任教于北京大学西语系，常在天津《大公报·星期文艺》《益世报·文学周刊》、上海《文学杂志》《诗创造》《中国新诗》上发表诗作，这些诗歌继承了我国民族诗歌和新诗的优秀传统，借鉴了现代欧美诗歌的某些手法。与穆旦等人在诗歌理论和艺术表现手法见解相同，形成了风格特具的诗歌流派“九叶派”。1951—1953年任中共中央宣传部《毛泽东选集》译室英文翻译。1954—1956年任外文出版社英文部翻译。1957—1978年在中国社会科学院外国文学研究所任助理研究员。1991年退休。主要论著有文艺理论《欧美现代派文学概论》《论新诗现代化》《现代派论·英美诗论》《现代主义文学研究》；文学创作有《半个世纪的脚印——袁可嘉诗文选》；文学译作有《外国现代派作品选》《现代美英资产阶级文学理论文选》《欧美现代十大流派诗选》《彭斯诗抄》等。

第五组　我要努力寻获这一天

野蔷薇（三首）

——写给老朋友们看

曾　卓

门

莫正视一眼，
对那向我们哭泣而来的女郎。

曾经用美丽的谎言来欺骗我们的，
是她；
曾经用前进的姿态来吸引我们的，
是她。

而她在并不汹涌的波涛中，

就投进了，
残害我们兄弟的人的怀抱。

今天，她又要走进
我们友谊的圈子。
她说，她现在才知道：
只有我们，
才是善良的灵魂。

让她在门外哭泣，
我们的门
不为叛离者开！

狱

投进了郁郁的阴森的眼光，
从阴森的小屋；
伸出了消瘦的冰凉的手，
从冰冷的铁栏格。

负着苦难的祖国，
又负着祖国给予你的苦难。
你年青的生命力
被抓掷在黑暗里。

不是为受苦而伤心，而愤怒，
愤怒而伤心的是：
为什么要受苦
……

泪

——流泪的也不是弱者，我想

不要碰我，
我的眼睛是盛满浆液的酒杯……

在花烛尽谢的深夜里，
在徘徊于冷寂的荒凉的旷野，
对着一如当年的夜色，
欲引吭高歌，
——而歌声已喑哑。

如玫瑰花为晨风摇落它的第一串露珠，
我的泪水，
我的映照着正义者的血，
民族的苦难的泪水，
乃无声地坠落。

（根据《白色花》所载，《门》的写作时间是1940年，另外两首亦应是同年所作。）

（选自1942年4月15日昆明华侨书店出版《创作月刊》第一卷第二期）

【作者简介】曾卓（1922—2002），原名曾冠庆，曾用过柳红、马莱、阿文、方宁、方萌、林薇等笔名。原籍湖北黄陂，生于武汉。14岁开始写作，1936年成为武汉市“民族解放先锋队”的第一批成员，武汉沦陷前夕流亡到重庆考入复旦中学，参加“吼声剧团”和“复活社”。1938年3月加入中国共产党并任党支部宣传委员。17岁正式发表作品。1940年加入全国文协，与邹荻帆、绿原等人组织“诗垦地社”，编辑出版《诗垦地丛刊》。1943年入重庆中央大学历史系学习。1944至1945年从事《诗文学》编辑工作。1947年从中央大学历史系毕业后，在汉口任《大刚报》副刊《大江》主编。1950年任教于湖北省教育学院和武汉大学中文系。1952年任《长江日报》副社长，当选武汉市文联、文协副主席。1961年调任武汉人民艺术剧院编剧。1979年，调回武汉市文联工作。出版的诗文集有《门》、《白色花》（合集）、《曾卓文集》、《悬崖边的树》、《老水手的歌》、《痛苦与欢乐》、《美的寻求者》、《让火燃着》、《听笛人手记》、《诗人的两翼》、《处女的心》等，其中《老水手的歌》获全国第二届优秀新诗诗集奖，《听笛人手记》获新时期全国优秀散文（集）奖。还有诗论集等。

海滨之歌

罗铁鹰

我，海的恋者，
唱着一支取火者的颂歌，
踏上这三月的海滨了！

脚踏在这海滨的沙地上，
沙粒发出雷同的轻响。
留着我的一个脚印，
又一个脚印，
不管这些脚印。
将被贪财的海吞没了。
还是将有一些肠腻的先生
凝视着它们，
企图发掘某种罪恶！
我总是把我的脚印留着。

走进这幽深的柳林，
我投入了绿的世界。
柳树的绿发间，
架着雏鸟的摇篮。
幼小的生命刚出壳，
小鸟的啁啾和柳树的絮语，
诚是优美的诗和音乐。
但我不是田园诗人，

我无能充分领略。

呵，这挺立在石龙寺前的
波涛冲击的峭壁，
宛若高加索的海滨，
盗火者普罗米修斯受难的处所。
这挺立的峭壁旁边，
除了警犬的狂吠，
英勇与宙斯作对的先知。
不怕鹫鹰的狂啄，
呵，这雄伟的峭壁呀！
是多么壮美的天工杰作！

登上这望海亭，
瞭望着浩渺的海波。
我忆起了
英雄把酒的黄鹤楼，
与那半副豪放的楹联：
大江东去波涛荡尽古今愁。
但我没有由此超脱！
我悲愤的心潮，
海波一样起落。

对着这洁白的沙滩，
对着这翠绿的柳林，
对着这雄伟的峭壁[①]，
对着这顽强的海波，
我将开始激情的生活。

在这海的吼啸中，
我要吼啸！

我们使这纯洁的青年
看见受难者的痛苦，
看见庄严与丑恶。
我要使他们领悟，
生活的路只有两条：
一条是腐烂，
一条是燃烧。
进行生命的探索，
无论别人怎样对待我，
无论别人怎样评说，
我的愿望牢不可破。
人必须过着
人的生活。
我要他们[②]
猛烈地烧着！
猛烈地烧着！

1942年春于海晏镇

（原载于作者的诗集《海滨夜歌》，据作者修订选集稿抄录）

【注释】

①以上四个“峭壁”原抄录稿均为“削壁”。

②“他们”原抄录稿均为“她们”。

赞　美

穆　旦

走不尽的山峦的起伏，河流和草原，
数不尽的密密的村庄，鸡鸣和狗吠，
接连在原是荒凉的亚洲的土地上，

在野草的茫茫中呼啸着干燥的风，
在低压的暗云下唱着单调的东流的水，
在忧郁的森林里有无数埋藏的年代。
它们静静地和我拥抱：
说不尽的故事是说不尽的灾难，沉默的
是爱情，是在天空飞翔的鹰群，
是干枯的眼睛期待着泉涌的热泪。
当不移的灰色的行列在遥远的天际爬行，
我有太多的话语，太悠久的感情，
我要以荒凉的沙漠、坎坷的小路、骡子车，
我要以槽子船、漫山的野花、阴雨的天气，
我要以一切拥抱你，你！
我到处看见的人民呵，
在耻辱里生活的人民，佝偻的人民，
我要以带血的手和你们一一拥抱。
因为一个民族已经起来！

一个农夫，他粗糙的身躯移动在田野中，
他是一个女人的孩子，许多孩子的父亲。
多少朝代在他身边升起又降落了，
而把希望和失望压在他身上。
而他永远无言地跟在犁后旋转，
翻起同样的泥土溶解过他祖先的，
是同样受难的形象凝固在路旁。
在大路上多少次愉快的歌声流过去了，
多少次跟来的临到他的忧患。
在大路上人们演说、叫嚣、欢快，
然而他没有，他只放下了古代的锄头，
再一次相信名词，溶进了大众的爱。
坚定地，他看着自己溶进死亡里，
而这样的路是无限的悠长的，

而他是不能流泪的，
他没有流泪，
因为一个民族已经起来！

在群山的包围里，在蔚蓝的天空下，
在春天和秋天经过他家园的时候，
在幽深的谷里隐着含蓄的悲哀：
一个老妇期待着，
孩子，许多孩子期待着，
饥饿，而又在饥饿里忍耐。
在路旁仍是那聚集着黑暗的茅屋，
一样的是不可知的恐惧，一样的是
大自然中那侵蚀着生活的泥土，
而他走去了从不回头的诅咒。
为了他，我要拥抱每一个人，
为了他，我失去了拥抱的安慰。
因为他，我们是不能给以幸福的，
痛哭吧，让我们在他身上痛哭吧，
因为一个民族已经起来。

一样的是，这悠久年代的风，
一样的是，从这倾圮的屋檐下散开的
无尽的呻吟和寒冷。
它歌唱在一片枯槁的树顶上，
它吹过了荒芜的沼泽、芦苇和鸣虫，
一样的是这飞过的乌鸦的声音。
当我走过，站在路上踟蹰，
我踟蹰着为了多年耻辱的历史
仍在这广大的山河中等待，
等待着，我们无言的痛苦是太多了。
然而一个民族已经起来！

然而一个民族已经起来！

1941 年 12 月

（选自 1942 年 12 月 8 日《文聚》第一卷第一期，并据 1981 年版《九叶集》校订）

【作者简介】穆旦（1918—1977），原名查良铮，诗人、翻译家。曾用笔名梁真。浙江海宁人。1918 年出生于天津，少年时代在南开中学读书时便对文学产生浓厚兴趣，开始写诗。1934 年，查良铮将“查”姓上下拆分，“木”与“慕”谐音，得“慕旦”之名，后因无“慕”姓而改为“穆旦”。

1935 年，穆旦考入清华大学地质系，半年后改读外文系。抗日战争爆发后，随学校辗转于长沙、昆明等地，并在香港《大公报》副刊和昆明《文聚》上发表大量诗作，成为有名的青年诗人。与郑敏、杜运燮被誉为联大“三星”。1940 年在西南联大毕业后留校任教，负责叙永分校新生的接收及教学工作。

1942 年 2 月，24 岁的穆旦响应国民政府“青年知识分子入伍”的号召，投笔从戎，以助教的身份报名参加中国远征军入缅，在副总司令杜聿明兼任军长的第 5 军司令部，以中校翻译官的身份随军进入缅甸抗日战场。同年 5 月至 9 月，亲历滇缅大撤退，经历了震惊中外的野人山战役，于遮天蔽日的热带雨林穿山越岭，扶病前行，踏着堆堆白骨侥幸逃出野人山。后于 1945 年 9 月，根据入缅作战的经历，创作了中国现代主义诗歌史上著名诗篇——《森林之魅——祭胡康河上的白骨》，另有相关创作《阻滞的路》《活下去》。

1943 年回国后，经历了几年不安定的生活。1945 年创办沈阳《新报》，任主编。1947 年，与王辛笛、郑敏、曹辛之、唐祈、唐湜、陈敬容、杜运燮、袁可嘉等合出诗集《九叶集》，后来这九人被称为“九叶诗派”，穆旦是“九叶诗派”的代表性诗人。1948 年在 FAO（联合国世界粮农组织救济署）和美国新闻处工作。1949 年 8 月自费赴美留学，入芝加哥大学攻读英美文学、俄罗斯文学。1952 年 6 月 30 日毕业，获芝加哥大学文学硕士学位。1953 年初自美国回到天津，任南开大学外文系副教授，致力于俄、英诗歌翻译。1975 年创作了《智慧之歌》《停电之后》《冬》等近 30 首作品。

穆旦的作品有：《探险队》（1945）、《穆旦诗集（1939-1945）》（1947）、《旗》（1948）、《穆旦诗选》（1986）、《穆旦诗文集》

(1996)等；翻译作品主要有：《普希金抒情诗集》(1954)、《欧根·奥涅金》(1957)、《唐璜》(1980)、《英国现代诗选》(1985)、《穆旦译文集》(2005)等。袁可嘉在《诗的新方向》中认为，穆旦“是这一代的诗人中最有能量的、可能走得最远的人才之一”，还认为“穆旦是站在20世纪40年代新诗潮的前列，他是名副其实的旗手之一。在抒情方式和语言艺术‘现代化’的问题上，他比谁都做得彻底”。

同志，我们的歌还低哑吗？

牛　汉

同志，你们说实话！
我的歌还低哑吗？

我知道：
在我的歌声里，
人们还能看见那受伤的血丝，
人们还觉得她不够健康不够嘹亮。

我还是唱着自己的歌，
我知道她还是低哑的。
正像一个诗友说：
我们不会在嘴里抹上蜜去歌唱。
假如硬要无灵魂地高吼，
人们定会猜到我偷喝了两磅牛奶。

同志，你们说实话：
我的歌还低哑吗？

（选自1943年7月《枫林文艺》第一期《辽阔的歌》）

一位北方的歌者

吕 剑

你的歌
比我的歌年青，
从你的歌里，我们已经听出
那新世界出生的欢喜。
你的歌，像胜利者的花冠——
很高，有气派，也新鲜……

但我的歌
还多半是我们
大地母亲的悲哀。
我们的眼里呀，心上呀
还是满载着我们
人民的苦难的泪水。

（选自 1944 年 7 月 5 日昆明《扫荡报》副刊）

【作者简介】吕剑（1919—），原名王延觉、王聘之，山东莱芜林家庄人。1935 年毕业于山东博山颜山初级中学。1938 年夏天写出生平第一首新诗《黎明》，随后，陆续发表了《乡村》组诗和《击剑手》《纺车夜歌》《队伍继续前进着》《大队人马回来了》《他和大众在一起》等作品。其中《大队人马回来了》在《新华日报》发表，成为吕剑的成名之作。1944 年加入中国民主同盟，曾任文协昆明分会常务理事、昆明《扫荡报》副刊主编、《文艺生活》顾问等职，还与他人编了一辑“风雨诗丛”。抗日战争胜利后，于 1945 年 11 月赴香港，1946—1948 年在香港从事文化活动。而早在赴港之前，已任《华商报》副刊《热风》的主编，同时还担任文协香港分会理事、《中国诗坛》编委。其后，先后任北方大学艺术学院教师、华北大学文艺研究室研究员、随军记者等。1949 年加入中国作家协会，任《人民文学》编辑部主任、诗歌组长，《诗刊》《中国文学》编委等。同年选为中华全国文学艺术工作者第一次代表大会代表。1978年恢复创作后的总量超过青年时期，中国作协曾授予其文学编辑荣誉证书。主要著作有《诗与斗争》《诗论集》《十月北京城》《散文导报集》《吕剑诗集》《一剑集》《双剑集》《散文、杂文集》等二十余部。

纪念册

——给卓

邹荻帆

将大笑地走过去，
吹着口哨，
挥着手，
到森林那边去。

“寂寞！”
你说。
那拿花瓣为你擦血的少女，
那讨论着带有油墨气息的刊物的朋友，
那折磨了你的青春
而教给你战斗的图式的地域，
都将
再见。

到森林那边：
鸟归林；
兽归洞。
你将紧压着爱情所激动的心胸！
那边，
将有旌旗举起，

将有时代的声音澎湃，
你将卷土重来！

（选自1943年7月《枫林文艺》第二期《生活与苦杯》）

花朵的瀑布

韩北屏

两旁的街屋，
虽非陡峻的悬崖，
然而柏油路上，
在街道树拱接的河床中，
都流着人的瀑布，
——花朵的瀑布。

每当电灯亮以不同的光度，
替每一个泡沫
戴上锦绣的冠冕时，
人的瀑布——花朵的瀑布，
遂以灿烂的声音，
喧嚣着汹涌而去。

花朵的瀑布的花朵，
那些归自国门以外的女人，
他们的发上、脸上，
华丽而炫耀的衣着上，
涂抹着欧洲与新大陆的文明。
那些归自国门外的男人，
仿佛是异国是异乡人，

他们在饮食的异味里，
在手工业的出品里，
在居民的颜色里，
在浓荫下的木屋里……[①]
寻觅着与他们不同的文化。

在人的瀑布——花朵的瀑布之前，
我掩饰不住我的惊讶：
我们岂是一个国族之下的人民？
我是如此粗犷！
而你们竟盛装着
有如经常出席
一场无休止的宴会！
你们是如此之娴雅呵！

我骄傲：
因为我是花朵的瀑布中
一粒沙石。

我没有他们的精致与美丽，
但是，我经过了多少冲激，
受过了多少可贵的琢磨！
你们富有辨别咖啡的能力，
你们深具鉴赏衣料的修养，
你们更有选择脂粉的天才。
然而，我
却只能说出战争的风向。
——这不是纸币和硬币能购买的，
这是时间最公平的馈赠。

【注释】①选录者原注：原刊漏“浓荫下”三字，据诗意增补。
（选自《枫林文艺》第六期《致波多莱尔》）

【**作者简介**】韩北屏（1914—1970），笔名露珠，江苏扬州仁丰里五巷人。在梅英中学（扬州中学）读初中时因家贫辍学到镇江怡大参药行学做生意。其间，在镇江一些报刊上发表诗文，加入镇江文学青年创办的朝霞社，结识了诗人路易士、常白等，受他们诗风影响，走上文学创作之路。1927年后历任镇江、扬州等地记者、编辑、民教馆职员，上海《菜花》《诗志》月刊主编。抗日战争爆发后，参加江都文化界抗日宣传队，编印抗日救亡的报刊，创作抗日救亡的歌曲。1937年底扬州沦陷，随抗日宣传队辗转大别山、武汉、桂林，历任《广西日报》编辑、编辑主任，《扫荡报》编辑主任，香港南国等影片公司编导委员。中华人民共和国成立后，在广州华南人民文艺学院文学部任副主任、教授。1954年加入中国作家协会，1961年调中国作家协会负责对外联络工作。1970年9月27日去世，1983年，首都文化界为他举行了追悼大会。著有诗集《人民之歌》《江南草》《和平的长城》，小说集《高山大峒》《荆棘的门槛》《没有演完的悲剧》，散文集《史诗时代》《非洲夜会》，报告文学集《桂林的撤退》，长诗《鹰之妻》等。

镇魂曲

光未然

（一）

遨游于星海之滨，
腾飞在时空之外。
你流云般彩霞一般的
高傲而苦痛的灵魂啊，
回来！

你朝着什么方向飞？
你沉迷在什么境界？
你的友人为你默祷，
你丧魂失魄的生命向你呼唤啊，

回来！

智慧还没有放射出最高的光芒，
歌声还没有响彻茫茫夜。
能让爱你的为你悲泣，
能让你怒火之花熄灭吗？
回来！

敌人还未投降，
保卫阳光的战斗还未终结。
夜路上一片疲惫的呻吟与叹息，
人间正期待着你雷霆的巨响啊，
回来！

（二）

你飞得高，
自然看得远。
试回顾人间，
穿破蒙蒙夜气，
用你睿智的眼。

一个浪头压倒一个浪头，
一个时代翻过一个时代。
而生命吞噬着生命，
灵魂绞杀着灵魂，
罪恶的手亵渎了美的崇拜。

应该有盖世英雄，
从万人的悲哀中站起来。
用他的巨手
拨开地面的云翳，

让他的声音压倒一切。

快结束你云中的遨游吧！
人类求生的惨叫已经
扰乱了天国的宁静。
为了肩负万众的苦难，
因此神之子降生在人间。

你飞得高，
当心跌得惨。
快回来！
快勒转你热情的骏马，
踏着雨后的虹桥走下来！

（三）

凝望大自然，
让脚跟落在人间。
看得越深越仔细，
宇宙万汇，
无往而不神奇！

叶的脉络，
花的芳香，
甲虫的斑点，
蝴蝶的翅膀。

从鸟的羽毛，
到冰雪的图案。
从一滴水的世界，
到八月的云天。

宇宙万汇，
各有它的美妙与神奇。
你诗人的偏爱啊！
你苦痛的执着啊！
将要触怒了
大自然创造的意旨。

倘使你来到世界上，
为的以悲哀换取智慧。
倘使拥抱苦痛，
是你生命中最高的欢喜。
你荒山月夜的遨魂啊！
为何凄苦彷徨而无所归？

（四）

以悲壮的呼声呼唤你，
以真理的名义昭告你：
你的苦痛较之万人的苦痛，
你的悲哀较之万人的悲哀，
不过大沙漠中的一粒尘埃。

失掉的是破碎的幻想，
得到的是人间的热爱。
这受难的世界，
一切被侮辱被损害的灵魂，
永远和你同在。

让雷霆为你开路，
让闪电为你照明，
让暴风雨以英雄的气概
护送你高空的浪子，

从遥远的天边归来！

让海洋耸起山岳一般的臂膀，
让群山展开海洋一般的胸怀，
让悲壮的歌声响彻全世界！
欢迎你高空的浪子，
从遥远的天边归来！

（选自 1944 年《高原文艺》第一期）

【作者简介】光未然（1913—2002），原名张光年，湖北省光化县人（现老河口市），1927 年在家乡参加第一次国内革命战争，同年加入中国共产主义青年团。第一次国内革命战争失败后，曾做过商店学徒、书店店员和小学教员。1929 年加入中国共产党，稍后因鄂北组织被破坏，失掉党的组织关系。20 世纪 30 年代起从事进步的戏剧活动和文学活动。1935 年在武汉发表歌颂抗日志士、反对卖国投降的歌词《五月的鲜花》，在抗日救亡活动中广泛传唱。1937 年重新加入中国共产党。1938 年，出版《街头剧创作集》。1939 年 1 月，率领抗敌演剧第三队由晋西抗日游击区奔赴延安。同年 3 月，创作组诗《黄河大合唱》。经人民音乐家冼星海谱曲后，4 月在延安首次上演，此后在全国各地广泛传唱，受到抗日军民的热烈欢迎。1944 年光未然在云南与李公朴、闻一多一道从事民主运动和诗歌朗诵活动。1945 年 10 月，受当局迫害离开昆明。次年由北平进入华北解放区，先后在北方大学艺术学院、华北大学文艺学院主持教学工作。中华人民共和国成立以后，一直在北京从事文艺活动。先后担任《剧本》《文艺报》《人民文学》主编，写了大量的文学、艺术评论。曾任中国作协书记处书记、党组书记。并被选为第三、第五届全国人民代表大会代表，中共中央顾问委员会委员、中国作协副主席。于 2002 年 1 月 28 日在北京逝世，享年 89 岁。

轭

力 扬

苍白的梦似的薄雾，
湿润了秋天的早晨。
泪点似的露珠，贯穿着
被秋风虐待过的细草。

那被饥饿所唤醒的
早起的佃农，
嘘着嘶哑的口哨，催叱耕牛
翻犁着溃烂了的水田。

黎明是曙光，
把他们的影子映照在
田脚边清澄的池水上。

喘息着的牲口
用迟钝的眼凝视着
它自己的辛苦地耕作着的影子。

“亲爱的主人
什么时候放下那
枷在我肩上的沉重的轭子？”

它的主人也用迟钝的眼视着
他自己的辛苦地耕作着的影子，
怜悯地却又羡慕的回答：

“忠实的伙伴
在你耕完这一点点的土地之后，
我就放下那
搁在你肩上的沉重的轭子。

但是被枷在我自己的肩上的，
恐怕到我生命完结的时候
还要被枷在我儿子的肩膀上……”

两个苦难的生命
在池水的镜面上
是那样深沉地相契，
久久地矗立在那里，凝视着
彼此不安的心。

（选自1944年9月16日昆明《扫荡报》副刊）

【作者简介】力扬（1908—1964），原名季信，字汉卿。浙江省青田县高湖乡东坑口村人。1933年开始发表作品，同年毕业于西湖艺术学院。历任中华全国文艺界抗敌协会重庆分会理事，左翼美术家联盟执行委员，军委会政治部第三所文化工作委员会科员、组员，育才学校文学系教员、主任，香港中业学院文学系主任，中国社会科学院文学研究所研究员。全国文代会代表，全国文协会员、候补委员。1952年加入中国作家协会，主要诗歌创作有1939年4月出版的诗集《枷锁与自由》、1948年香港新诗歌社出版的《射虎者》、1949年9月昆明诗文学社出版的《我的竖琴》和1955年作家出版社出版的《给诗人》等。此外还写过《关于诗》《关于诗的民族形式》及《论杜甫的现实主义》等论文。

我们开会

何 达

我们开会！
我们的眼睛
像车辐
集中在一个轴心。

我们开会！
把我们的背
都向外
砌成一座堡垒。

我们开会！
我们的灵魂
紧紧地
拧成一根巨绳！

面对着
共同的命运。
我们开着会！
变成一个巨人。

（选自1944年10月8日昆明《扫荡报》副刊）

【作者简介】何达（1915—1994），原名何孝达，另有笔名陶融，祖籍福建闽侯，生于北京。学生时代开始写诗，1931年开始发表作品。先模仿徐志摩、郭沫若，后效仿李金发、臧克家和蒲风。到桂林后，曾获得艾青的辅导。1932年在平汉铁路局工务处任职，“九一八”事变后参加抗日救亡运动，历任滇缅铁路工程局课员，欧亚航空公司修理厂职员，1942年在西南联大上学时，曾创办新诗社，从事诗歌创作，几乎每首诗都经过闻一多指点。战后，转入清华大学，跟朱自清学诗，第一本诗集《我们开会》便是朱自清所编选并为诗集写了长序，称其诗为“新诗中的新诗”，是诗的“一条新路”。1948 年 8 月到香港定居，继续以写作为主，任香港作家联谊会理事。曾主编文学期刊《伴侣》和《诗页》。出版有诗集《洛美十友诗集》《何达诗集》《生命的升腾》及散文集《出发》《又绿集》《书与桥》等。《我们开会》一诗通过开会表达了强烈的“团结就是力量”的信念，通篇充满了年轻人的朝气、自负和时代使命感，有较强的鼓动力。

清道夫和白果树

臧云远

【作者原序】沫若先生庭前有一株白果树，树身高大，叶色苍翠，先生研古史，常喻为清道夫，因以作歌，祝先生五十四寿。

当你开着窗子坐在案头，
那白果树的影子就在门口。
绿油油的树叶摇晃着，
天天白雾在上面飘浮。

你的心跑到几千年前，
同那时的人物见面谈谈，
把二十四史的那一串糊涂账，
对着未来的人物从新结算。

谁说这个不像清道夫，
打扫人心上几千年的脏土？
谁说我们要一个劲糊涂，
看不清祖先的未来面目？

在你面前飘动着好多面孔，

那是古时候的农民、英雄。
古时候的黄河也向东流，
古时候战场也遍地是蝗虫。

多少勇敢、诚恳和真情，
变成了英雄的下场和罪名。
多少圈套、奸作和奉承，
变成了吃人的淘气和威风。

现在都不过是一堆土，
只留下影子在人心里浮动。
白果树叶发绿又枯黄，
你坐在案前望着雾沉沉的天空。

是不是你左手抱着小孩，
看他望着你写作，有多乖！
那葫芦棚下汉英和庶英[①]
推着竹车跑去又跑来。

直到白雾在阳光下飞散，
黄爽爽的树叶落在你窗前。
也许你放下笔抱着小孩，
想着几千年的故事到外边看看。

（选自1944年11月16日，昆明《扫荡报》副刊）

【注释】①原《扫荡报》误漏“庶英”之“庶”字。今考郭氏与于立群共育有六子女：郭汉英，1939年生；郭庶英，女，1940年生；郭世英，1942年生；郭民英，1943年11月生；郭平英，1946年生；郭建英，女，1953年生。从郭氏几个子女的年龄推断，1944年11月能够“推着竹车跑去又跑来”的除了“汉英”外，只有“庶英”。上文“左手抱着（的）小孩”应是1943年11月出生的郭民英。

【作者简介】臧云远（1913—1991），笔名季沉、辛苑，山东蓬莱人。早在青岛胶东中学（崇德中学）上学时便开始发表文学作品。后闻一多到青岛大学任职，慕名前往拜访，请闻一多指教新诗的写作而认识臧克家，与臧克家并称“山东二臧”。1932 年参加中国作家左翼联盟，1934 年考入国立山东大学。1947 年到解放区。1950 年，任华东大学艺术系主任，年底，华东大学与山东大学合并，仍任艺术系主任。1952 年，全国高等学校院系大调整，成立了华东艺专，后改为南京艺术学院，任副院长兼党委书记。著有诗集《炉边》《臧云远诗选》《云远诗草》，大型歌剧《太湖帆影》，大型歌舞活报剧本《法西斯丧钟响了》(合作)，大型歌剧剧本《秋子》，诗剧《苗家月》，长诗《静默的雪山》，组诗《延安灯火》《红岩九歌》《文苑拾影》，译著《质文》（原日文），文艺理论丛书《艺术史的问题》（原日文）等。

雾

何　达

雾、雾
到处是雾！

是墙，
我们推倒它！
是铁栅栏，
我们锯断它！
是高山，
我们炸翻它！

然而是雾，
到处是雾！

睁着眼睛，
看不见东西；

伸出拳头，
碰不着对象；
抡起大刀，
射出子弹，
——雾还是雾！

像一面惨白的网，
重重地
围困着我们。
在不散的浓雾里，
埋伏着敌人，
隐藏着危险，
孕育着灾害！

这是个什么世界啊？

我们不能这样霉掉烂掉，
点燃起所有的火种，
烧吧！
烧起漫天的大火，
向浓雾冲锋！
向浓雾扫荡！
明明白白地干一场！

让我们看见血，
也看见阳光！

（选自1945年1月20日昆明《民主周刊》第一卷第六期）

人民的世纪

常任侠

一本金字的书，
每个字放射着强烈的光。
大书着“人民的世纪”！
在辉煌的扉页上。

人民的世纪，
是人民的集体创作。
人民为了完成它，
用尽全部力量。

人民在悠久的岁月里，
被寒冷封锁着，
被暴力压迫着，
有一支怪物骑在背脊上，
人民的项颈上拽着锁链，
人民的脚上戴着镣铐，
人民的肌肤上受着鞭伤。
人民把愤怒储蓄在心里，
储蓄在每一条血管里。
人民的口虽是紧紧关闭着，
但眼睛却放射出火样的光。

人民从地下突然站起来，
像一声春雷震撼万物生长。
于是以裸露的紫色的肌肤，
站在世纪的前面，迎着阳光。
人民以钢铁的意志，

发出钢铁一样的声音，
对敌人展出钢铁的力量。

粉碎他，这些侵略我们的！
扫清他，这些压迫我们的！
消灭他，这些剥削我们的！
人民的力量正如汹涌的洪浪，
洗去一切旧日的污秽。
在人民的世纪里，
到处散布着芬芳。
在人民的世纪里，
千万人的声音
唱着一个大合唱：
工作、建设、自由地向上生长！
人民的歌声
同着马达的声言交响，
向着光明、向着太阳，
用全部生命，写作一部辉煌的乐章①。

1944年12月24日

（选自1945年1月7日昆明《中央日报》）

【注释】①“全部生命”句在原抄录稿中无“部”字。

【作者简介】常任侠（1904—1996），别名季青，安徽省阜阳市颍上县黄桥镇人。1922年入南京美专，1927年加入北伐学生军。1928年入南京国立中央大学文学院，研究古典文学及印度、日本文学，1931年毕业后留校任教。1935年赴日本东京帝国大学文学院，研究东方艺术史和丝绸之路的文化交流，曾在上野帝国学士院作汉学报告，1936年底返国，继续在中央大学任教。1938年春，到武汉国民政府军委政治部三厅从事抗日文化宣传工作，并应茅盾、廖沫沙之邀，编《抗战日报》副刊。1938年底随三厅转移重庆，任中英庚款董事会艺术考古员，兼任四川省立教育学院教授。1942年转任国立艺术专科学校教授，编辑《学术杂志》。1943年转任昆明国立东方语文专科学校（简称“国立东方语专”，三迁校址，由昆明而重庆，由重庆而南京，最后并入北大东方学系）教授。1945 年应印度泰戈尔之邀，赴印度国际大学讲授中国文化史。1949 年任国立北平艺术专科学校特级教授。中华人民共和国成立后，先后任国务院华侨事务委员会委员，北京大学、北京师范大学、中国佛学院（1956 年创办）教授，中央美术学院教授兼图书馆馆长。20 世纪 50 年代，多次受国务院委派出访印度、尼泊尔等东南亚国家。是我国著名艺术考古学家、东方艺术史研究专家、诗人，中国艺术史学会创办人之一。主要著作有《民俗艺术考古论集》《中国古典艺术》《东方艺术丛谈》《丝绸之路与西域文化艺术》《常任侠艺术考古论文选集》等，另有合作译著《东方的文明》《日本绘画史》《中国服饰史研究》等。

我要努力寻获这一天

山　莓

我要努力寻获这一天，
心里很开阔，
像阳光照耀着的新绿的原野。
可以走到乡村里去，
不碰见穷苦。
让我看见：
每一间小茅屋都充满着阳光，
每一座木栅都开满愉快的花朵，
每一棵树都结满肥硕的果实，
每一处禾场都闪耀着丰饶的光辉！

让我再看见：
昨天还是鼻涕满脸的孩子，
今天都背起书包上学。
昨天还是害很厉害贫血症的小姑娘，

今天都有着丰满的苹果的颜色。
昨天还背负着穷苦的人们，
今天都站在阳光里，
向穷苦告别。

（选自1945年2月16日昆明《扫荡报》副刊）

【作者简介】山莓，本名张劲民，后改名张舒阳，1940年曾任第五战区童工队指导员。其他事迹待考。

宣　言

——给吕剑

朱　健

我们的心，
是历史的罗盘针。
与地心垂直，
挂在左胸里永不偏斜。

我们的喉咙，
不属于我们自己。
像喷吐着的火山口，
不能有片刻的停息。

我们的歌，
没半个疲弱的音节。
狂暴又粗野，
积压了万年的沉雷。
愤怒的风暴，旋卷起血腥的雨，
扑打原始的森林……

好长、好长……最坚强！
勇敢地进军，
像铁甲列车在飞奔。

我们用一星唾沫，
轻蔑全世界的财富。
我们的腿是直的，
没有“跪下”的软骨[①]。
我们的眼睛，
燃烧着火的光，
永不哭泣。
我们头上戴着荆棘的冠冕，
永不低垂！

我们是兄弟，
全都有血肉联系。
是一个巨大的光体，
放射出千万颗种子。
扣紧手，好亲密，
我们！

我们的旗，
先烈的血曾经侵染，
红光闪闪……
使猫头鹰不敢睁眼，
上面誓词响亮，
听：
“不自由，
毋宁死！
笔与
刺刀并齐。”

（选自1945年2月16日昆明《扫荡报》副刊）

【注释】①“软骨”二字原抄录稿为“命令”，欠妥。

【作者简介】朱健（1923—），新月派诗人，1923年生于山东郓城。自幼深受家学熏染。抗日战争期间，从山东流亡至四川，参加进步学生活动。皖南事变后被迫离校，辗转甘肃、陕西，再回到四川，当过汽车站站员、工厂文化教员、中小学教师等。20岁开始写诗，他在20世纪40年代的诗作被收入人民文学出版社出版的“七月派”诗人合集《白色花》《七月、希望作品选》以及四川人民出版社出版的《七月诗选》等多种选本。20世纪50年代后，朱健从政5年、当厂长20年。1976年，参加了大型辞书《辞源》修订工作。1979年他到潇湘电影制片厂做编辑、编剧。1980年始，先后在《诗刊》《星星》等一些文学刊物连续发表了不少新作，1986年由湖南文艺出版社出版诗集《骆驼与星》，1989年离休后主要写散文、随笔。80岁时他还专门在《长沙晚报·湖湘文苑》版开随笔专栏。1995年以后出版了《潇园随笔》《无霜斋札记》《逍遥读红楼》《人间烟火》《碎红偶拾》《往事知多少》等一系列散文、随笔专著。

和平之光
——罗曼·罗兰挽歌

郭沫若

一支宏大的战船停泊到了安全的海港，
狂暴的雷雨渐渐地快要镇定的时候，
有稀薄的希望的晨光，破露在那天上，
斜射着波涛还在汹涌着的血的海洋。

多么长远的、艰苦的、但可磊落的战斗啊，
你伟大的法兰西的儿子，真理的领港。
你为法兰西的再生，人类的再生，和平的再生，
慷慨地、沉着地，输出了你最后的一珠血浆！

看啊，你的旗帜永远在塔桅顶上飞扬，
你伟大的人类爱的使徒，你请安息吧！
战船，就像嘶风的骏马，和你生前一样，
早又奔腾上消灭法西斯野兽的世界战场。

啊！你听，《马赛曲》的歌声是多么嘹亮！
人类在庆祝着新的胜利，
你伟大的民主的战士，罗曼·罗兰，你永生了！
你永远是法兰西之光，人类之光，和平之光！

（选自 1945 年 4 月 14 日昆明《扫荡报》）

【作者简介】郭沫若（1892—1978），乳名文豹，原名郭开贞，字鼎堂，号尚武。笔名沫若、麦克昂、郭鼎堂、石沱、高汝鸿、羊易之等，四川省乐山市观娥乡沙湾镇人。1897 年春入家塾读书，习读《诗经》《唐诗三百首》。1906 年春入乐山县高等小学。1907 年夏升入乐山中学堂，大量阅读林琴南的译述小说。1909 年秋因参加罢课被学校开除。1910 年春进省城成都，插入四川官立高等学堂（四川大学前身）分设中学堂。同年冬参加成都学界要求早开国会的罢课风潮，任班级代表，又受开除处分。1911 年冬，清帝退位，回乡组织民团响应辛亥革命。1913 年春，考入成都四川高等学校（辛亥革命后四川高等学堂改称四川高等学校）理科，未学。1914 年 1 月得兄长的资助抵东京。首先考入九州帝国大学学医，因重听而弃医从文。1915 年秋入冈山第六高等学校。与成仿吾、郁达夫等组织“创造社”，积极从事新文学运动。这一时期有代表作诗集《女神》。1923 年后系统学习马克思主义理论，提倡无产阶级文学。1926 年参加北伐，任国民革命军政治部副主任。1927 年，参加南昌起义。1928 年 2 月流亡日本，埋头研究中国古代社会，著有《中国古代社会研究》《甲骨文字研究》等重要学术著作。1937 年回国，任军事委员会政治部第三厅厅长，后改任文化工作委员会主任。1946 年至 1949 年，在国民党统治区从事民主运动。中华人民共和国成立后，当选为中华全国文学艺术界联合会主席，1958 年 9 月至 1978 年 6 月任中国科技大学首任校长。历任政务院副总理兼文化教育委员会主任、中国科学院院长、全国人民代表大会常务委员会副委员长等职，当选中国共产党第九、十、十一届中央委员。主编《中国史稿》和《甲骨文合集》，全部作品编成《郭沫若全集》38卷。

买平价米的人

光　远

背上的婴儿哭着，
她没有管着。
好像被饥饿
吵聋了耳朵。

流了一身汗，
才从人丛中
买出了一升
打了折扣的糙米。

好像是白得的！
她微微地笑了。

（选自1945年6月11日《云南晚报》）

心和手

臧克家

今天，我们的胃口这样壮：
简直是晚餐桌上的一只饿狼！
睡眠的小船，畅快地渡过了夜的里海，
它没有撞在失眠的暗礁上。

脑子，孩子一样单纯！
疲劳紧紧把守一所大门！
因为我劳动了整个下午，
太阳耀在晴空，
大汗在我身上落雨。
我披开我的头发，
让它接受四月天的风凉！
我伸开我惨白的手臂，
叫阳光绣上一点健康。
我同农人，同握住锄头，
我学习着他们的姿势，
土地给我们收获物，
也给我们满身香气。
我再不想
用灰白的思想专在心上耕耘。
那往往是歉收，得来的食粮
喂不饱自己，更不必说别人。
我不再想
做一个孤独者，把自己
拴在书桌上；我想做一个农人。
加入进他们的队伍，
你看我的心，连我的衣服都像。
我从心里鄙视这种人：
用一张空嘴，
吃别人双手获得的东西，
一直吃黑了良心！
我用我的心，也用我的手
思想！
我用我的心，也用我的手
同大地，同群众
交通。

（选自1945年8月16日《云南晚报》副刊《夜莺》）

第六组　补遗：我们是钢铁的一群

送出征勇士歌

何　鹏

这一群勇士，
负起刀枪，
抱着大无畏的精神，
驰骋沙场。
他们要凭着热血，
掘成一条新的长江。
他们要拼着头颅，
决不许敌人的兽蹄
践踏糟蹋我们的家乡①。
他们没有犹豫，
没有彷徨；
他们只有赤心，
只有忠胆。
为的是保卫我们的山河；
为的是拯救中华民族的危亡。

（选自1938年8月《战歌》诗刊第一卷第一期）

【注释】①高农注：这两句原作“把敌人的兽迹赶出我们的家乡。”

初踏进了牧歌的天地

穆木天

在这荒莽的原始的天地中，
燃起了新的火焰。
无数的高峰，
无数的岗峦，
无数的瘴雨和蛮烟。
从老街到河口，
从河口到开远，
从开远又到了昆明的高原，
真是过了一山又是一山。
在那万山中，
有广阔的高原，
在那些高原里边
散布着肥美的农田。
到处是牧歌情调，
散布在田野和山间。
空气中是牧歌，
田野中是牧歌，
山谷间是牧歌，
湖水里是牧歌。
牧歌的情调，
是充满了这原始的莽原。
云南——我憧憬的国土！
我在梦里曾经憧憬着你！
从艾芜的小说中，
我曾经看见你的光与热，
我曾经听见你的山中的牧歌，
从聂耳的歌声中，

从仲平的诗中，[①]
我曾经看见你的奔放的热情，
你的古希腊一般的狂热的歌舞。
可是，那一种憧憬的世界，
今天，在我的眼前实现了。
经过了“童话的国土”——安南，
我又重踏上祖国的土地。
我的心，
是如何地欢喜呀！
从那个阿丽思的奇境中，
渡过了那一条小小的河，
从那一条木桥上，
又踏上祖国的土地。
在我的心里，
并没有从梦中初醒的幻灭！
在我的心里，
有新的兴奋，
有新的欲求，
有新的火。
一切的梦成了真的了！
憧憬成为现实！
山中充满了牧歌情调，
而且充满了新的气息。
在火车中，
有两个商人，
高谈着我们的友邦——苏联。
那是多么令人兴奋呀！
在这个原始的处女地中，
使我看见了
新的火焰
在生长着，

在这个原始的处女地中，
使我看见了
新的战歌
和原始的牧歌
融合在一起了。
一切的梦，
成为现实！
云南——这原生的处女地！
你有伟大的旋律！
一条蜿蜒的红色的河
贯在万山中间，
作成了一条有力的动脉。
从万山中
到了你的广阔的平原中，
你的律动
你越发地长，
越发地有力。
我好像是到了中原，
到了我的故乡——山海关外。
你更使我想象着
那茫茫的西伯利亚。
可是，这里不是那一片雪原，
这里是南国的广阔的天地！
而且，在这南国的广阔的天地中，
原始的牧歌情调
和新的战歌，
混溶在一起，
而且，要永远结合在一起！
这里，是原生的处女地，
这里，是新的中国的摇篮！
这里就是中华民族的

抗战建国的一个坚固的后方壁垒！
云南——在你的牧歌的世界中，
我看见我抗战建国的铁工厂！
在你的火炉里边，
我看见我们争自由解放的火焰，
一天一天地
扩大了起来了！
在你的猛烈的火焰中，
我看到新中国的光明。
我要同多少的民族战士，
在你的铁工厂中
共同实践我们的新中国的创造！

（选自1938年8月《战歌》诗刊第一卷第一期）

守黄河

窦隐夫

喂！请你们站住！
前面就是我们的特区。
假如你们再走上一步，
新磨的“矛子”请你们试试。

我们不是脓包，
我们是铁的队伍。
假如你们再走上一步，
管叫你们一个不留。

我们经过了长期的内战，

我们也经过了饥饿与寒苦。
岂怕你们几个鬼子？
黄河岸是我们世居的乡土！

儿子你去到渡口，
那里有许多同志。
我们大家一致小心，
小心鬼子的偷渡。

女儿你也赶快回去，
去唤齐咱们村子里的妇女。
不要说妇女无用——
妇女也是杀敌的好手。

不管男女老幼，
不管黑夜白昼。
我们在这里防守，防守，
黄河岸是我们世居的乡土！

（选自1938年9月《战歌》诗刊第二期）

【作者简介】窦隐夫（1911—1986），原名杜兴顺，别名杜英夫，笔名窦隐夫、隐夫、白特、朱彭等。河南内乡（一说为西峡县五里桥镇黄狮村）人。1928年冬入北京大学作旁听生。1930年加入北平左联。先后参加编辑《北方文艺》《文哨》《擎旗手》及《普罗诗选》等刊物，同时发表诗作。1932年与张秀中等编著诗集《血在沸》。同年到上海，与蒲风等发起成立中国诗歌会，出版《新诗歌》。1934年编辑《新诗歌》，经营困难，10月底曾写信向鲁迅求助，鲁迅于1934年11月1日收到信后回信说“这几天不行，且等一等”，结果12月停刊，又因被捕而无法复刊。1935年夏获释。抗日战争爆发后赴延安，入中央研究院学习，结业后留院新闻教研室工作。1940年加入中国共产党。1945年去东北，曾任职于东北电影制片厂。1949年调中央文化部电影局，后在电影剧本创作所任编剧。1958年调北京电影制片厂，主要创作有电影剧本《翠岗红旗》。

破碎了的铁鸟

晓 黛

破碎了的铁鸟，
你曾载过多少魔鬼在空中呼啸！
你抖动你的翅膀，
飞到这方，飞到那方，
让那些会撕碎人的东西，
装满你的胸膛。
你得意地寻找人群，
让魔鬼抓着它们往人群里扔！
炸碎了活人：
一块，一堆，一摊……
还有一片片的血肉，
挂在树枝上。
这个女人躺在地里，
突出眼睛；
那个孩子飞掉了臂膀，
在不住地呻吟。
还有一堆堆的乌鸦，
停止了呼吸，
陪伴着人！
于是你笑了！
魔鬼也笑了！
拍拍你的翅膀，飞向上方。

破碎了的铁鸟！

你曾害死过千千万万的人，
你曾掷给人无限的悲伤！
然而你仍在空中，
得意地飞翔！

谁想到今天？
你安静地躺在这里！
魔鬼呢？
鸟儿为着复仇，
也得撕裂他的尸体！

破碎了的铁鸟，
如今再也没有人拍你的翅膀，
你再也不能飞向上方。
枪子吃了你的生命，
你堕落在地上，
不再呼吸，受满了创伤，
让人观光。

破碎了的铁鸟，
你可曾预料：
今天你如此供人玩笑？
再也不能呼啸着，
骄傲地载着魔鬼来到！

破碎了的铁鸟，
唯愿你不寂寞，
唯愿这些日子，
再有几只铁鸟躺在你身边，
陪伴着你，
献给我们的同胞！

（选自1938年10月《战歌》诗刊第三期。定编者按：初编手稿无“10月”。据蒙树宏先生《云南抗战时期文学史》：“《战歌》第一卷为月刊，共6期。”前一首《守黄河》既然选自1938年9月《战歌》诗刊第二期，第三期为10月出版无疑。）

【作者简介】晓黛，原名杨苡，安徽泗县人。曾先后就读于西南联大外文系、重庆国立中央大学外文系，历任中学教师、南京国立编译馆翻译委员会翻译。1949年后历任语文教师，原民主德国莱比锡卡尔·马克思大学东方语文学院讲师，南京师院外语系教师。1936年开始发表作品。译著长篇小说《呼啸山庄》《永远不会落的太阳》《俄罗斯性格》《伟大的时刻》《天真与经验之歌》，著有儿童文学《自己的事情自己做》等。（参阅百度网“晓黛”词条。）

秋 收

李 苇

秋风起，天气凉，田里谷子一片黄，
老百姓，真可怜，皱着眉头无法想。
青年人，当兵去，前线打东洋；
有的早就吓跑了，有的去修飞机场；
谷子黄了没人割，要靠军队来帮忙。

弟兄们，爱百姓，真是好心肠！
不等起床号，大家就起床。
排长连长领着走，拿起镰刀到田庄，
不怕流汗不怕累，大家好比上战场！

张家田，李家地，不上几天就割光。
老百姓，喜洋洋，要买礼物来酬劳：
一瓶酒，几斤肉，高高兴兴到营房。
弟兄们，看见了，口口声声“不敢当”。

（《南风》原编者附记：这是一个朋友从前线寄来的，叙述六十军驻咸宁时帮助老百姓秋收的故事。我们可以看出六十军在前线和民众关系良好。）

（选自 1938 年 12 月 11 日《云南日报》副刊《南风》）

烽火中的梦

张弗启

自从忍别了伊，
枪声割断消息。
自从忍别了伊，
也曾苦费相思。
朦胧中我和伊
——山国的少女，
偶然地重逢在
旧游的那幽美的园地。
风还是徐徐地拂着我俩的衣，
鸟儿依旧在树枝上狂啼。
伊眼底充溢着悲喜的泪水，
对我轻轻地：
“自从你狠心地把我摒弃，
我到处在打听你的消息。
我虽然埋怨你薄情无义，
但我时时刻刻总在祈祷你：
为国努力！
奋斗，
杀敌，
雪耻。
而今，而今祖国果然胜利，

庆幸你也凯旋归里。”
我带着得意的神气，
洋洋地回答着：
“当时，怎能不离开你？
我是青年，是革命的战士！
要是全国青年都不肯到前线去，
我们早就做了暴敌的奴隶，
更哪有今日的重逢？
哪有今日的重逢啊，
——在这里！”

1938年中秋之夜于西北前线

（选自1938年12月《南方》月刊第一卷第十二期）

西班牙，我们的战友！（朗诵诗）

旭　东

虽然一个在东亚，
一个在西欧，
可是你们跟我们
都是朝着革命的大路走。
我们曾经驱逐了
祸国殃民的满清皇帝。
你们也曾推翻了
黑暗专制的阿尔方朔王。
得到了光明的民主自由。
我们又打倒了北洋军阀，
你们也曾反抗过反动的禽兽。
为生存，为正义，

为和平，为自由，
你们跟我们又发动了
抵抗法西斯的战斗。
在东亚，在西欧，
我们英勇地筑起了
两道钢铁的战线，
将枪口瞄准着敌人的胸口。
我们要更加努力地奋斗啊！
亲爱的战友！
今天的血白流得多，
明天的自由才会持久！

（选自1939年1月27日《云南日报》）

诀别

刘白羽

你不要看我软弱，我就要走……
往那遥远的风沙中，寻觅我熟谙的黄土。
我今天才瞧透这个玄机：
生长在哪里的回到哪里去！
长江上的层峦叠嶂挂不着我的芒鞋，
我需要的是家乡，
我不能像蜗牛把触角躲进甲壳，
狂风暴雨里生长的儿男，挺起腰身吧！
“只有前进，没有后退！”
我不甘把火般渴望压上多少年。
像石碑下的乌龟累年累月地喝着西北风。
我要祖国，

我更要家乡，
山坡上，深谷间，回响着游击战斗者的枪声呢！[1]
走吧，黄土中生长出来的再埋进黄土去，
我诀别了你——长江啊！你有的只是水！

（选自1939年3月15日出版《新动向》第二卷第五期）

【注释】①选录者原注：这句原文无“回响着”三字。

【作者简介】刘白羽（1916—2005），北京通州人。幼时当过学徒，1930年入北平市第一中学读书。九一八事变发生后，投笔从戎。1934年考入北平民国大学中文系，开始练习写作。1936年3月在《文学》月刊上发表第一篇小说《冰天》，揭露了旧军队的腐败。1937年出版了第一部小说集《草原上》。1938年春，到延安。同年12月加入中国共产党。历任中华全国文艺界抗敌协会延安分会党支部书记、重庆《新华日报》副刊部主任、北平军事调处执行部记者、新华社总社军事特派记者。中华人民共和国成立后，历任中国作家协会党组书记、作协副主席、作协书记处书记、中华人民共和国文化部副部长、中国人民解放军总政治部文化部部长、顾问、《人民文学》主编等职。刘白羽是中国共产党第八次党代会代表，第一、二、三、五、六届全国人大代表，全国政协第一届代表、七届委员。现代文学杰出代表人物，卓越的散文家、报告文学家、小说家、作家。六十多年来共发表作品50余部400余万字，多种作品被译成英、俄、德、缅等文种。《长江三峡》《日出》等多篇作品被选入中学、大学教材。1950年参加编制反映解放战争的影片《中国人民的胜利》荣获斯大林文艺金奖一等奖，散文集《芳草集》荣获1989年优秀散文奖，长篇小说《第二个太阳》荣获第三届（1991年）茅盾文学奖和1986—1994年度炎黄杯人民文学奖，长篇传记文学《心灵的历程》获首届（1990—1994年）中国优秀传记文学作品奖。

五月的中国

王亚平

五月的中国
向世界骄傲地微笑。
太阳赶走了黑夜，
艳丽的霞光
照着流动的山河。
僻乡的草屋檐下，
孩子们唱抗战救亡的歌。
老年人腰里的烟袋，
变成了一柄短刀。
青年人的眼睛
透视过炮火的烟瘴，
望住曙光欲来的祖国。
妇女呵着耕牛，
在敌机下翻起黄泥。
候雁飞过北方，
恨没有旧日的屋梁。
水静静地流过阡陌，
柳梢听不到布谷的欢歌。
蔓生着荒草的田野，
炽燃起抗战的烽火。
没有人，悲悼生命的死亡，
忧思流亡的痛苦，
手握着手，心连着心，
扛起历史的血轮，
迈向自由的国土。
中华儿孙的血肉，
筑起真理的堡垒。

为了捍卫人类的幸福，
高扬起抗争的旌旗。
让魔鬼的幽灵，
在我们面前发抖，
侵略者的泥足
在广土上沉没。
呵，五月的中国，
向世界骄傲地笑着。

（选自1939年7月《战歌》第二卷第一期）

微笑

溅 波

今天，我看见我们战士的微笑，
从心底里，像清晨山谷中潺潺的溪流。
使我几乎不能形容，
我们所感到的欢喜和舒畅。

我们最大的欢喜是我们的大胆啊，
有如敌人最初对我们的冷嘲和诽谤。
可是我们却渐渐看着它那最初的面容，
一天比一天地改变，狰狞的目光中透出悲哀。

到今天，我们和它们打了两载，
熬过两个春夏，战斗过两个冬天。
它的狰狞的光焰仿佛一道回光，
它那狐狸尾巴已经拖了出来。

我们并没有气馁！
因为我们算就了命运，
大小城市即使化为废墟也不吝惜，
因为我们也预测了自己的前途。

今天我们的战士可是微笑了，
这是经过了长久的牺牲与痛苦的赐予。
可是我们还没有完全达到胜利的地点，
而那样的时间不久就要到来。

歌唱吧！欢呼吧！我们有志气的兄弟啊！
我们要如那希腊神话中的赫尔库莱斯(Hercules)，
具有天雷一般的铁胆，
紧握住了巨人安特乌斯（Antacus），
定要将它们的肋骨折断。

七七两年纪念日

（选自1939年7月《战歌》第二卷第一期）

寄秀子

袁勃

我生长在三岛上，
生平的志愿——
早晚也火葬在
生长我的地方……
究竟为什么？
逼着我拿起枪[①]，
来支那杀人掠抢？

那会是多么悲惨，
做一个暴死鬼，
连魂魄也辗转他乡？
贤秀子！
当我被征出发的前夜，
你曾悲痛地含着泪流：
——怕是永别……
啊！可爱的人儿，
你是聪明的，
我们夫妻的恩义……
从那一刹那——
已被疯狂的魔手抓去。
一只红条，
抛来做异乡鬼！
怕听轮船一声长笛……
我们传说中的
支那的幽雅美丽。
秀子哟！
踏进乱离的峰峦，
我没有一刻儿工夫留恋。
赌着生命，
喘息在死亡的边缘。
呵！听，东边山头上有机枪声，
西边也有喇叭的响，
我已迷失了生路，
那千人针，护身符，
除了让我记挂你的纤指[②]，
秀子，那不济事，
——不能把我保护。
在这逼近死的时候，
秀子，想起你，

和孤苦的老母，
想哭，却已流不出泪，
秀子哟！请你记住——
你亲爱的桑田绫一
死在支那的山西，
日子是：
昭和十四年四月十四。

（选自1939年7月《战歌》第二卷第一期）

【注释】

①选录者原注："逼着我拿起枪"原印为"逼近我拿起枪"，"近"字应是"着"字之误。

②记挂：原抄录稿为"记罣"。

我们是钢铁的一群

连　城

我们是钢铁的一群，
我们来自厦门。
厦门，我们的家乡，
在五月的烽烟下完了！
我们的父母、姊弟，
在纷乱的早晨分散了！
敌人的炮火使我们记起了仇恨，
反抗燃烧了我们骄傲的灵魂。
为了民族的解放，
也为了我们自己，
我们走上祖国的土地，
用生命的微力，

掀起救亡运动的巨浪。
到海沧，
到漳州……
兴奋地工作，
不曾停止一刻。
晚餐，一个三块糕，
一碗开水，
仍没有饱了饥饿的肚子。
夜间睡在稻草上，
睡在破庙里，
一天到夜的疲劳，
瞧着一百零四个
热忱的脸们，
矜夸着：
我们是钢铁的一群！
在炮火中生长，
在轰炸中奋斗，
宣传就是武器，
团结就是胜利。
信心使我们勇敢地笑着，
集体的生活，
铸成我们火热的友谊！
自我的教育，
加强我们工作的能力！
艰苦的环境，
锻炼我们钢铁的意志！
真理向我们呼唤，
正义推我们前进。
在战争的热流中，
我们锻炼了
铁的意志，

钢的力量，
我们是钢铁的一群！

（选自 1939 年 7 月《战歌》第二卷第一期）

（审校后记：这是作者为当时厦门青年战时服务团写的一首赞美诗。另有童晴岚、童丹汀、许乃东等集体创作的厦门青年战时服务团团歌《我们是钢铁的一群》以供参考：我们是钢铁的一群／担起救亡的使命前进／武装不愿做奴隶的人们／把战斗的火力／冲向敌人的营阵／不怕艰苦／不怕牺牲／为着祖国的解放／为着领土的完整／誓把宝贵的性命／去跟敌人死拼！）

我站在石堡上

连　城

我站在石堡上，
脸对着山城，
山城在崎岖的峻岭中，
有田庄，
有河林，
呵，这游击的好地方！

抗战的烽火
燃近了山城，
热情的青年人，
在呼号，
在活跃，
高扬着反抗的铁手。

人民武装起来了，
待杀敌的时机来了，

立即发动游击战，
像飞瀑，
像投剑。
粉碎侵略者的血手！

看，朝阳像烽火，
大地是一片通红，
山城咆哮起来了！
要自由，
要斗争，
我英勇地站在石堡上！

（选自1941年1月《战歌》第二卷第三期）

天下走狗一样丑
——刺汪精卫

海 燕

像殷嘉德出卖奥国，
像汉伦出卖捷克。
他同近卫一弹一唱，
唱得满口好听的“和平”调子。

口口声声救中国，
明明显显是救日本，
是替那万恶的法西斯强盗拔泥腿。
敌人杀了他的爹妈，
奸淫了他的姊妹，
他笑嘻嘻地满不在乎。

“有奶便是娘！”
他索性倒进敌人的怀窝里。

一个“艳电”，
还怕显不出汉奸本色。
再来“举一个例”！
举些什么呢？
像汉伦，
像殷嘉德；
天下走狗一样丑！
天下老鸦一般黑！
他鬼鬼祟祟地
也有一点像三国志里的矮张松，
向倭皇捧上《艳电》
和《举一个例》，
表明他效忠日本的心迹！
还有一张精密的中国地图，
标明着轰炸的目标，
和可以进攻的路线。
他要用这些换取
伪组织里的傀儡一角，
在“天皇”驾下，做一名
进攻中国的忠实走狗。

从重庆——河内，飞到东京，
飞来飞去，又到南京。
从国民党总裁的宝座，
一跳，掉下了茅厕。
仍没有做好傀儡的梦！
梁鸿志那一群丑鬼鄙弃他，
吴佩孚也骂他是国贼！

《举一个例》
他还有什么例子不可举呢？
天下走狗一样丑！
天下老鸦一般黑！

（选自1939年7月《战歌》第二卷第一期）

你是个难民（讽刺诗）

青　鸟

哦，你是一个难民！

据说你当过戏院经理，
郊游广阔，社会闻名，
如今不幸是个难民！

你曾任某报编辑：
专敲竹杠，也会打不平，
如今不幸是个难民！

你也曾挂名义勇队秘书：
热心救国，各界欢迎，
如今不幸是个难民！

当我第一次和你见面，
你口述某市失陷的情形，
做咬牙切齿义愤填膺。
你说日本人飞机大炮
真真厉害得要命！

莫怪市长第一个脱逃，
要是死守性命便难保！
你说当初逃难的情形：
在炮火连天下一行几个
找只小船向租界逃命，
可是身上带的自卫枪
竟被江头阿三缴去捕房！
你说我们若要抗敌，
同时要对一切帝国主义者算账！
你的态度充满爱国热情，
你的言论是多么冠冕堂皇！

第二次我看见你，
穿上簇新的西装，
在街头慢步徜徉。
你那悠闲的神情，
使我知道你是个逍遥自在的难民！

过了几天我又听见
你的麻将入超，
十分惊人。
你说闲来无事聊以解闷。
你那挥霍的习惯，
使我认识你是个高等流氓的难民！

之后，我又听到
你的桃色新闻：
你避难而遇艳引起了吃醋争风，
在左拥右抱之余，
变成街头聚讼纷纷。
唉，你这寻花问柳的难民呀！

一月，两月了，我又听到：
今天忽西，明天忽东，
你神秘的行踪！
走谒驻军长官，
拜访新来县长，
张筵接风联络感情。
唉，你这神通广大的难民呀！

可是你鬼蜮的行动，
瞒不过民众的眼睛。
你狡猾的手段，
骗不了政府的探警。
当你扬言组织报社时，
便衣探已追踪你的脚跟。

那一夜刚从县府归来，
武装警察已在门外等。
霎时间座上客变为阶下囚
你真想不到巨美玄虚，
这事情却伏下了祸根！
命令森严马上打递解。
伴你同行的是三个女间谍，
（也是你新交的姘头）
陪你坐牢的有个联保主任！
到了法庭证据确凿，
有百口你也休想置辩！
刑场上你只有低头啜泣
但观众的眼光似万支利箭。
不待刽子手的刀下头落，
你的灵魂已脱离肉身！

在最后呼号里你还叫着：
“冤枉呀，我是个难民！”

（选自1939年7月《战歌》第二卷第一期）

回信 给D·C

张洛英（张公皇）

说我不是好心对你呢，
几时我又向你撒过谎？
你骂我没有给你真情！
我偏恨你不洞悉我的灵魂。

说我没有你那样的灿烂的梦想，
说我只有傻人的愿望；
说是你却爱我这点憨直。

可是你知道吗？
我为你悲伤！

你说我们的家乡都在
千里万里之外，
你说我们的父母，
都望穿眼睛盼我的归来。
（可是我看你没有半点的孝心，
就只是可怜的呻吟！
不然就得拾起枪支，
让我们杀条血路回去！）

路上：我说出真心爱你。

桂林·2月

（选自1940年6月3日《云南日报》副刊《诗歌专页》）

过潼关

唐　牧

夕阳遥遥地西坠了，
边塞的夜是美丽的哟！

然而古老的城楼，
却黯然地耸立在残照里：
俯视着原野，
俯视着黄河，
俯视着风陵渡……

颓垣断壁，
徒增晚来寂寞。
潼关城下
描绘着敌寇的罪恶！

夕阳遥遥地西坠了，
晚风吹着白杨萧萧，
远客的燕子呢喃着说：
边塞的夜是平静的哟！

然而工兵的歌声，
震动了潼关的黄昏……

（选自1941年1月《战歌》第二卷第三期）

响　应（节选）

雷石榆

（三）

……

皇军一小队，两小队……
安好山炮，
架好机关枪，
那些铁嘴巴像要吐出火舌
舐着南北通路，
舐着汾河两岸的山冈。
工人们在指挥下掘坑，
铁嘴锄和铁铲啄翻得多忙。
被押来的工人张厚福，
咬紧牙根，轻轻地掘，深深地想：
“妈的！东洋鬼子！
抢了咱的驴子，
还宰咱的母猪，
现在又拉老子来掘你妈的煤！
掘你妈的祖宗三代！
这煤矿是咱们的生命，
你鬼子刮去呀，
叫咱们怎样活得来？！”
他刚吐下一口气愤的吐沫，
监工的鞭子马上抽在他的背脊上。
“妈的！看你鬼子神气多久！
当心老子砍下你的脑袋！”
满脸的烙痕射出愤火，
但他努力压住愤火，
狠狠地掘起来！

（四）

七十双工人的手
像戴着镣铐地在地上起落；
十多个特务机关的猎狗头，
从那角落钻到这角落。
工人们心里咕哝着：
“抢夺咱们的宝藏，
还拉老子来帮忙，
看你鬼子命多少条！
老子掘好坑把你们埋葬！”
猎狗们也想道：
“这班家伙的气力多强！
而驯服得又像绵羊。
可惜送来的不多，
否则今天可把这煤矿掘光！”

真是叫人不容易想象，
突然暴风雨般的子弹叫得吱吱响。
守备队的大炮正想扭转屁股，
黄蜂似的游击队已经拥上。
手榴弹把混乱的敌阵咬得血火交迸；
大刀把鬼子头切得像西瓜滚在地上。
当这幕正在悲壮演出的时候，
煤矿那边的工人也生龙活虎地在搏斗，
先是张厚福一声怒吼，
用鹤锄把一个监工啄倒，
六十九双黑手就跟着把那些指挥者敲呀
揪！
有的昏倒下去，
有的头破血流，
有的滚下坑去，

有的被反缚着手……
张厚福又领着所有工人，
向火线那边蜂拥而来了。
但火线上已无战事，
游击队正收拾胜利品，救护负伤的战友。
这几十双黑手倒还有它的用途：
帮忙抬担架，抬山炮，背机关枪，牵走俘虏……[①]
山岭回响着队列的歌声，
汾河迎送着一支铁流。

1939年1月27日于晋南

（选自1941年1月《战歌》第二卷第三期）

【注释】①“抬担架”原抄录稿脱落“抬”字。

怀

邱晓崧

你觉得秋深了么？
我想：
是心的花片褪色了！……
一个可爱的友人说：
“昆明冬早。”
你轻巧如灯芯草的语片
挑动了我的心情，
挑动了我的喟叹。

呵，南方温暖的春！
明媚的绿野，

女人银铃样的笑声，
像一只小鸟的翅膀，
掠过我的耳边……

我怀念
北方冬日的原野，
原野上
那一串串
难忘的往事……
雪地上的羊群，
朔风里抖颤着的白杨。
千万颗年青的心，
千万只控着枪冻裂的手。
还有她
脸上泛着桃花，
在战斗中
蹦跳着的那个小姑娘，
曾经在一场恶斗里
从枪尖下突围，
从死的谷口爬出来，
拖一身困乏，
走在结冰的河岸上。
周遭沉浸下来，
她默默地遥望，
那远方的向南的故乡。
她呀！
终于淌下泪滴了呵……

（选自1943年7月《枫村文艺》第一期《辽阔的歌》）

【作者简介】邱晓崧（1913—2002），云南建水人。1927年加入共青团，1928年加入中国共产党。1928年春，中共云南省临时委员会成立中共临安（今建水）支部，由迤南区委委员吴少默负责。2月，受临时省委派遣与一名特派员到建水开展工作，建立和发展组织。特派员就安住于东林寺街邱晓崧家，在建水工作一年余。后来，因组织遭受破坏，两度与组织失去联系，1951 年起一直在个旧一中当语文老师。70 岁时退休。2002 年因病在个旧逝世。1945 年编定《雪之家》，直到1993年才正式出版发行，该书前几页附有朱德、林伯渠、滕代远、艾思奇、郭沫若、茅盾、田汉、丁玲、陈明、陶行知、何其芳、李广田等人的影印题词。曾卓在该书的《序》中写道：“解放后，凭着他的斗争经历和一些老战友的关系，凭着他的学识和才能，他原是不难据有一个较显要的职位的。但他却宁愿当一名中学教员，在教学中默默奉献自己的力量。”其后又于 1994 年、1995 年出版了《温馨　鼓励　诗情——〈雪之家〉问世后》《跨世纪诗文学丛书　贺 95》。

帝国的兵士（节选）

——震撼大地的一月第九章

柳　倩

春天啊，
像抽绿的新芽，
唤醒在中国的大地上。
日本帝国的士兵
在战壕内
脸上没有浮上一点喜意。
怀念着乡土啊，
乡人不断在死亡！
成千在异国牺牲，
成千地饱了鳌鱼。
杉木惦念着
东京的穷困的家人。
小林、越川、松木
怀念这一年来

告别的耕地。
左藤、赤板，
闷坐在战壕边，
抱紧枪杆，铭心地想：
惊异那支那士兵的勇敢，
支那大刀的锋利。
铃木怀念着老母，
永田怀念着娇妻。
他们咒骂军部是骗子
这南国，这上海哟！
竟不像五月前
得到满洲那样地轻易。
他们来自不同的地方……
来自九州，
来自四国，
来自大阪、横滨的厂中，
来自神户、东京的地域。
他们看见了父兄的死亡，
他们看见同伴的倒毙。
他们听说：
妻子们正哭泣地
向军部索要着丈夫！
他们衰老的母亲们
每当黑昏，或是清夜，
望尽过西天的落日。
或是整夜没有睡眠，
望着他们的回去。
他们每人心里，
抽出希望的嫩芽：
“我们要回去！
我们为什么来？

我们要回去，
必要回去！”

他们在战壕里，
每人心里是个谜。
虽然没有人向他们说破，
这不可避免的死亡呀！
已深入地使他们恐惧。
任你战壕上投下一千吨的炸弹，
任你施放毒气，
“那些不顾死活的中国人呀！
他们又是我们什么仇敌？”
符咒也没有用，
千人针，泥菩萨，
都是假的。
他们奇怪那些
冲锋肉搏的支那士兵
是不是在国内人人都讲道？
那些天生成的
纯良的奴隶？
现在他们知道，
那些少将大佐嘴中
是一句诳话。
他们知道了：
哦，哦，他们已经是身在异地！

“曹长，
我们为什么来到支那？
为什么要占别人的土地？”
杉山冒昧地讲，
杉山愤愤地。

曹长挺身起来，握紧短枪：
“兄弟们，
你们总得遵守帝国的光荣！
这是命令，
这是天皇的旨意。”
曹长一讲到天皇，
外表上也装得慎重。
“我们不能再打，
我们要回日本去。”
“是的，我们为什么来到中国？
我们必须要回去！”
“为什么要战争？
我们不需要！
我们必须要回去！”
“战争，我们反对！
我们要回去！”
战壕内燃起了
日本士兵的咒恨。
他们自动地向地上，
投下了战争的武器。

（节选自《枫林文艺》第三期《浪子谣》）

【作者简介】柳倩（1911—2004），原名刘智明，四川荣县人。早年就读于国立成都大学，1932年与穆木天、蒲风等人发起成立中国诗歌会，创办《新诗歌》杂志。1933年加入左联，与任白戈、周扬等从事文艺活动。1936年初，在上海成立歌曲作者协会，会员有在上海的著名诗人、学者、剧作家、书法家、左翼作家联盟成员。抗日战争爆发后，参加中共中央南方局领导下的文化工作委员会，为中华文艺界抗敌协会会员，并参加第八集团军战地服务队。后任浙东行署文教处负责人。1949年参加中国人民解放军。中华人民共和国成立后，在上海军管会文艺处和华东文化部工作，曾任上海诗歌工作者协会副主席。1953年调北京市戏曲编导委员会。1979年以后，先后倡导创建中国书法家协会、中国诗书画研究会、中国老年书画研究会、中国书画函授大学、中国书法艺术研究院、中央书画院等。历任中国书法家协会常务理事、中国书法家协会北京分会副主席、中国作协会员、中国诗词学会顾问、中国书画函授大学名誉教授、中国艺术研究院院长等职。2001年获中国书协“中国书法艺术特别贡献奖”。著有《生命的微痕》《无花的春天》《自己的歌》《震撼大地的一月间》《综合杂志》《新诗歌》《开拓者》《柳倩诗词选》一、二、三辑。《大西北行》《川汉纪游》《陇上行》《抹不掉的伤痕》《挥戈集》《柳倩绝句选》《律诗选》《柳倩词曲选》《柳倩艺术生涯》《锦秀中华》（凡31集，已出版了《北京》《上海》《海南》《浙江》《安徽》《宁夏》六卷），中华人民共和国成立前出版有《生命的微痕》《无花的春天》及诗剧《防守》等，主编了《综合杂志》《新诗歌》月刊及《开拓者》等。中华人民共和国成立后主持编写京剧汇编108册（含《大红袍》《喜相逢》《五彩舆》《牛皋》《单雄信》《吕后窃国》《幽闺记》《孔雀东南飞》等），整理改编了淮剧演出本《蓝桥会》、湘剧《思凡》、中路梆子《辞朝》、楚剧《百日缘》《葛麻》、汉剧《宇宙锋》、沪剧《罗汉钱》等500余出戏曲。

城市的繁荣

李广田

城外的洋楼越盖越多了，
二十层的，三十层的，把天空都插满了。
宽大的马路也越开越多，
一千条，一万条，把郊野的胸膛都爬遍了。
你城市呵！
你贪婪的、爆发的城市，
你有钱有势、龌龊而凶险的城市呵！
你用了太饱的肚皮向外挤，
又用了太多的长腿向外踢，
你要把人民逼到哪里去呢？

你看呵！
那些倾颓了多年的茅屋，
那些曲曲折折走了多少代的小泥路，
那些出入于茅檐下，低了头走在小泥路上的人民，
他们都跪在你的大路旁边，
匍匐在你那些摩天大厦的脚下。
他们低声地哀求，也狠狠地诅咒，
他们说：
你把我们的太阳完全遮了！
我们祖宗的骨头也都被你们的铁轮碾碎了！
代替了稻子、豆子、青菜和南瓜，
你在我们的土地上种草又种花！
你把草剪得又平又齐像些柔软的毯子，
又把花安排得整整齐齐像一些绸子绫子。
你把我们灌田的水也勾引跑了，
如今的水也不再替我们灌田，
却只是绕着一个大花园悠悠地打转。
但是，这一切都滚你妈的蛋吧！
难道老子会稀罕你这些背时的洋景吗？

然而，善良的人民呵！
你们又有什么办法呢？
像牛马一样，拖曳开路机的有你们，
爬在高高的建筑架上，
搬砖运瓦弄泥水的也有你们。
你们是靠着城市的渣滓而养活，
而你们也将被城市的繁荣所吞没。

（选自1945年2月2日昆明《扫荡报》副刊《诗之页》第十三期）

【作者简介】李广田（1906—1968），号洗岑，笔名黎地、曦晨等，

山东邹平小杨家村人。出生于王姓，因家境贫寒，过继给舅父，改姓李。1923 年考入济南第一师范学校，1929 年入北大外语系预科，先后在《华北日报》副刊和《现代》杂志上发表诗歌、散文，并结识本系同学卞之琳和哲学系的何其芳。后出版三人诗合集《汉园集》，被人称为“汉园三诗人”。1935 年大学毕业，回济南教中学。继续写了不少散文，结集为《画廊集》《银狐集》。1941 年秋至昆明，在西南联大任教。除散文外，还写了长篇小说《引力》。抗战胜利后，先后在南开大学、清华大学任教。1948 年加入中国共产党。中华人民共和国成立后任清华大学中文系主任。1949 年全国第一次文代会，当选为文联委员、文协理事。1951 年任清华副教务长。1952 年调任云南大学副校长，1957—1959 年任云南大学校长。历任中国科学院云南分院文学研究所所长，作协云南分会副主席、中国作协理事等。李广田是中国现代优秀的作家、诗人之一，先后结集的诗文集还有《雀蓑集》《圈外》《回声》《日边随笔》《欢喜团》《诗的艺术》《灌木集》《金坛子》《创作论》《文艺书简》《西行记》《散文三十篇》《春城集》《李广田散文选》《李广田作品选》《李广田诗选》《李广田文集》（1—5 卷）等。

病 兵

光 远

病兵
流落在
这血汗换来的
安静的都市的角落里，
——暴发户
用罪恶，用水门汀[①]
建筑的高墙下，
给人发呕，讨厌，冷眼，
和唾弃。
让好吃的苍蝇

吸食着疮口的脓血，
和那军帽里发霉
发臭的冷饭。
而他呢
嘴唇颤动着，
好像在诅咒
人间的什么呢？

（选自1945年8月9日《云南晚报》副刊《夜莺》）

【注释】①水门汀：今意译为水泥。

第二编　争民主呐喊

第一组　物价又涨了

重庆人

臧克家

接收人员
还没到的时候，
人民，祈祷着，盼望着他们。
接收人员
刚到的时候，
人民，
欢迎着，崇爱他们。
接收人员
待久了的时候，
人民用最刻薄的话骂他们，
用白眼珠子看他们。
送给他们一个尊号：
“重庆人！”

（选自1946年1月2日《正义报》副刊《文艺》第1期）

上班钟响了

天　青

上班钟，
它不管你昨晚做了多少噩梦，
日间流了多少眼泪。
它不管你孩子哭着要干肉，
老婆嚷着没有米。
当！当！当！
敲得人心慌。
草鞋、布鞋、皮鞋，
沿着一条马路狂奔。
怕迟到一分钟，
罚一天的薪金。
紫铜色的脸，
蓝色的工作衣，
上面罩着灰色的天。

这个攀着那个的肩膀，
那个敲着这个的背梁。
我有说不出的苦，
传到你的耳边。
你的不准看的报，
快来藏在我的《五金手册》里。

好容易踏进挂名牌的大门前，
呼吸有如唧筒漏了气，
后面来的人像一条锁链。
上班钟声响个不住，
太阳还在山后面！

（选自 1946 年 4 月 20 日《火星文艺》创刊号）

旱年谣

沙 鸥

五月太阳像火烧，
烧了头发烧了眉毛。
田头张起娃娃嘴，
秧子成了黄苗苗。
想起旧谷吃完了，
好比脑前插把刀。
偕行啥子内战哟！
我的哥呀！
你说心焦不心焦？

1946 年 5 月渝

（选自《十月诗页》八开单页第一期）

【作者简介】沙鸥（1922—1994），原名王世达，重庆市人。1938 年开始发表作品。1940 年使用笔名沙鸥。1946 年大学毕业后到上海参与主编《新诗歌》与《春草诗丛》。1949 年后调北京《新民报》工作，同时和王亚平主编《大众诗歌》，加入中国作家协会。1951 年调中国作家协会文学讲习所工作。1957 年在《诗刊》担任编委。1962 年调黑龙江省文联从事专业创作，后任《北方文学》副总编。1986 年离休后定居重庆。历任上海中宁公司经理、中共中央统战部招待科科长、北京《新民报》副总编、中国作家协会文学讲习所教员、黑龙江安达市文联专业创作员、重庆文史馆馆员等职。1994 年 12 月 29 日，因患肝癌，医治无效，在京病逝，终年 72 岁。有《农村的歌》《故乡》《初雪》《梅》《情诗》《失恋者》《寻人记》等诗集 31 种和诗论 4 集、散文 2 集传世。

灾荒

王亚平

朋友，你说城里的物价又在高涨，
你说，受不住屋内的寂寞街上的尘土飞扬。
你说要到乡村里来看看玩玩，
到江水里游泳，看农民怎样收小麦，插稻秧。

告诉你，你一定伤心失望，
乡村里的人民比城里更要饥荒：
青菜黄了叶子，小春收成不好，
干巴巴的稻田，没有法子插秧。

老百姓提着篮子，挑着箩筐，
把鸡蛋、鸭蛋一齐送到市上。
货色好，价钱更是比城里相因，
摆一天，晒红了脸，晒焦了心，却没有人望望。
沙滩上，晒着火辣的太阳，
枯落的江水慢吞吞地向东流淌。
祈雨的大队抬着香纸、神像，
祷告上天，锣鼓敲得咚咚响。
从大的市镇到小的村庄，
从低矮的小屋到高高的山冈。
你望我，我望你，传着可怕的语言：
“半个月不下雨，就闹天大的灾荒！”

水手仍在修补着破漏的木船，
准备到下江去逃难逃荒。
老百姓阴干了菜叶子，收藏起胡豆，
万一没有收成，就拿它煮水做汤。

小孩子在草地上牧羊，
却听不到他吟唱《乐儿乐》的歌。
年青的妇女，十一岁的姑娘，
都跑到富人家帮工或帮人家洗衣裳。
一个老伯伯，亲口对我诉苦：
老百姓怕旱，更怕保甲长！
数不清的差捐，硬派到头上，
交不出就拿进衙门，全家人都得遭殃！

朋友，你知道我也喜欢游泳，
这些时都没有心思到江边游荡。
因为老百姓的泪水滴进了沙滩，
无名的尸体常常漂浮在江面上。
这就是山村里的真实景象，
恨我不能够写得十分精详，
你来了一定说："山村、城里一样地痛苦灾荒。"

1946年4月21日

（选自1946年5月13日《正义报》副刊《文艺》第三十五期）

物价又涨了

沙　鸥

物价又涨了，
粮户喊不好。
价高莫有谷子卖，
新谷又偕早。

物价又涨了，

庄稼做不好。
干田秧子插不进，
何况人手少。

物价又涨了，
穷人喊不好。
提菜刀就抢人，
铺盖米都要。

物价又涨了，
内战打得好。
富打穷穷打死，
反对内战要趁早！

（选自1946年6月17日昆明《正义报》副刊）

耕种之歌

吕　剑

我们的田亩呀，
不要用头颅来耕种，
要用耕种机来耕种。
我们的庄稼呀，
不要用人血来灌溉，
要用水闸导引河水来灌溉。
于香港

（选自1946年11月10日《正义报》）

江西民谣

端木蕻良

采菱船吧，哑一哑，
红菱角吧，尖尖。
今年倒比，去年惨噢！
苛捐杂税，说不完噢！
呀呼喂！
过新年吧，哑一哑，
过不去呀，怎么办？
穷人过年，真难受，
富人酒肉，吃不完！
呀呼喂！

采菱船吧，哑一哑，
红菱角吧，尖尖。
胜利好比，吃鸦片噢！
嘴头舒服，骨头干噢！
呼呀喂！

过新年吧，哑一哑，
文昭关吧，武昭关，
伍子胥一夜白了头发！
老汉一夜眼哭瞎！
呀呼喂！

采菱船吧，哑一哑，
划到岸吧，哑一哟，
只要东风连夜起，
荷叶便能把身翻！

呀呼喂！

（选自1947年2月18日《云南日报》副刊《驼峰》）

【作者简介】端木蕻良（1912—1996），满族，原名曹汉文，又名曹京平，曾用黄叶、罗旋、叶之林、曹坪等笔名，辽宁昌图人。1928年入天津南开中学读书。1932年在清华大学学习期间开始文学创作活动，同时加入北平左翼作家联盟，发表小说处女作《母亲》。1933年开始创作长篇小说《科尔沁旗草原》，1935年完成，成为20世纪30年代东北作家群产生重要影响的力作之一。抗日战争和解放战争时期，先后在山西、重庆等处任教，在重庆、香港、上海等地编辑《文摘》副刊、《时代文学》杂志、《大刚报》副刊《大江》《求是》等。主要作品有长篇小说《大江》《大地的海》《大时代》《上海潮》《科尔沁旗草原》第二部和短篇集《憎恨》等，大多是有影响的佳作。1938年与女作家萧红结婚。1940年，与萧红到香港。1949年回到北京。从20世纪50年代到60年代初，多次到农村、工厂和部队体验生活，并创作了《墨尔格勒河》《风从草原来》《花一样的石头》等大量散文作品。“文革”后，先后写出随笔《怀念老舍》和《江南风景》等中短篇小说，1979年《曹雪芹》上卷行世，海内外颇多赞誉。1980年当选为北京市作家协会副主席。1984年当选为中国作家协会理事。1985年，《曹雪芹》中卷出版。1996年10月5日，因病于北京逝世，享年84岁。

马车夫

缪白苗

赶着马走着碎石路，
雪花飘在头上和挥着马鞭的
红肿的脸上，而客人们
把脑袋缩藏在大衣反领里，
一双双躲在帽檐下的眼睛
不敢看一看冰天寒地
和你凄怆的背影。

瘦马给你鞭着，
呵着白气走路。
而你却给生活策着，
也呵着白气在走路。
仿佛是命运的安排，
你和马永远相依地
走同一的道路。

（选自 1947 年 3 月 27 日昆明《和平日报》副刊）

【作者简介】缪白苗（1915—1990），原名缪鎏铭，笔名白苗、老苗、林冬、北莓、缪茜，广东省香山县（现中山市）沙溪镇永厚村人。1935 年考入中山大学中国语言文学系，入学不久，被选为该系“文学杂志”编委。一年后，转读法律系。抗日战争爆发后，中山大学准备迁校，在停课期间，他返回故乡，与同乡知识青年组织《七八话剧社》及歌咏队，排演抗日话剧及街头剧《放下你的鞭子》，在本镇内各乡巡回演出，宣传抗日救亡。中山大学远迁到云南省澄江县，离家随校复课。1938 年首次以笔名缪白苗投寄在香港《大公报文艺》发表《家园》一诗后，又在香港《星岛日报·星座》上常发表诗作。在澄江中山大学学习期间，创办了《山城诗贴》诗墙报，每两周出一期，固定贴在县城大街的一角墙壁上。同时，还出版不定期油印《山城诗贴》精选诗刊。曾参与上海、南京两地“诗联”合办的《人民诗歌》诗刊的编务。1940 年毕业，获中山大学法律学士学位。先后在公路运输，文化新闻、电影制片厂等行业任科员、编辑、秘书等职，抗战胜利后，到南京工作。1949 年南京解放后，在中国人民解放军南京市军事管制委员会文艺处工作，奉命与南下干部接管南京各影院。1958 年调任中国电影发行放映公司电影译制厂编译组长。重返北京后，于 1982 年离休。离休后，他继续致力于甲骨文和金文研究。1985 年花城出版社出版了选录常任侠、李广田、雷石榆、魏荒弩、吕剑等 25 位诗人的诗合集《难忘的脚印》，其中选录缪白苗诗作 5 首。1992 年 5 月中山诗社编印出版的《中山新诗选》编入了缪白苗 7 首诗。1990 年月 12 月 6 日在北京新德街寓所去世，享年 75 岁。

父亲和他的黑布袄

马瑞麟

孩提时难忘的一个清早，
我和锄头站在一起比高。
还认认真真问父亲：
“阿达，我有几岁了？”

父亲不说我有几岁，
只拉着他的黑布袄，
笑着轻轻摇着头：
“没有它老，没有它老！”

黑布袄呵黑布袄，
早些年就见父亲穿着了！
穿着在田里撒肥料，
穿着在田里拔草。

姑母问：
“你怎么不脱掉？”
父亲说：
“脱了就要病了。”

我在外面漂泊了几年，
生活又把我赶回山坳。
回到家了一见父亲，
泪水忍不住往下掉——

父亲脸上皱纹摞皱纹，
驼了脊背弯了腰。

然而依旧穿着那件破棉袄，
风里雨里拔草、撒肥料……

拔了一辈子草，
撒了一辈子肥料。
幸福始终没有拔来，
灾难始终没有撒掉。

我为可怜的父亲痛心，
我为中国的农夫气恼。
不知天边的那颗启明星，
何时才能在这儿照耀？……

1947年1月18日，澄江黑泥湾

（选自1947年4月14日《云南日报》）

【作者简介】马瑞麟（1929—），笔名沙野，回族，云南澄江黑泥湾人。1946年在《云南日报》副刊发表处女作《有星星的说话》，1948至1949年在昆明主编《诗大路》和《火把》。1949年以后历任小学、中学老师，最后在昆明第一中学任教。1986年起专事文学创作。著有《河》（诗集）、《父亲和他的黑布袄》（诗集）、《雷锋叔叔》（儿童传记文学）、《“咕咚”来了》（诗集）、《松树姑娘》（诗集）、《云岭短笛》（诗集）、《忘了大海的海豹》（寓言集）、《马瑞麟童话寓言诗选》、《山恋》（长诗）、《孔雀与森林》（歌曲集·词）、《诗的星空》（诗集）、《看云集》（散文集）、《摇篮》（寓言选集·汉阿对照）、《诗的沉思》（诗论集）、《云雀集》（微型诗集）、《清真指南译注》（古籍译注）、《童心流出的爱泉》（主编报告文学集）、《我轻轻地吹起芦笛》（诗集）、《野花》（散文诗集）、《看云楼随笔》（散文随笔集）、《马瑞麟诗选》。寓言散文诗《小穿山甲打洞》《蠢鸭子》等。《小燕垒窝》获云南省儿童文学创作奖，小说《可可与海鸥》获《春城儿童故事报》纪念建党七十周年献礼征文特别奖、昆明市文联新时期十年文学贡献奖，《马瑞麟诗选》获云南昆明茶花奖。1980年，长诗《“咕咚”来了》获云南省及全国首届少数民族文学创作奖；1983年，《小穿山甲打洞》《蠢鸭子》《小燕垒窝》三篇寓言散文诗获云南省儿童文学创作奖；1991年，小说《可可与海鸥》获《春城儿童故事报》建党70周年献礼征文特别奖；同年获昆明市文联新时期十年文学贡献奖。作品入选全国近百种诗选、散文选与散文诗选。北京、新疆、宁夏、四川、甘肃、河南、云南等地报刊，曾先后发表关于马瑞麟作品的专访专论百余篇。宁夏人民出版社曾出版过《马瑞麟剧作研究》。云南人民广播电台与中国国际广播电台，曾分别用汉语与阿拉伯语以《诗情恰似滇池水，云雀歌声绕贺兰》及《笛声悠扬颂祖国》为题，向国内外听众介绍过马瑞麟及其作品。《中国作家大辞典》《中国诗歌大辞典》《中国新诗大辞典》《世界华人文学艺术名人录》《世界名人录·中国卷》等二十余种辞书收有其词条。马瑞麟现为中国作家协会会员、中国少数民族作家学会理事、云南作家协会会员。

一个村姑的死

卜兴纯

你，农村的姑娘，
早背柴，
午插秧，
晚喂牲畜，
打草鞋，
扭草结，
补着破裤裆。
一天两顿饭：
糠秕玻璃汤，
稗子米当作大米饭，
豆腐水当作壮鸡汤。
清晨
你看得见星星向你眨眼，
深夜
你等着新月落下山冈。

你是在可怜地期望着啊！
喂养你的岁月茫茫。

暴风雨接二连三地袭击：
大哥当兵去，
二哥欠租挨了关，
留着种子上了粮。
嫂嫂为了救汉子，
把你卖了
说给人家做干姑娘。

干娘把你卖进妓行，
你又换了新干娘。

拉不着客，
回家挨棍棒。
三句话不逗头，
打后还要饿饭……

你，农村姑娘！
受不住折磨，
把今世的希望，
投向来世的幻想……
哭泣在海滩上……

你，农村姑娘！
紧咬着拂在脸上的散发，
跳下了海，
溅起浪花，
惊起了林中的老鸦，
又随着鸦声沉下。

当黎明随着清风
飘拂在海上，
当阳光洒在
你肿胀的尸体上。
农人荷着锄耙
在海滩延接阳光，
发现夜的恐怖，
抓去了他们的
“多么好的农村姑娘！”

1947年7月于学院坡

（原载1947年7月26日《民意日报》，笔名用“胡笳”，后经作者大量删削过，但原句子只字未改。）

这年头

丁 力

这年头，
真难过，
官儿不错百姓错。
家里没有隔夜粮，
街上尽是美国货。
今年走路要靠右，
去年走路要靠左。
人家来了我们笑，
我们去了人家躲。

这年头，
真辛苦，

民国已过三十五。
住的屋儿歪又歪，
穿的衣裳补又补。
本地“老虎”本来多，
现在外加“洋老虎”。
“老虎”要吃人，
牙张爪儿舞。

这年头，
真难熬，
胜利了，日子反而过不了。
百姓总是受剥削，
样样事情先开刀。
保长老爷来“问安”，
逼得家家好心焦。
可惜百姓是穷鬼，
没有黄金和美钞。

这年头，
实在坏！
租了田地是祸害。
没有种子没有牛，
种子纳粮耕牛卖。
伪官去了贪官来，
旧鬼去了新鬼在。
世界何时能太平？
不能一代穷一代。

（选自1948年1月1日《平民日报》副刊《大观》）

【作者简介】丁力（1920—1993），原名丁明哲，幼名金狗，字觉先，曾用笔名觉先、白丁等，湖北省沔阳县珂坪乡三梦湖十三沟（今属洪湖市龙口镇傍湖村）人。1942年与同乡王建华、钟本南、钟本寿、肖心若等17人离开家乡，间道通过日伪封锁线，历经艰辛，到恩施参加抗日活动。1942年10月，在《新湖北日报·艺林》第35期发表处女作《秋柳》《傍晚》。1945年5月，考取警员班，受训不到一个月，开小差逃到重庆，上书于右任，并附上自己的诗稿两本，获得于右任的关照而安排到监察院总务科当办事员。工作之余，向重庆各报刊投稿，发表了许多诗词，成为文艺界一致公认的诗人。1946年9月，从重庆到南京，1949年2月在南京加入中国共产党。1949年5月，分配到中共南京市委宣传部任干事，兼任南京诗联创作组组长。1950年10月，到北京中央文学研究所第一期研究班学习，毕业后留校任教。1955年11月调到《文艺学习》杂志编辑部任编辑、评论组组长。1956年加入中国作家协会。1957年调《诗刊》编辑部任编辑、组长、编辑部主任及党总支委员，直至"文革"前夕《诗刊》停刊。"文革"后，进入诗歌创作的新高峰期。1993年6月23日，患肺癌去世，享年72岁。据不完全统计，其作品有旧体诗词756首，新诗长篇组诗9首、短诗170余首，诗话30余篇，散文、散文诗40余篇，小说3篇，诗评论150余篇，学术论文20余篇，杂文20余篇。

收 租

李 痕

是收租的季节了，
老爷又光顾到破旧的茅屋。

老年的
忙着
抬椅子送烟茶；
妇人
在田野上
追逐唯一的母鸡；
年青的

跑进来再跑出去，
把谷子
背出来倒在斗内。

傍晚
老爷吃饱了饭，
抹着嘴上的油，
好奇地望着
抢骨头吃的小孩。

马车拉走了
一年的收成。
孩子
倚在门旁
焦急地叫着：
“这是我们的呀！”

1948年6月初稿

（选自1948年6月24日《昆明新报》）

反“三征”

张子斋

蒋介石，吃人精，
二十多年啦！
征粮，征税，又征兵，
把老百姓的血汗啊！
吸得干干净净。
我们再也不能忍受啦，

大家起来反“三征”。
不给他一颗粮，
不给他一文钱，
不给他一个兵，
砍断他的老命根！
谁敢再来征？
拿起枪杆和他拼！
我们要活命，
我们要翻身。
我们要活命，
我们要翻身。
我们要翻身，
我们要翻身！
我们要翻身！

1948年写于圭山

（高梁作曲。原载1948年滇黔桂边区纵队政治部油印本，选录自《我们战斗在云南》）

【作者简介】张子斋（1912—1989），白族，名应蛟，云南剑川金华旧寨人。未正式进过学堂，曾就读于舅父左邻段用纯私塾，成绩超群，常与诗词爱好者钻研诗文，文学造诣渐深。九一八事变后，奔赴昆明，经常独自进省图书馆自学。不久，即开始在报刊上发表文章。1935年5月，《云南日报》创刊，被聘为主要编委之一，负责编辑副刊《南风》。同时在省禁烟委员会兼任科员。工作之余，写作不辍，久而久之，其杂文形成了独有的风格，并传到省外，有“云南的小鲁迅”之誉。连云南省主席龙云每读《南风》也能辨别某文出自张子斋手笔。1937年，由省教育厅资助到内地考察战时教育。2月，辗转到达延安，入抗日军政大学学习。翌年3月，在延安加入中国共产党，抗大毕业后被派往武汉八路军办事处，叶剑英、罗炳辉将其派到滇军一八四师张冲部队做地下工作。1940年春末，调重庆《新华日报》编辑部工作，同年，回云南工作。为躲避特务，回到剑川金华，对地方青年进行革命宣传教育。回昆明后，积极参与“一二·一”民主运动，与闻一多、楚图南、李公朴等紧密配合，互相支持。“李、闻”惨案后，乔装离昆到国外避风。1947年冬回滇在路南圭山区参与组建起云南人民讨蒋自救军第一纵队，任政治委员兼政治部主任。1949年秋任边区党委常委、边纵政治部主任，配合刘伯承、邓小平解放大军进军云南，为和平解放云南做出了突出贡献。中华人民共和国成立后，较长时间从事云南省政权建设工作，任云南省人民政府副秘书长、中共云南省委统战部副部长、省政协秘书长等职，在全省20多个民族自治州、自治县两级政权筹建工作中，付出了很大努力。1956年大理白族自治州成立，当选为第一任州长。其后，又历任省人民委员会秘书长、中共云南省委外事小组副组长兼外事办公室主任、中共云南省民族边疆工作委员会副主任、省民族事务委员会主任，第三、四届省政协副主席、省革委会副主任、省第五届人大常委会副主任，中国共产党第八届全国代表大会代表、中国共产党云南省第二届委员会委员，第一、二、三、六届全国人民代表大会代表，第六届全国人大常委会委员、第七届全国政协委员等职。改革开放以后，为云南法制建设的健全，为云南科技文化的发展进行了不懈的努力，做出了卓越贡献。一生写有新旧体诗约两千首，杂文二百余万字及不少政论文。大多在“文革”中被查抄遗失。余稿由《张子斋文集》编辑小组编成《张子斋文集》四卷，由云南民族出版社出版。第一卷《杂文集》、第二卷《评论文集》、第三卷《反戈集》、第四卷《诗文集》，共约120万字。

鼓吹又响起来了

包白痕

鼓吹又响起来了！
大礼堂外停满油光闪亮的小包车。
那些养得又红又胖的大员们
一个个摇上讲台。

“各党参政啊！
协商办法啊！
改善人民生活啊……”

播音器送出一大串漂亮的演说。

种田的吃粗糠，
种菜的咬菜叶，
做工的压弯了背脊，
我们仍然在饿着肚皮。

（选自1946年1月26日《火星文艺》第一期）

第二组　站在民主墙的前面

站在民主墙的前面

何　达

站在民主墙的前面，
就像站在
大瀑布的前面。
民主运动的大瀑布
在倾泻着激流的语言。

一行行的黑字、红字
倾泻下来，
带着使一切的声音
都沉静下来的声音，
带着使一切的力量
都软弱下来的力量。

多少个世纪

颠簸在岩石的道路上，
突然地
倾泻下来了
民主运动的大瀑布！
是一万万万万万基洛瓦特的
革命的电源。

（选自1946年昆明《今日文艺》创刊号）

加　入

天　羽

我们在今天发誓：
决定献出我们的
整个！

加入争民主的人民的队伍……
无条件地
加入！

今天，站在中国老百姓的立场，
我们已不能止于同情。
（同情，不过是莹洁的霜，
受不住温度的高升，
就会溶解呀！）

勇敢地
加入！
通过滴着血的夜，

通过布满死角的白天。

面迎一切地袭来，
加入
民主的斗争。

为着千万人的幸福，
如果一定死，
那时就是生。

1945年12月25日夜献给《十二月》创刊

（选自1946年1月20日《十二月》创刊号）

我不是徒然的战栗

姚　多

我不是徒然的颤栗……
——玛耶可夫斯基[①]

闲暇的日子
他想着他的玛利高德[②]。
凝视着眼睛
沉默在幻想的闪烁里
绿色的
孩子的
梦的闪烁……

——钢铁在响呀！

说着，
激动地走着。

陶醉着《铁底流》[3]
和铁底流里粗鲁的生活。

不要战栗吧！
即使一点点也不必要的！

在呼吸的钢和铁的芬芳里
迷醉了，深深地
迷醉呀！

这里是吴家坡，
寂寞的南方的村落。
颤动的夜呀！
夜娃子在秧田里叫着[4]
像鬼嚎的呀！
吴家坡！

吴家坡的上面
有荒坟和乱石堆子，
有狼群走来走去。
吴家坡摇晃着庞大的影子，
野草闪着露珠……

藤黄，
我憎恶黄的颜色。
——黄的
在夜间看来也是白的！

藤黄，
我知道：
人吃了
会死……

藤黄，
（阴谋和毒害）
涂抹着面色
涂抹着面色——在黑色的夜间，
送给你呀！

可是，直立着的还是直立着的，
呼吸着的还是呼吸着的。

而六粒枪弹
闪闪灼灼的夜里
越过黑暗的禁锢的门槛，
（禁锢的门槛——那里有不屈的
意志的燃烧。）
在吴家坡！
六粒枪弹！

响了……
在吴家坡！
在被统治着的罪恶的地带
（巨大的历史的错误铸成了！）
血！一大滴，一大滴的血！

乱石堆子
上面还铺起草，
狼群嚎嗥着，

走来走去。

我不爱
南方的无光的夜间。

不止一次
不止一次地
我突然惊醒，
战栗在你的眼睛上面，
斜带着红血。

让他们
让他们的口里
喷着雾，
而且，更浓地弥漫吧！

握着刀的阔笑
和纵情地喝酒，
而倒下了的，
像一簇光耀的火花呀！

在淡漠和黑夜的国度里……
吴家坡啊！
野草和蓬蒿长着，
长着！比人还要长。

六粒枪弹
和彩色的
英雄的生涯的记忆呀！

亲爱的玛利高德啊！

这里——
天空低沉着，
掠过了草原的风暴。

中国的土地
在抽搐
和哭泣……
哭泣的仇恨
真爱者的血……

（选自1946年3月17日《十二月》第二期）

【注释】

①玛耶可夫斯基：苏联诗人，今译为马雅可夫斯基。

②原注：被纪念者的爱人的昵称。

③即苏联作家亚历山大·绥拉菲靡维奇于1921—1924年间创作的长篇小说《铁流》。

④原注：夜娃子，一种夜间在低空飞行的鸟，边飞边“呱——呱——呱”地叫，叫声凄凉，恐怖。民间称其为不吉祥的叫声。

悼

以　滔

虽看不见你尸体上，
有七穿八孔流着鲜红的血。
但竟天天梦想到，
枯了一颗种子的外壳，
那果实却在泥里茁长。
我都知道了：
迟早有一天，
以斗盛他们的血，

灌溉你墓边的红花。

（选自 1946 年 4 月 20 日《火星文艺》创刊号）

【作者简介】 以滔（1920—1965），吴以滔，笔名黄稼，江苏省江阴县顾山镇人。在江苏宜兴农校读书时，适值抗战爆发，与同学结伴流亡内地，到重庆投考陆军辎重兵学校，录取后即赴贵州龙里校本部入学。1941 年由辎重兵学校毕业，被分配到驻滇西汽兵团，不久被空运至印度参加了中国青年远征军。军旅之暇，他不仅寄诗稿到国内发表，而且还在印度与同好办起了报刊，在加尔各答出版过印度文版《诗的焦点》。1946 年调往西北，自动脱离军队回到故乡，不断给江苏无锡《锡报》副刊《未央诗刊》投稿，《未央诗刊》在无锡共出版四期，每期都刊有其作品。中华人民共和国成立后创作出版了儿童话剧《孩子们》等。

问屈原

孟　超

这许多问题，看你怎样回答？
屈原！屈原！
你是超今迈古的大诗人！
你是万载不灭的大作家！
你以为你抱恨而死，冤哉枉也！
可是，在我看来——
你是世界上头号的笨伯[①]，
你是人类中顶大的傻瓜！
因为你一肚皮不合时宜，
你的举动更是稀奇古怪。
哪一个人有这些闲心情！
去对你抽筋验骨头地仔细理解？
你明知独清独醒是顶大的毛病，

你也知道怀疑，心里难得做一个决定。
你疯疯癫癫迷信地去问过卜算的瞎子，
你也尝搔着毛头去问过默默无言的天空，
你充满了脑门全是问号，
现在可容许我冒昧地向你请教一番？
在五月里，天气已经渐渐地暖了，
你在混汤了洗一洗澡，也可去掉身上的灰垢。
为什么偏要怀里揣上一块大石头，
跳下汨罗的深水再也不爬到上流？
你以为偌大的楚国，只有你一个人希望着光明？
其实，人家正想把它放在自己荷包里，
然后送到黑漆漆的地域底下呢！
只有你这不识相的书呆子，
就让你狂吼乱喊着又有什么用呢？
楚王看得起你，才要你起草什么宪令，
你就该满纸上写上一些：
“吾皇万岁”“小民该死”！
便就投其所好，赏你一个更大的官儿。
谁要你忘不了那两条腿的蝼蚁？
惹动了上官大夫的一把怒火，
把它撕得粉碎，搓成一个纸团，丢在痰盂里？
你想大吵大闹，怨天骂祖宗地喊破楚王的迷梦，
要他也和你一样孤单地来一个自力更生？
哪里知道他全靠别人支持，
身上全是一根根的贱骨头，
只会跟着有势有力的友邦的屁股后头？
你以为你嘴巴能讲，笔底会写个不休，
你哪里赶得上无耻的张仪这些造谣骗人的好手？
你为什么凭着三闾大夫的高官不做？
你为什么不锦上添花，顺着他那股子劲儿一顿胡诌？

我不明白你为什么不借朝廷的势力幌子，
向着西方富庶而又有钱的秦国，
办一批新式军火，储一笔大大的现款，
替楚王充一充威势，也可捞不少回扣？
你老以为自己是爱国爱民想说一些挽救时局的话头！
又哪里知道，人家爱听的是枕边的郑袖，
和他亲生的兰儿，还有一群哈巴狗？
你以为你那楚讴唱得多么有劲，
其实呫呫的哪里赶得上一只乌鸦的声音？
你那徒儿们的乐王景差都会这一个调调儿，
看人家偷瞧着楚王的颜色做文章，
告诉他来一套“法西斯”的大王之“雄风”！
更叫他跳东家墙，搂其处子，
偷鸡摸狗地和近邻的小姐通奸吊膀子！
只你这糊涂虫不会看风转舵，
为什么这么地死都捞不回尸首②？
你要寻死，就好好地躺在床上闭了眼睛，
又何必脏污了汨罗的流水？
害得别人烧饭都没有干净的水煮？
楚国，楚国，老早就这么一回事。
你活着是给人家碍手碍脚，
死了难道还真能给你个加官晋爵来一个更高的衔头？
你只落得有人叫作不识时务的疯子！
更会猫哭耗子暗里的笑容挂满了口。
再诚恳地问你一声：“你这又何苦？何苦？”
你如果真的精神不死，千百年后还有灵性的话，
我请你招不来的魂儿飘在水的底下，
吃着豆沙的、火腿、什锦的各样的裹蒸粽子！
把我提出来的一串零的问题儿，

仔细地，再三地想想，看你怎样地回答？

（选自1946年6月4日《诗与散文》）

【注释】

①头号：原抄录稿为“出号”，遵高农先生建议改。

②这么：原抄录稿为“执扪”，可能为笔误。

【作者简介】孟超（1902—1976），笔名东郭。山东诸城人。1926年毕业于上海大学中文系，同年开始发表作品。1927年任职于武汉全国总工会，1928年在上海与蒋光慈、阿英等人组织太阳社，创办春野书店及《太阳月刊》，参加左联，与冯乃超、夏衍等人创办艺术剧社。抗战期间任桂林、昆明文协理事，桂林师范学院、重庆西南学院教授。1947年赴香港，任《大公报》《新民报》文艺副刊编辑。1949年后历任华北人民政府教科书编委会委员，出版总署图书馆副馆长、图书期刊部秘书，人民美术出版社创作室主任等职。1952年加入中国作家协会。著有诗集《残梦》，小说集《冲突》，杂文集《长夜集》《末偃草》《水泊梁山英雄谱》，历史小说集《骷髅集》等。

改革歌

袁水拍

我一心想改革改革：
先剃头，后沐浴，
脱下长衫换西装，
手里拿根司的克。

我一心想改革改革，
你要忍耐，我绝不！
忍痛牺牲咬牙关，
卫生设备改西式！

方桌改成圆台面，
稀饭吃在干饭先，
走路开车改靠右，
铺子一律改称店！

老板取消叫经理，
立春改成农民节，
麻将不打打麻雀，
酱油不用改用盐！

扯下封条锁上锁，
不说太少说不多，
爸爸辞掉当父亲，
和尚还俗干尼姑！

打开窗子加屏风，
蚂蚁换班给毛虫，
自由太多便专制，
如今民主大不同！

（原载1946年3月10日《云南日报》副刊《驼峰》，袁水拍当时用笔名“马凡陀”）

【作者简介】袁水拍（1916—1982），原名袁光楣，笔名马凡陀、水拍，写抒情诗时，用袁水拍；写讽刺诗时，用马凡陀（麻烦多），江苏吴县人。1934年毕业于苏州高中，翌年考入上海沪江大学，3个月后转到银行界工作。1937年抗日战争爆发后，在香港、重庆等地从事抗日救亡宣传，在香港参加文艺界抗敌协会，任候补理事、会刊编辑，与冯亦代、徐迟相唱和，被友人戏称为“三剑客”；在重庆任重庆美术出版社编辑、中华全国文艺界抗敌协会候补理事兼会刊主编，同时从事诗歌创作。1942年加入中国共产党。1946—1949年在上海从事新闻工作，先后担任《新民报·晚刊》《大公报》编辑，发表过300多首政治讽刺诗。1949年调北京任《人民日报》编辑、文艺组组长，兼任《人民文学》《诗刊》

杂志编委。1961年调离《人民日报》社，任中共中央宣传部文艺处处长、文化部艺术研究所负责人。1969年到塞上贺兰县的“五七”干校。中国文联第一、三届委员，中国作协第一、二届理事。全国第三、四届人大代表。1982年因病去世。有诗集《马凡陀的山歌》《沸腾的岁月》《人民》《冬天、冬天》《向日葵》《解放山歌》《政治讽刺诗》《诗四十首》《歌颂和诅咒》《春莺歌》；诗文集《华沙·北京·维也纳》；论文集《文艺札记》《诗论集》；译著诗文集《新的歌》《我的心呀在高原》《五十朵番红花》《聂鲁达诗文集》《诗与诗论》《煤烟和鸟》《现代美国诗歌》《伐木者醒来》；译著小说《旗手》《巴黎的陷落》；论著《马克思主义与诗歌》等著作传世。

你

聂　索

告诉你紫罗兰是紫的，
玫瑰花是红的，
太阳自东方升起，
又落下西方……
你偏要说：
“铁鞭握在我手里，
不许你开口！”

1946年11月1日

（选自1949年聂索、严寒、杨飏的合集《碑》）

【作者简介】聂索（1928—2013），笔名浩泓，云南昆明人。18岁开始写诗，1947年在上海《诗创造》发表处女作《你》。20岁登上讲坛，长期从事中学高中部语文教学，并在昆明师专任教写作课。20世纪70年代任昆明市教育局语文中心教研组长，80年代任昆明市语文学会会长兼云南省中学语文学会副会长，被公认为专家。多次被评为教育系统先进工作者，教育学标兵、省市两级模范教师、优秀共产党员。为昆明市政协第六、七两届委员、市科协第二届常务委员。昆明市政协第六、七届委员，昆明市科协第二届常务委员，中国作家协会会员，中国国际文艺家协会会员和高级研究员，中华诗词学会会员，云南省诗词学会、云南省老干部与昆明市老干部诗词协会顾问。从教之余，笔耕不辍，经常有诗文在省内外报刊发表。退休后，仍持续不断进行编著工作。著有《地热集》、《金秋集》、《聂索诗选》、《聂索抒情诗选》（两书中英对照，列入“中外现代诗名家集萃”丛书，香港银河出版社出版）、《中草药礼赞》等诗集，其中《诗选》《礼赞》均由著名诗人艾青题名封面。其他尚有诗文集多部。创作中新旧诗并举，自称为“两栖吟者”。文集有《学诗偶记》《聂索散文选》。聂索《金秋集》获昆明地区新时期优秀文学贡献奖。1996 年 10 月获《读者》创刊 15 周年征文（《跨入新世纪》）二等奖。1998 年 1 月《为了今天，干杯》（外一首）获《边疆文学》庆香港回归诗画征文二等奖。《中草药礼赞》《聂索诗选》均获 1994 年中国艺术界名人作品展示会奖；征联获 1991 年亚运火炬大征联优秀奖；《聂索抒情诗选》2000 年获首届龙文化金奖二等奖。拟编《聂索诗文选》（尚未出版），尚有见于省内外报刊的诗、文待整理。

落雪的夜

牛　汉

北方
落雪的夜里
一个伙伴
给我送来一包木炭。
他知道我寒冷，我贫穷，
我没有火。

北方呵！
现在我可以为你
将自由当成一束木炭，

燃烧起来……
你温暖了
我也再没有寒冷。

1947 年春天

（选自 1949 年 6 月 30 日《昆明晚报》）

燕　子

金　近

燕子燕子我问你：
你为什么发脾气？
叽叽咕咕咕咕叽，
最好请人做翻译。
还是我来对你说：
你的主人逃东方，
中国自己打自己。
美国大炮来帮忙，
炮弹落地烧村庄，
你做的窝也烧光！

（选自 1947 年 7 月 17 日《和平日报》副刊《文艺》）

【作者简介】金近（1915—1989），原名金知温，曾用名金汝盛，浙江上虞崧厦四埠乡（今沥东镇）前庄村人。1935 年到上海儿童日报馆打杂，后当助理编辑。1936 年开始发表作品。1939 年后历任重庆流浪儿童教养院教师，重庆、上海英国新闻处文学翻译。1952 年加入中国作家协会，任儿童文学作者联谊会理事、副主席，北京电影局剧本创作所编剧，中国作家协会儿童文学工作委员会负责人、顾问，《儿童文学》负责人，临安《山风》杂志顾问，中国作家协会第三、四届理事等。有剧本《谢谢小花猫》，儿童诗集《小毛的生活》《小河唱歌》

《小队长的苦恼》，动画片《小鲤鱼跳龙门》，童话诗《冬天的玫瑰》，中篇童话《大毛和小快腿》，童话《逃学》《迎接春天》《“好”人国》《小鸭子学游泳》，童话诗集《红鬼脸壳》《顽皮的轮子》，短篇小说集《小牛黑眼儿》等作品，其中童话选集《金近童话集》《春风吹来的童话》所制作的动画片《小鲤鱼跳龙门》获第一届莫斯科国际电影节动画片银质奖，并参加澳、美、英等国电影节。1963年，美术片《东海小哨兵》、剪纸片《狐狸打猎人》剧本，分获南斯拉夫第二、四届萨格勒布国际动画片电影节奖和电影美术奖，1980年被授予全国第二次少儿文艺奖荣誉奖。

金指环

向 阳

传说一支金指环，
可以骗取一个姑娘的贞操。
那么，一吨钞票和一把手枪，
可以弄取无数张选票。
1947年7月10日重庆

（选自1949年10月《十月诗页》第二期）

泪 书
——拟一封母亲寄儿子的信

李 耕

儿，我的骨肉！
我眼泪已经浸透了信纸，
我眼泪是穷人凝结的愤恨。

儿，你走后，
爸爸得了残疾！
你哥哥年头累到年尾，
也赚不到买盐添油的钱。

赵二爷天天逼债，
钱保长派下的壮丁捐，
急如元宵放的火焰！
我哀求："我老二在前方呀……"
他吼着："有个门头一个铜子不能免！"

唉！你爸爸整天呻吟！
你妹妹夜夜呜咽！
米坛子又空啦！
饱不了今朝还愁明天。

唉，我的老二呀！
自你被拉了丁，
全家人的命根子，
系上了灾难的刀尖。

老二呀！
这苦日子我不想活了！
只要你爸爸一闭目，
这饥寒岁月我不会留恋！

老二呀！
我不怨命，
也不怨天。
只怨你的枪口，
好没有对准真正的敌人！

（选自 1949 年《怒江文艺》）

【作者简介】李耕（1885—1964），字砚农，原名李实坚，号一琴道人、大帽山人等，堂号菜根精舍，福建省仙游县度尾镇中岳村人。幼年从父学习中国画，绘丹青绣像、寺庙壁画。生前系福建省美协副主席、省政协委员、文史馆员等。擅长古典人物、山水花鸟画，兼通书法、诗文、金石、雕塑、弦琴等。其画气势雄健，挥洒自如，形成“李耕画派”。有“南李北齐（白石）”之称。

罪人不在这里

冀　汸

剑子手没有罪，
被他杀死的人没有罪！
来看杀人的人
没有罪……

愚蠢的没有罪！
被欺骗来的没有罪！

留声机说错了话，
没有罪！
刀子割断了花朵的嫩芽，
刀子没有罪！

（选自 1949 年 4 月 17 日《昆明夜报》）

【作者简介】冀汸（1918—2013），本名陈性忠，笔名启汸、冀汸等，祖籍湖北天门，出生于荷属东印度群岛（今印度尼西亚）爪哇岛的小镇。6 岁随祖父回到湖北老家，1931 年到武汉，并开始尝试创作。1935 年参加“一二·九”运动。1940 年在《武汉日报》副刊《鹦鹉洲》

上发表第一首诗《昨夜的长街》,后来的诗作多发表在胡风与其妻编的《七月》上而成为“七月派”著名诗人之一。1941 年与邹荻帆、姚奔等在重庆编辑《诗垦地》。1945 年参加文协。1947 年毕业于复旦大学历史系。任过南京邮汇局员工子弟小学教员、杭州安徽中学教员、教务主任等。自 1942 年代至 1954 年，出版过诗集《跃动的夜》《有翅膀的》，长诗集《喜日》，话剧《一家亲》，长篇小说《走夜路的人们》《这里没有冬天》，童话诗集《桥和墙》等。有浙江文联“创作工厂厂长”之美誉。1954 年加入中国作家协会。1981 年，重新回到文艺岗位。于 1983 年出版诗集《我赞美》，1986 年出版诗集《没有休止符的诗歌》，以后接连出版了散文杂文集《望山居偶语》《无题之什》，以及回忆录《血色流年》等。先后担任浙江省文联《浙江文艺》编辑、创作组组长，中国作家协会浙江分会专业作家、副主席，《江南》杂志编委，中国作家协会第四届理事、第五届名誉委员，浙江省作家协会顾问等职。中篇小说《法林外史》获中国作协 1980—1981 年优秀文学奖，诗歌《北京二题》获浙江省 1982 年优秀作品奖，诗集《灌木年轮》获浙江省 1993—1996 年优秀文学作品奖。

给慰劳我的人们

缪祥烈

鲜花，水果，
饼干和糖食，
一捆捆，一包包。
送进来了，
送进来了！

熟识的，
陌生的，
带哭笑的，
发着哀愁的，
跑进来了，
跑进来了！

一个水果，
一团高兴，
一个人，
一份安定。
呵！这伟大的同情：
物质，
精神，
我真说不清它有多少。
你们，一个个，
静悄悄地，
站在病榻前面，
亲切地瞧着，
我直挺挺的身子，
没有表情的脸。

我说不出一句话，
我似刚出生的小羊，
在母亲的怀中，
吮吸着奶浆。
我开始知道：
人间还有伟大的爱、真诚、正义。
让我任随着你们，
迎接黎明的曙光！

（原载1946年2月16日《学生报》第四期，后收入《一二·一惨案死难烈士荣哀录》）

【作者简介】缪祥烈（1917—1981），原名缪祥玖，化名陶然，笔名有靖宇、文理、丽天等，云南宣威榕城老堡村人。1934年秋，缪祥烈就读于县城两级小学。1937年9月，缪祥烈考入宣威县立中学。1938年底秘密串联百余名学生策划前往延安，被学校开除。其后与董兴智、董兴跃等人到昆明报考军校。1939年8月，获得宣威中学修业证明书，考取省立宣威乡村师范学校。1940 年 3 月加入中国共产党。1941 年曾参加社会各界反对县长彭元槐解散宣威县立中学的斗争。1942 年夏，先后在昆明忠爱小学、晋宁昆华小学、昆华师范附小任教。1942 年 11 月，缪祥烈辞去昆师附小教员工作，到杨兴楷在昆明筹办的“云兴酒庄”协助工作，利用空隙时间到联大听课，1943 年秋，考入国立西南联合大学师范学院文史专修科，先后选修或旁听过唐兰、朱自清、闻一多、吴晗、李广田等著名教授讲授的近 20 门课。1944 年底，加入云南民主青年同盟，积极参加《社会科学研究会》《新诗社》等社团活动。1945 年春，任联大师范学院民青小组组长，后任联大民青一支部委员。1945 年 10 月，参加联大云南同学会的领导工作。参加昆明各中等学校民青负责人会议。投入反内战、争民主的斗争。同年，参加“一二·一”运动受伤严重，手榴弹片穿入左腿膝盖骨，造成血管破裂，大量流血。后经甘美、惠滇、云大、昆华四医院会诊，因失血过多，伤口化脓，不得不截去左下肢，从此终身残疾。国民党被迫发给他终身抚恤费 1000 万元，安假腿费 200 万元，1947 年交 100 万元给孟循时作党的活动经费，其余部分先后交给由宣威中学和宣威师范师生组成的宣传大队、榕西武工队和新一区游击中队作费用。1951 年他又把留作安假腿的 20 多两黄金全部交给党组织，自己的假腿却没有安，多年来一直拄着双拐工作。在病床上写下的《给慰劳我的人们》《摸鱼儿·杂感》《妈妈，要是你今天还活着》《党国所赐》《莫愧少年骨》《四烈士出殡》等悲壮诗篇。1946 年 2 月，重新加入中国共产党。1946 年 7 月“李闻惨案”前后，不得不从联大搬到云大缪子莺处居住。1946 年 8 月带着未愈的伤口到宣威县立中学高中部教书。1947 年 1 月回到昆明，是年秋后，先后到玉溪中学和私立滇英中学任教。1948 年 8 月任宣威中学教务主任，负责高三、四班的国文课和部分历史课。1949 年 4 月中共宣威县工作委员会和宣威县临时人民政府成立，调任新一区党总支委员会书记。1949 年 8 月，任榕西武工队队长，被誉为“独腿将军”。中华人民共和国成立后，先后担任宣威中学教务委员会副主任、副校长、县文教科长、县人民政府党组成员。1950 年 11 月调曲靖地委，先后任秘书、政策研究员、秘书科副科长。1953 年 3 月到省委党校学习。同年 10 月调大理州委宣传部工作，先后任宣传科副科长、理论教育科科长。1956 年 5 月至 1958 年先后任州委党校教育科科长、副科长。1958 年 1 月任州文教卫生局局长、州人民代表、州政协委员、常委。1979 年，昆明师院组织编写“一二·一”运动史，他被调到师院参加此项工作，筹建“一二·一”运动陈列室，又到陈列室工作，直到1981年11月28日逝世，享年64岁。1988年1月19日中共云南师范大学委员会在《关于缪祥烈同志的党籍的复查结论》中，决定恢复缪祥烈党籍，由1940年入党时计其党龄。

第三组　杂　感

述　怀

米维基

枯索的心肠里，
搜不出华美、英雄的字句，
来酬答殷勤的关注。
我现在只能怀着一颗战兢的心，
试用我的沙哑的嗓子，
来吐出一些骨鲠似的感情。

十数年来，私自的企图和趣向，
如一座崇山的精灵，
压住我的胸膛。
我也曾用过我有限的才力，
消耗我的生命的时光，
希望着实现它们于万一。

但是，可诅咒的烦琐的世情，
自己的精神有时的颓弱，
以及血液时常过分的奋亢……
这些无形的绊脚石①，
一向横在我的路途上，

妨碍我能有的行进。

纵然我把它们一一踢开，
有时我也不免颠踬、倒地。
我的身体受到了伤害，
甚至又一次我曾变成了疯癫。
我感到冷寂，我觉得疲惫，
我有时唤召及早的死[2]。

可是有一个原则永远指导着我，
它使我在跌倒后又爬起。
它使我在苦痛时不作怨诉，
它使我顿时恢复理智。
它使我兴奋，它使我坚苦，
它重使我对人生感到欢喜！

哦！朋友们，不要为我担心，
我不会萎垂，也不会蹒跚。
我是永远执着于人生，
我爱的是勤劳，绝不是疏怠。
我往往处于矛盾之中而战兢[3]，
我无时不在把它们克服，我要呼喊！

1944 年 9 月作
1945 年 11 月 8 日续成

（选自 1946 年 2 月 23 日《云南日报》副刊《驼峰》）

【注释】

①本句原刊无“无形”二字。

②本句原刊无“唤”字。

③“而”字原刊为“两”字，误。

【作者简介】朱维基（1904—1971）上海人，作家。毕业于上海沪江大学。1928年后历任南国艺术学院教师、上海正风文学院教师、上海建承中学及中国艺术学院教师、上海大同书店编辑、华中建设大学教授、烟台外事办公所《英文报》编辑、华东大学及山东大学教授、华东文化部艺术教育科主任、上海新文艺出版社编辑。1930年开始发表作品。1962年加入中国作家协会。著有诗歌集《世纪的孩子》,译诗集《在战时》、《神曲》(《地狱篇》《炼狱篇》《天堂篇》)、《唐璜》、《卢森堡夫妇诗选》等。

那个夜

杜　谷

……你来了!
那个夜
披着黄昏和忧郁的黑发。

那个夜
为什么常常羞涩呢?
少女和陌生的男孩子,
繁华的星光下
走着
沉默地
走过春夜的林荫路……

呵,在我的面前
你说过多少梦呓……
长形的窗下
幽暗的园子和冰凉的石阶,
你说过:
一个深夜你曾经从噩梦中惊醒,
为害怕而失声地哭泣!

又常记起那年青的死者，
温热的泪水绵绵流下，
溅湿了你苍白的青春像雨！

又一夜在素白的烛光下
你挂上小十字架为旅人祈祷。
拣一个雨天重走过槐花满地的小街，
长此远去了，一个人！
你挂牵：
“你在何处牧羊？
直到天起凉风，
日影飞去，
你要回来……”

呵，你渴望着的是英雄的季节，
盛夏的梦！
你倦乏而又追求着青春的骤雨。
但我不能给你什么，
你要的他还没有。

跋山涉水地他远远来了！
带着他深深的祝福，
给你，
给你的手以冰岛上的一点火光！
然后他走向异地村庄。

（选自1945年9月29日昆明《扫荡报》副刊）

【作者简介】杜谷（1920—），原名刘锡荣，现名刘令蒙。江苏南京人，早年就读于南京中央大学实验学校，1940年毕业于成都航空机械学校，后又毕业于四川大学文学院。1937年开始发表散文，1940年开始从事抗战文艺运动和新诗创作。1943年加入中华全国文艺界抗敌协会四川分会，历任中央大学柏溪分校教务员、成都等地中学教师。

中华人民共和国成立后，任永州县人民政府文教科长、永州中学校长、《西南青年》杂志主编、中国青年出版社文学编辑，四川人民出版社副总编、编审。重庆市文学工作者协会第一届理事、四川省作家协会常务理事、主席团顾问。1982年加入中国作家协会。他在中国青年出版社担任文学编辑期间，先后邀请萧三主编《革命烈士诗抄》、魏巍主编《晋察冀诗抄》，并担任贺敬之的《放声歌唱》、郭小川的《雪与山谷》及公刘、白桦、顾工、梁上泉、张永枚、未央、胡昭、雁翼、周良沛等第一本诗集的责任编辑。以后长期从事文化教育与文学编辑工作，曾任四川人民出版社副总编，编审。1988年离休。出版有新诗集《泥土的梦》《好寂寞的岸》等。

窗

彭燕郊

那是神龛一样的阴暗的装置，
那是神龛一样的固定的装置。
那面积是那样狭小而又加上那样多的木格，
那地位是那样高又那样偏斜。

就像一只橱柜，很多的杂物搁置在那里，
一把缺嘴的茶壶，几只捡来的洋铁罐。
蒙着厚厚的灰尘，很久没有移动过的
一些丢了可惜，用起来又不合的破烂……

这是一间阴暗的屋子，
因为阴暗，这里的污秽和破烂，才会太不刺眼了！
农人们觉不出这样阴暗里的惨淡，
像老年人习惯于他的阴暗的暮年。

而那窗户呀，全和它的主人一样！

不像看见什么，
也不愿别人窥见。
长久地闭着，从来也没有开放过。

当农人想从棉衣里搜捕出一些白虱，
或从床板里敲逐出蛰伏的臭虫的时候，
他们总是那样习惯地，服从屋子的阴暗，
把棉衣和模板搬到大门外来。

（选自1945年11月4日《扫荡报》副刊）

【作者简介】彭燕郊（1920—2008），原名陈德矩，福建省莆田县黄石人。1938年后历任新四军第二支队宣传队员，战地服务团团员。1939年开始在《七月》《抗敌》《现代文艺》《文化杂志》《诗创作》《抗战文艺》等有影响的刊物上发表作品。之后在桂林、重庆等地从事革命文学活动和民主运动。曾任中华全国文协桂林分会常务理事，编辑《力报》副刊《半月新诗》《半月文艺》，以及《诗》《广西日报》副刊等。1947年被国民党逮捕囚禁近一年。1949年至北平参加全国第一次文代会。会后在《光明日报》主持《文学周刊》《民间文艺》等副刊。1950年6月，到湖南在湖南大学、湖南师院任教。曾参与筹组湖南省文联，筹办中华人民共和国成立以来湖南省第一个文学刊物《湖南文艺》，并任编委。1979年3月被聘请到湘潭大学任中文系教授。随后至北京出席全国第四次文代会。1980年起，任第一、二届全省高校教师职称评审委员会文科组组长、湖南省民间文艺研究会副主席、湖南现代文学研究会会长等，创办并主编《楚风》杂志，主持编撰“湖南民间文学丛书”。1984年从湘潭大学退休后继续从事文学写作、编辑等。20世纪80年代以来，出版有诗集《彭燕郊诗选》《高原行脚》《当代湖南作家作品选彭燕郊卷》《夜行》《野史无文》，诗论集《和亮亮谈诗》。2007年出版4卷本《彭燕郊诗文集》。曾主编《诗苑译林》丛书、《犀牛丛书》、《现代散文诗译丛》、《散文译丛》等丛书和大型诗歌文化杂志《世界诗坛》《现代世界诗坛》。

母性颂

郑　思

讲到女性，
我们应该想起人类的母亲。
好像我们画着十字的时候，
就会虔诚地想起耶稣。

母亲们！
和蔼地哺乳，
母亲们保育着婴儿。
用她的血，用她的心，用她的生命里所含有的全部的母爱……
于是，人类有了新的一代，
从母亲那里——
获得了生命，获得了血液，获得了人生中应有的全部……
去面向新的理想，
和迎接新的斗争！

向我们的母亲致敬吧！
当母亲为了他亲爱的儿子，
流着神圣的眼泪的时候……

讲到女性，
我们应该想起人类的母亲！

（选自1945年11月1日昆明《和平日报》副刊《文艺》）

窗 外

李一痕

窗外太寂寞，
一片阴森的荒场。
窗外太寂寞，
一座荒凉的山冈。

哪一天啊！
谁会来到这地方？
哪一天啊！
谁会爬到那山上？

一个牧童赶着牛群，
吹着响亮的芦笛走来了。
笛声告诉我说：
“窗外不是寂寞的！”

一双燕子掠过窗前，
唱着愉快的歌飞向山冈。
它们向我说：
“山上还有人家……”

（选自1946年4月20日《火星文艺》创刊号）

【作者简介】李一痕（1921—），1944—1945年主编诗刊《火之源》，有《过不了冬天的人》《“寒号鸟”是鸟吗？》等论著。

烛

笛　扬

投身于黑暗的世界，
你开始了
输血的生涯。

你让自己焚烧着自己，
你以热情的爱抚
慰藉人类。

熬过长夜的阴冷
当你闪出最后一线光亮时
你已经没有了你自己的存在。

（选自1946年4月20日《火星文艺》创刊号）

榕　树

夏　扬

在南方天空下，
在海溢的断岩上，
一棵古老的榕树，
被焦灼的太阳暴晒。
但是，它却依然地站在那里。

像是渔人的母亲一样，
虽然它苍老了，弯曲着身体，

披着长发，
在海边
渴望着还没有归来的儿子。

从星光落下的时候开始，
一直到太阳也沉落下去，
榕树依然屹立在那里。

当天边的浮云飘过来，
浓阴的树顶上洒下的雨水，
榕树就像渔人的母亲一样，
流着慈爱和失望的眼泪，
一直落下断岩去。
在断岩下
是冲击着断岩的海浪，
贪婪，凶暴，
在发出狰狞的笑声。
仿佛一个嗜血者①
对着被牺牲的嘲笑。

然而，榕树！
还是怀着一颗希望的心，
和山岩一同在呼吸，
一同在生存。

（选自1946年4月29日《正义报》）

【注释】①选录者原注：此行原无“血”字，显然是排落了，故补上。

杂 感

林 耀

（一）

因为有了黎明，
就没有白日梦。
也就没有鬼的传奇，
来谎骗孩子。

（二）

知更鸟被囚进笼子时，
仍在歌唱，
仍在预言：
黎明、风暴和雷电！

（三）

疯子是最天真的成人，
敢打，敢哭，敢笑，
并且容易接近孩子。
所以：
医好病人的医生有罪过。

（四）

蜜蜂为了它的敌人，
射出了箭！
——射出了生命。
微弱的警告呵！
总比牛羊的妥协要好！

（五）

镜子从来不说谎话，
难怪！
丑女要甩碎她，
但，美的容貌，
又有爱克斯光来照她的心。

（六）

磨坊的马夸耀
它踏过无限远的旅程！
但他相信：
那很小的圆圈有千万里？

（选自1946年9月9日《云南日报》）

【作者简介】林耀（1927—1991），笔名杨蓝、林村、田曲等，回族，云南沙甸人。1946年5月在昆明组建“今日文艺社”，同时在《今日文艺》《民主周刊》《云南日报》《民意报》《正义报》副刊《大千》等报刊上大量发表诗歌的同时，还常发表杂文和小说，是20世纪40年代云南诗坛上一位极其活跃的青年诗人。著名诗人包白痕称赞他是“一位才华出众，对社会有贡献的诗人”。另一位著名诗人聂索称他是“40年代昆明诗坛上”的“一员闯将”，一位“产量最高、质量最佳”“才华横溢，能够捕捉新奇的意象写出令人拍案叫绝的诗句”的青年诗人。20世纪80年代，到一所中学任教，重新开始诗歌创作，直至去世。（参阅《云南民族大学学报》2009年第4期载锁昕翔《论现代诗人林耀的诗歌创作》。）

送 别

凌 鹤

送走了一群瘦弱的骆驼，
——新中国剧社之友。
我默默地走回自己的路。
怀着极重的忧悒心情，
仅一个愁字怎能写尽离情！

今天，昆明秋阳还是这般温暖，
可是跟着汽车的后面，
卷起了浓黄的烟尘，
遮住了艳丽的太阳，
更蒙住了我的泪眼。

汽车载着青年的欢笑，
载着远行的人，
一辆，两辆，三辆……
树上的黄叶无声地落下，
一片，两片，三片……

新中国的青年，
受尽了迫害饥寒。
然而他们不肯失望，
要找寻另一片沙漠中的草原，
喜剧原来就是斗争！

他们，沉重的心装饰着笑容，
向往着自由幸福的乐园。
秋阳哦！永远笑在他们的脸上，

只留下我向着东方遥望，
西风扣响了寂寞的心弦！
1946 年 9 月 28 日

（选自 1946 年 10 月 3 日《民意日报》副刊《人生》）

过神舟渡
——北行诗草之五

彭桂蕊

像条咆哮着的蛟龙，
澜沧江吐着白沫奔来！
从遥远的山峡间，
喊声吓倒了两岸的树林。
也吓倒了旁边的
野蛮的山峰。

坐在木船上像躺在摇篮中，
交出了船钱也交出了生命。
任凭凶恶的蛟龙作弄，
水手们拼命用桨板，
敲打着蛟龙的背脊，
直到船身和对岸相碰。

（选自 1945 年 1 月 23 日《云南晚报》，并据 1947 年 1 月 29 日《正义报》副刊重刊稿校订）

【作者简介】彭桂蕊（1917—1990），字耀秋，云南省缅宁县（今临沧市临翔区）人。1929 年 1 月随其兄彭桂萼到昆明求学。在昆华师范求学期间，即受到新文艺思想熏陶，大量阅读中外文学作品，广泛接触进步作家，与众多知名作家书信往来，并从事创作活动，被誉为“澜沧江畔的诗人”。1938 年毕业于省立昆华师范，先后任双江简易师范教员、缅宁师范教员兼编辑室主任。1939 年在昆明参加中华文艺界抗敌协会云南分会，被选为候补监事，同时参加了闻一多先生领导的联大新诗社。1944 年在云南省教育厅与西南联合大学合办的中学教师进修班进修一年。1949 年 12 月缅宁起义后，在临时军政委员会文教组工作，编辑《人民周报》。1950 年起在人民政府文教科工作，同年 12 月被选为云南省第一届第一次人民代表大会代表，并被《云南日报》聘为新闻通讯员。1990 年 11 月 20 日因病去世，享年 73 岁。有赵卫华编中国文联出版社出版的《彭桂蕊诗文集》行世。

花

李白凤

我是一朵小花，
春天来时
展开脑际里的
思想的花瓣……

在冬天，
冷风使生命力减弱，
我的脉叶萎缩，
连叶脉也冻结成冰。

我爱太阳，
春天的太阳，
它使我灵魂温暖！

我的笔，坚强的须根，
原稿纸，肥沃的泥土。

感情的冬天过去了，
我展开思想的花瓣。
我用花瓣迎向太阳，
然后，在原稿纸上
结出果实。

（选自 1947 年 3 月 27 日昆明《和平日报》）

【作者简介】李白凤（1914—1978）原名李爱贤，笔名鹑衣小吏、李白朋、李逢、李木子、石山长。祖籍北京，生于四川，定居开封。我国现代的著名学者、书法家、篆刻家、作家、诗人、教授。青年时代在山东青岛铁路中学读书，后来以优异成绩考入北京民国学院学习，从这时起，经常在上海的《新诗》、北平的《小雅》等刊物发表诗歌，抗日战争初期，他创作的著名剧本《卢沟桥的烽火》，影响甚大。毕业后赴广西南宁任中学教师。1941 年至 1944 年秋在桂林任中学教师，并从事抗日文艺创作活动。创作出版《白凤印册》《我怎样治印》、小说《小鬼》《韩国少年》《囚徒的爱与死》等，还发表了《寄奔星》《诗与散文》等诗文论著。1946 年至 1949 年，在上海财政局任职，并积极从事文学艺术创作在《新诗》《文萃》《大公报》《文汇报》和《新民晚报》等报刊上发表。出版诗歌集《北风辞》《彩旗谣》《春天、花朵的春天》等。中华人民共和国成立后，先后任哈尔滨工业大学、山西师范学院（现山西大学）、河南开封师范学院（现河南大学）教授。这时创作的诗歌先后在《诗刊》《人民文学》发表。同时还发表了《苏联文学研究》等论文。1957 年以后，致力于古文字学、古史和《周易》等研究。并继续坚持书画、篆刻、音乐等艺术研究。出版有《李白凤印谱》《东夷杂考》等。

窗

金克木

从窒息的牢笼中四望，
望不见一点儿亮光。
蛛网封锁了墙角的缝隙，
牢狱中原预备下没有门窗。

我不敢想到那无尽的海边，
看风吹白浪沫飞跑的沙滩。
不敢在窒息中想象自由的呼吸，
只盼望有一丝新鲜空气透入重关。

我从前也曾在孤寂的楼头，
让奔放的热情奔向理想的溪沟。
却不敢下楼去迎接失望，
只从小窗里遥数着街角的人流。

有时候在窗中我也望到你的衣袂，
绣花衫闪烁着年少的光辉！
短鬓发点缀着天真的嘻笑，
笑到窗前又远了，去了，永不再回。

我不敢要自由出入的大门，只要一扇窗，
虚妄的幻想也需要空气和阳光。
有空洞的窗户才能有空洞的希望，
哪怕是窗上绕满了带刺的铁丝网！

没有了窗户，见不到你的绣花衫，
听不到你的笑声射向耳边。

堵死了幻想，渴死了希望——
死也要冲出门洞，不再要窗。

（选自 1947 年 3 月 6 日昆明《和平日报》副刊《文艺》）

【作者简介】金克木（1912—2000），字止默，笔名辛竹，安徽寿县人，生于江西。少年时，在安徽寿县第一小学毕业后，读了一年中学，为生计所迫，16 岁便开始在家乡教小学养活自己和母亲。1930 年，到北平求学，利用一切机会博览群书，广为拜师，勤奋自学。先与一群因种种原因读不了大学的年轻“北大迷”一起，到当时还设在沙滩红楼的北京大学旁听，学习英文、法文、德文和世界语。1932 年冬前往山东德县师范教国文。1933 年，回到北京大学做起课堂上的“无票乘客”（旁听生）。1935 年，经友人介绍，终于进入北京大学图书馆当职员，使他获得了一生“学得最多的一段时间”。1938 年，任香港《立报》国际新闻编辑。1939 年到湖南长沙省立桃源女子中学教英文，不久到国立湖南大学任法文教师，同时，与施蛰存、戴望舒、徐迟等诗人交往。出版了诗集《蝙蝠集》，在新诗界卓然成家。1941 年，经缅甸到印度，任一家中文报纸的编辑，同时学习印地语与梵语，后又到印度佛教圣地鹿野苑钻研佛学。一边阅读汉译佛藏，一边跟随印度著名学者乔赏弥学习梵文和巴利文。此后，随迦叶波法师学习《奥义书》，协助戈克雷教授校勘《集论》梵本。1946 年 10 月，到国立武汉大学任教。1948 年 7 月后，在北京大学任教。1952 年，与季羡林、张中行、邓广铭一起被称为“未名四老”或“燕园四老”。曾任九三学社常委、全国政协委员。文史、哲学、政治、经济、数学、天文、地理、生物几乎无不通晓。长于梵语文学和印度文化。有学术专著《梵语文学史》《印度文化论集》《比较文化论集》等；诗集《蝙蝠集》《雨雪集》；小说《旧巢痕》《难忘的影子》；散文随笔集《天竺旧事》《燕口拾泥》《燕啄春泥》《文化猎疑》《书城独白》《无文探隐》《文化的解说》《艺术科学旧谈》《旧学新知集》《圭笔辑》《长短集》等；译著《伐致呵利三百咏》《云使》《通俗天文学》《甘地论》《我的童年》《印度古诗选》《莎维德丽》《梵语文学史》等传世。

落日　黑暗　原野

谷　冰

趁着多情的太阳在蜜吻西山，
由看不清楚的遥远的天那方，
黑暗，悄悄地爬行着过来了，
越过了江河、林子、冈峦……

季节风，动着不羁的翅膀，
为寂寞的原野送来了歌唱。
解放像死水一样沉寂的诗兴，
爆炸了被冰雪冻结着的情感！①

借着落日的金辉，我依着窗，
吟哦着普希金、拜伦的篇章。
我仿佛步入了文姬的画境里，
沉入了一个个黄金色的梦幻……

季节风又送来了劳动的歌唱，
惊破我的迷梦，声音在召唤！
步出那令人窒息的小茅屋，
我慢步在崎岖的羊肠小径上。

路旁充盈着那朴质的花朵馨香，
原野被上了一层红色的光芒。
枝头雀儿推动了满身的高兴，
拉开了嗓子歌着赞美的歌唱。

越过了江河、林子、冈峦，
黑暗的阴影，又伸向了村庄。
太阳扬起了愤怒的血红的光剑，
原野变成黑暗与光明的斗场……

1947年9月15日于炼锡厂

（选自1947年10月23日《正义报》副刊《大千》）

【注释】①情感：抄录手稿为“感情”，按云南方言，句末为“感”方入韵。参阅上、下段“峦”“幻”可知。

我不哭泣

冀 汸

我不哭泣
才鞭笞得更重吗？
这就完全对了——
鞭子是你的，
意志是我的①！

我不哭泣
说我变成了白痴么？
这也并没有错！
苏格拉底像白痴一样，
勇敢地饮了那杯毒酒。
耶稣勇敢得像白痴一样，
被钉上十字架。

1949年4月20日

（原载1949年4月30日《昆明夜报》，笔名用“文真”）

【注释】①选录者原注：这两行中的“的”字原是“底”字，今据《白色花》改为“的”字。

樵　夫

子　彰

树荫深处，
你用斧头
劈开了多少绿色的梦？

活一生，
就在山里，
洒着汗珠，
凝结一个生活的影子。
而掩埋在
落叶下的足迹，
不知千千万万！

你苦力的化身呵！
是一缕飘在人间
淡薄的云烟。
——一把火，
一次温暖。

（选自1947年6月8日《正义报》副刊《大千》）

段门房

路　人

白天变成了你的黑夜，
黑夜变成了你的白天，
心就是你那块脸。
灰色里边透出了青黄，
你低着头，
从不见你看看青天。

生活像你拖着的那双鞋，
永远不让你走一步轻快。
你的晚年，
是两扇门，
重重地镶在心上，
日夜开关。

从此，
我不再是深夜归来，
我的脚常常把你从梦中踏醒，
远远你就会把门启开。
生活为什么把你
变得这样敏感？
你还要笑脸
来赎罪怠慢？

1947年4月17日于禄丰

（选自1947年8月9日《正义报》副刊《大千》）

声　音

胡　牧

落雨天……
我埋头在窗下写诗，
我谛听着
窗外飘来的声音。
我看着
红的火光一闪一闪地发亮。
我看见
邻居的铁匠伯伯
翘着月亮形的胡子，
用力锤打那通红的金属。
我看见
他们愤怒地在改造铁器。
我突然为着庄严的声音
肃敬地
站起来了！
从此
我不再在苦雨的季节里
沉默地
在自己的小窗下
埋着头写愤怒的诗章。
我要出门去！
去学习那铁匠胡子的精神。
这一件工作
号召了我，
赶去了我心中的忧郁。
使我流浪的旅程中
充满了圣洁的阳光。

（选自1947年10月出版的《十月诗页》第二期）

自剖

聂索

抹一笔
红色墨水，
说是展示的血。
——我不愿意！

指着荷叶的
流滴露珠，
说是悲哀者的眼泪，
——我不愿意！

我懂得：
灰尘中开不出
铁拳的花朵，
腐朽的棺材——
骸骨不是活力的生命。

因为
历史的庠
不断汲取真理的水……

因为这日子，
巨响不能不爆炸……
仇恨的火块，
不能不迸裂……

所以，
好久好久，

我就准备把满身的
热灼的血液
输给这
脓疮遍体的国度。
我还祈祷：
让我的身躯，
像一颗愤怒的子弹，
从枪膛，
唱响震撼暴君的歌！
1948年11月16日夜急写成

（选自1949年版诗集《碑》）

绿色的旅馆

圣　野

走过邮局门口，
我要郑重地
道一声早安！

而每一次收到信，
我不由得要关心
它在那众多的
传递着良心的
绿色的旅馆里
睡过几个
安全的觉。

现在，艰难地

我改由梦邮站，
投寄一份
油绿色的想念
到生成绿色的
亲爱的朋友那边。

（选自 1949 年 3 月 23 日《昆明夜报》）

【作者简介】 圣野（1922—）原名周大鹿，现名周大康，浙江东阳人。1942 年开始发表作品。1945 年就读于浙江大学。1947 年参加《中国儿童时报》的编辑工作，任浙江游击总队金萧支队《金萧报》《群众报》编辑。1950 年毕业于浙江大学师范学院英语系。历任《大众日报》通讯员，《中国儿童时报》编辑，《天行报》《原野诗》主编，少年儿童出版社《小朋友》编辑部主任，《诗之国》编审委员，《儿童诗》编委、顾问。1979 年加入中国作家协会。著有诗文集《啄木鸟》《小灯笼》《列车》《欢迎小雨点》《和太阳比一比》《奶奶故事多》《雷公公和啄木鸟》《圣野诗选》《湖上灯会》《竹林奇遇》《春天的乐章》《外婆的红山楂》《芝麻花开》《金萧情》《诗的美学自由谈》等 60 余种，主编选集《台湾儿童诗精品选评》《黎明的呼唤》《中华儿童散文诗丛》等十余部。作品获 1956 年浙江军区业余创作一等奖、全国第二届儿童文学评奖二等奖、全国首届儿童文学理论评奖优秀著作奖、全国 1980—1981 年儿童读物评奖优秀奖、陈伯吹儿童文学奖等。

第二代

鲁　藜

我的孩子用小手拉着我，
我和她走到山下，[①]
孩子在田里跑来跑去，
我蹲在地上，望着她。
阳光照着她的两个红颊，

像两只火炬，
映射着黑暗的童年。
呀——我感到幸福，
虽然我过去没有幸福。
今天，我们开始劳作，[2]
播种着幸福给我们的第二代。

（选自 1949 年 4 月 17 日《昆明夜报》）

【注释】①②“我和她走到山下”一句原为“我知道她，走到山下”；“劳作”一词原为“选作”。根据人民文学出版社 1983 年出版《鲁藜诗选》改。

【作者简介】鲁藜（1914—1999），原名许图地，笔名除鲁藜外，还用过许流浪、许徒弟、鲁家等。福建同安内厝乡许厝村人。童年时随父母侨居越南，少年时期做过小工、小贩、流浪者。1932 年春回国考入集美乡村师范实验学校，发表处女作《母亲》于《厦门日报》副刊。1933 年加入反帝大同盟，1934 年到上海参与左翼文学活动，1936 年参加左联。同年加入中国共产党。1937 年到安徽从事教育工作。1938 年入延安抗大学习，同年秋发表震撼诗坛的《延安组诗》，被誉为“传遍世界的福音”。1939 年冬在重庆的《七月》上发表组诗《延河散歌》轰动诗坛而成为解放区的著名诗人和“七月派”的代表诗人之一。1942 年参加整风后在鲁迅艺术学院任教。抗战胜利后在晋冀鲁豫边区文联北方大学中文系工作。中华人民共和国成立后，任天津市文学工作者协会主席、中国作协天津分会副主席等，主编《文艺学习》月刊。1981 年回中国作协天津分会从事专业创作并担任领导工作兼任《诗刊》编委。著有诗集《醒来的时候》《时间的歌》《天青集》《山》《鲁藜诗选》。名作《泥土》影响过几代人。

第四组　黎明的小唱

春

胡　牧

终于，温暖的春天来了，
终于，阳光向土地紧紧地拥抱，
终于，土地上有自由而快乐的歌唱！
我打开我们的园林、门窗、街巷……
让阳光用温柔的手掌
抚摩着严寒期中受伤的大地。
于是，我们听见工作的交响曲……
春天的冰河，正在解冻……
——重庆，十二月圣诞日阳光斋

（录自1945年5月4日《五月》第一期）

春天的诗

海　涛

绿色复活的季节，
土地爆开了宽阔的笑：
春天来了！

今年的冬天比往年走得早，
今年的春天比往年来得早，

而今年我们自己的田野呵！
也比往年装饰得好！
看呵！
好绿好绿的衣裳呵！
好红好红的花朵呵！

春天——你播种的季节呵！
你人间希望的花朵呵！
期待你的人太多了！
像我们这群流浪的年轻人，
像那些被幸福抛弃的穷人。

春天——你民主的河流呵！
你挺进的军号。
让我们怀着一颗火热的心，
参加到你们的行列里，
做一个战斗的歌手。

1946年春于浪花诗社

（选自1946年3月4日《正义报》副刊《文艺》第二十四期）

阳光的订户

林　耀

让我把你摇醒：
睡着的山冈，
睡着的森林，
梦中的翅膀和眼睛……

阳光的订户，
打开你的窗门。
新的希望和旧的期待，
孕育着初升的太阳。

遥远的天边浮起了
彩色的摇篮。
朝霞是太阳的摇篮呵！
一群白鸽自由地飞向天边了。

（原载1946年9月22日《民意日报》副刊《人生》，笔名用“杨蓝”）

迎　春

史卫斯

我们熟悉了北极的严寒，
身心包围在千年的积雪。
四季像长留的冬天，
虽有阳光，那样无力，
我们是蛰虫，期待着春雷，
我们是野草，冲不出大地。
无尽的朔风卷寒流
滚滚而来，没有倦意。
然而我看见：
呼风唤雨者的疲乏，
善射者的手已在颤抖，
箭在弦上，无目的而发。
我听见了北风愤怒，

咆哮中有着怨慕。
英雄濒死仍卖弄着顽强，
却没有掩住他的慌张。
千年冰山今天将摇摇而倒，
独臂的勇夫
终于在千钧闸下灭亡。
逆着风霜，纵然那样艰难，
我们在迎迓，我们在期待：
看四季将走回原轨，明天
春风将迈步而来。

（选自1947年2月20日昆明《和平日报》副刊《文艺》）

【作者简介】史卫斯，笔名杨蓝，现代派诗人，曾在《现代》《小雅》和《新诗》上发表过新诗。1951年曾在文光书店出版诗集《歌唱新中国》。详细事迹待考。

信　念

常　砜

（一）

纵使生命已经凋落，
纵使花朵已经凋谢，
纵使风雪已经封锁……
前面，前面总有灿烂的春天。

一切死亡，
都为了新生。
一切不幸的日子，
是一个改变的预兆呵！

（二）

今日，我们迷路于
横蛮的山岭
与浓密的雾里，
但我们并不蹲伏在阴湿的岩隙。
我们不停地
摸索着，寻找着……
明天
我们将在辽阔的海岸，
看太阳升起，
看海鸟飞翔，
而我们将自由而平静。

（选自1947年4月9日《正义报》副刊《大千》）

有那一天

文　铮

枪炮的钢铁
打成了收割的镰刀，
因为镰刀是属于农民的。
有那一天，
发霉的锁链
铸成了崭新的轨迹。
有那一天，
森严的监狱
变成了我们的斗争的会场。
有那一天，
我们不再受饥寒。

有那一天，
有那一天哩……

1 朋 22 日南京

（选自 1947 年诗人节出版的《十月诗页》创刊号）

（审校后记：农历五月初五日即端午节为诗人节。1941 年 5 月 30 日端午节这一天，第一届诗人节庆祝会在当时的重庆中法比瑞同学会会址举行，当时参加第一届诗歌节的有于右任、陈立夫、冯玉祥等政要，也有郭沫若、老舍、冰心、胡风、臧克家等作家诗人。老舍主持庆祝会并作了《诗人节献词》。老舍与郭沫若、冰心、胡风、臧克家等 53 人联合签署了《诗人节宣言》。《宣言》称："我们决定诗人节是要效法屈原的精神""诅咒侵略，讴歌创造，赞扬真理"。《十月诗页》于当日创刊出版。）

誓

白 路

我的笔
是我生命的树，
我的诗
是旅程的碑。

纸，是土地，
墨水，是母亲的乳。
风暴、海啸，
是我的声音。

我伸出一根笔直的手指，
指着那将起的太阳，
我说：
人民要你赶快出来！

（选自 1947 年 5 月 7 日《民意日报》）

你走了

——给自强

张寒光

你走了……

拨开峦嶂，
划破秋云，
歌声
更嘹亮
宏大地
向远方……

是黑夜的景角呵！
鼓动历史的洪流，
冲破大地的梦，
温暖着
人民的心，
向黎明……

当太阳照亮八桂山水
当百越风光
卷入你美丽的诗章
我呵！
对着两江的明月，
投一颗梦里的远心。

1947年9月昆明湖畔

（选自1947年10月出版的《十月诗页》第二期）

刀丛小诗

罗　泅

苦　痛

一个风雨的夜里我对灯独坐，
灯下放着一封信和一首小诗。
这个写诗的朋友的遭遇使我咬紧牙齿，
那带血的钢刀仍不许我提起他的名字。

记　忆

那天，昏黑的云层中有雷声在响，
我在狂风暴雨中要赶到一个有灯的地方。
电光下我看见一株老榕树倒下的影子，
三年前，一个友人流血的记忆，
又沉重地落在我的心上。

枪　声

黑夜里我正读着一封署假名的来信，
忽听到有人在慌忙地敲我的大门。
我忙将信藏起，开门问他什么事？
他告诉我：村前已有密集的枪声。

（选自 1947 年 10 月《十月诗页》第二期）

黎明小唱

溅　波

夜的脚步
已走近悬崖的边缘。
山洪自沉睡中挣醒，
亮开迷惘的眼睛。

晨曦拨开灰暗的夜幕，
曙色把远近的山峰染明。
太阳车驶的声音，
隆隆地向我们逼近。

欢快的溪流奏着清脆的曲子，
经过不眠的作坊奔出村寨。
它以矫捷的青年战斗者的步伐
冲向大海……

蔓葛攀附着乔木，
昂立在山间。
倒翌在峭壁以老健的姿势，
阻挡逆潮的侵犯。

绿色的森林，
脱弃黑夜厄围的阴影。
擎起万千的枝叶，
迎接这到来的黎明。

痉挛的海浪在晨光中欣然寂静，
海波像曙光一样清明，

海舟像树叶缓缓地行动，
海风扫清着空中乌黑的残云。

自由的小鸟，
从褐色的石岩飞出，
在茂密的树林上，
啾啾啾地放情歌唱。

鹰鹞盘旋在海上的高空，
驮着最初一丝金色的阳光。
雁鹅成群结队地遨游，
像一队巡逻的壮丁……

城市、村落、山海……
在宽阔的天宇维护下，
他们各自经营各自的地盘，
精工制造着自己的乐园。

田野、河流、细草，一切弱小的生命，
呼吸着这新鲜明亮的晨曦，
他们低低地吟唱一个美丽的欲来的季节，
——那是繁花灿烂的阳春。

1947年10月5日

（选自1947年12月2日《正义报》）

春天的脚步

苏　复

跨过清晨的原野，
我听见一阵轻微的足音。
像一个顽皮的少年，
从远方慢慢走来，
一会儿又给高山挡住来路。
池塘，于是发着不平的泡沫，
溪流也唱起沙哑的歌。

打开窗，阳光用金色的手指
穿过浓雾，在我心头抚摸。
尘封、发霉的日子，
我是多么渴望春天啊！

河岸上一棵孤傲的老树，
向天空伸出长长的手臂，
熬过冬天残酷的围剿。
当第一阵霖雨
踏着春天的脚步走来，
田野将燃起绿色的生命，
河中将泛起滚滚的绿波。

1948 年 1 月 26 日

（选自 1948 年 2 月 1 日，《正义报》副刊《大千》）

进　军

峰　刀

进军的箭头，
对准法西斯的心窝，
指向反动势力存在的地方，
帝国主义吓得抖颤。
一下子打下五个大城市，
让数千个城镇、乡村重见天日……
辉煌鲜艳的旗帜，
在自由的土地上飘扬。

工农的血和汗，
革命者的葬礼，头颅，
搭成一座
伸向明天的桥梁。

1949 年 6 月 24 日

（选自 1949 年 7 月 29 日《昆明夜报》）

黑夜的枪声

王鹏程

——像雷
震撼了山冈的
枪声！
（奴隶脱枷的金属声呵！）
是愤恨的呼啸，

黎明的信号……
人民沉默的心
正加上膛的枪弹，
在压迫的碰针紧纽下，
爆发出封建枪膛缚来的子弹！
无数个响声
凑成有力的呼唤……
（这呼唤寄托着希望呢！）
枪声——
拥抱着云南的农村，
回响在云南的山城……

（选自1949年7月30日《昆明夜报》）

向日葵

苏金伞

我几乎想说：
太阳是个多产者，
繁殖了那么多的胎儿在田埂上！
——那大头的向日葵。

向日葵
有受自母亲的遗传的
金色的眉睫，
有为一件事而昼夜担心的
不寐的眼睛。
——担心什么呢？
怕太阳不出来！

一见太阳，
就像乡下不懂事的母亲
所娇养惯的孩子，
整天钻在怀里吃奶，
不肯离开一步。

阴雨天
她像失去温暖的女孩子，
坐在不生火的火炉边，
冷漠地垂着头，
坠下一滴一滴黄色的泪。

黄昏，云霾，
狡黠的星星，
颟顸的雷，
都哄骗她：
——你的妈妈不回来了！

她虽然不能用笨重的舌头，
作有力的辩解①，
但有固执到愚蠢的信念：
——太阳终会射出来的！

（选自1949年3月16日《平民日报》副刊《大观》）

【注释】：①“的”原诗印作“和”，不通。

第三编　旧体诗词

边关不少奇男子

赵德恒

武帝边开细柳营[①]，
干戈满地动危旌。
闺中炉火三更暖，
楼外竹箫一夜清。
祖逖咨嗟盟逝水[②]，
终军慷慨誓长缨[③]。
议庭草就平倭诏[④]，
只待秋风出帝京[⑤]。

血点腥斑毁战袍，
残军夜遁水滔滔[⑥]。
波冲城寨留三坂[⑦]，
雨蚀旌旗剩一旄[⑧]。
岛国传餐呼傀儡[⑨]，
中州帐饮盛蒲桃[⑩]。
边关不少奇男子，
珍重风霜染二毫[⑪]。

（选自中国文史出版社《台儿庄大战诗词选》）

【作者简介】赵德恒（1888—1968），字诚伯，云南腾冲人，中将。云南讲武堂第1期骑兵科毕业。1914年任滇军第2师中校副官长，1915年任驻粤滇军第3师参谋长，1918年任驻粤滇军总司令部参谋长兼粤赣湘边防督办公署参谋长，1920年赴日本陆军士官学校学习，1921年

12 月任广东大元帅府咨议，1923 年 3 月任广东大元帅府拱卫军副司令，4 月兼任广东大元帅府参谋处高参，1934 年 4 月任军事参议院中将参议。1937 年 11 月，六十军出滇抗日，赵德恒写此诗为滇军壮行，表达对滇军抗日满怀必胜信心。1940 年，赵德恒任滇黔绥靖公署总参议，1941 年任楚大师管区司令，1942 年辞职寓居昆明。1949 年 12 月参与云南起义后任西南军政委员会委员，昆明市人民政府参事室主任，昆明市政协常委。1968 年 8 月 31 日，因患脑溢血病逝，享年 80 岁。

【注释】

①武帝当为文帝。细柳营指汉文帝时周亚夫所率驻扎于细柳的部队。文帝后元四年（公元前 160 年），老上稽粥单于死，其子军臣立为单于，积极准备攻汉。文帝后元六年（公元前 158 年），军臣单于绝和亲之约，对汉发动战争。他以 6 万骑兵，分两路，每路 3 万骑，分别侵入上郡及云中郡，杀略甚众。汉文帝急忙以中大夫令勉为车骑将军，率军进驻飞狐（今山西上党）；以原楚相苏意为将军，将兵入代地，进驻句注（今山西雁门关附近）；又派将军张武屯兵北地，同时，置三将军，其中命河内守周亚夫驻屯细柳，祝兹侯徐悍驻棘门，宗正刘礼驻霸上，保卫长安。由于周亚夫治军有方最后赢取了胜利，所以他的部队称为细柳营。“武帝边开细柳营”句“武帝”应是作者误记。

②祖逖（266—321），字士稚，范阳遒县（今保定市涞水县）人，东晋军事家。祖逖曾任东晋司州主簿、大司马掾、骠骑祭酒、太子中舍人等职，后率亲党避乱于江淮，被授为奋威将军、豫州刺史。咨嗟盟逝水：指建武元年（317 年），祖逖率领跟随自己南下的宗族部曲百余家，毅然从京口渡江北上，并在大江之中，用力拍击船楫，立誓要扫清中原。此以祖逖精神激励出滇抗日将士。

③终军（约公元前 133—公元前 112 年），字子云，西汉济南人。西汉著名的政治家、外交家。少好学。18 岁被选为博士弟子，受到汉武帝赏识，封“谒者给事中”，后擢升谏大夫。终军曾先后成功出使匈奴、南越。“慷慨誓长缨”典出终军出使南越事。《汉书·严朱吾丘主父徐严终王贾传》：“南越与汉和亲，乃遣军使南越，说其王，欲令入朝，比内诸侯。（终）军自请：‘愿受长缨，必羁南越王而致之阙下。’（我希望陛下赐我一根长绳子，我一定把南越王捆来送到您面前！）（终）军遂往说越王，越王听许，请举国内属。天子大说，赐南越大臣印绶，一用汉法，以新改其俗，令使者留填抚之。”今所谓“战前请缨”的典故就是出自终军出使南越的故事。

④议庭草就平倭诏：典出明神宗平定倭寇之乱后，以《平倭诏》诏

告天下。《平倭诏》义正词严，兹录数语以略见一斑：“东夷小丑平秀吉，猥以下隶，敢发难端，窃据商封，役属诸岛”“仰赖天地鸿庥，宗社阴骘，神降之罚，贼殒其魁”“同恶就歼，群酋宵遁，舳舻付于烈火，海水沸腾，戈甲积于高山，氛浸净扫，虽百年侨居之寇，举一旦荡涤靡遗”“汉家之德威播闻，除所获首功，封为京观，仍槛致平正秀等六十一人，弃尸稿街，传首天下，永垂凶逆之鉴戒，大泄神人之愤心”“我国家仁恩浩荡，恭顺者无困不援；义武奋扬，跳梁者，虽强必戮。兹用布告天下，昭示四夷，明予非得已之心，识予不敢赦之意。毋越厥志而干显罚，各守分义以享太平”。

⑤只待秋风出帝京：典出《汉武故事》，“上幸河东，欣言中流，与群臣饮宴，顾视帝京，乃自作《秋风辞》”。《秋风辞》表达的情感欢快多于伤感。诗人用此典故同样表达了对抗战必胜的喜悦心情与抗战必须付出代价的伤感之情。

⑥“血点”“残军”两句写日军被击败的狼狈相。

⑦波冲城寨留三坂：坂，通阪，小山坡。全句具体写日本被打败了，城寨被波涛冲垮，仅仅剩下三个小山坡。

⑧雨蚀旌旗剩一旄：古代用来装饰旗杆顶部的牦牛尾，全句紧承上句说日本侵略军全军溃败，连军旗也只剩下一根光旗杆顶着牦牛尾了！

⑨岛国：指日本，日本由本州、九州、四国、北海道四个大岛及7200多个小岛组成，故称岛国。传餐：发放食物。呼傀儡：呼唤傀儡（去发放食物）。全句想象日本战败以后全国一片乱象，连百姓的食物都得靠战胜它们的中国人扶持听使唤者（傀儡）发放。

⑩中州帐饮盛蒲桃：蒲桃即葡萄。本句是描写抗日军队打胜仗后在营帐内开怀畅饮葡萄酒庆功。

⑪ 二毫：略同二毛，指斑白头发。

酣战找桥①

鲁道源

风飙电掣马蹄骄，战士挥戈战找桥。
敌忾同仇剑欲吼，倭头各用枪横挑。

银旗山上兽踪绝，太子岭中逆气消[②]。
嘱咐官兵再接厉，最终胜利已非遥。

【作者简介】鲁道源（1898—1985），字子泉，云南昌宁人。1915年3月进云南讲武堂13期步科，1919年10月毕业，以成绩优异留校任少尉队长，1921年9月转任部队中尉排长，后以军功卓越累升至上校团长，1927年元月调升为陆军38军99师第四旅少将旅长，时年仅29岁，为当时最年轻的少将。其后历任国民革命军旅长、师长、副军长、军长、兵团司令等职。1948年9月，授陆军中将衔。鲁道源所率五十八军自1938年8月1日由昆明出发参加抗日，至1945年8月14日日寇宣布投降止，历时七年，参加大小战役五百余次，伤毙敌军约五万，俘获敌军及战利品不计其数，是以世人称该军为常胜军，称鲁道源为常胜将军。1945年9月9日，在南昌代表第九战区接受日军十一军团笠原幸雄率部投降。军旅中创作不辍，有诗《铁峰集》传世。

【注释】

①找桥：找桥村位于江西省宜丰县潭山镇找桥村，与铜鼓、修水、奉新三县接壤，从春秋战国以后，这里就一直是通衢要地。

②银旗山、太子岭：皆地名，两山曾为日寇所盘踞，经找桥之战后，两山之敌被肃清，所以说“兽踪绝”“逆气消”。

战场中秋月夜

鲁道源

弥天烽火过中秋，佳节益思报国仇。
酌酒漫斟胡虏血，献瓜且贡倭奴头。
万家烟火寸心系，半壁河山一战收。
耿耿赤忱盟皓月，愿倾热血奠金瓯[①]。

【注释】

①金瓯：金质盆盂，用以喻疆土之完固，亦用以指国土。

清明节

鲁道源

节届清明荐酒樽，濡毫和泪赋招魂。
成仁将士一抔土，殉难同胞数尺坟。
赣水有灵凭吊唁，中原无处不啼痕[1]。
苍天若不惩戎首，天道于今何处存[2]？

【注释】

①赣水：即赣江，为江西省最大河流，长江下游重要支流之一。

②戎首《风俗通义》："戎者，凶也。"古代中原周边少数民族分为东夷、西戎、北狄、南蛮合称四夷，又贬称鬼戎。周边少数民族与中原经常发生战争，戎又泛指入侵者。此戎首即指日本侵略者的首犯。

（以上三首诗写于 1939 年，均收入作者《铁峰集》）

吊病故道旁士哥同志[1]

伍卓峰

万里长征远塞边，沉疴不起恨绵绵[2]。
粼粼白骨凝荒塚，渺渺黄泉问昊天[3]。
衰草夕阳谁与吊？凄风晦雨我犹怜。
午夜鹃声情最切，啼成血泪洒君前[4]。

（伍卓峰撰于民国三十一年七月二十一日，由陈秀峰先生选录于手稿）

【作者简介】伍卓峰（1911—1952？），广东省中山人，出身城市平民，毕业于广州高等师范学校，后任中学教师。1938 年广州沦陷前，投笔从戎，参加抗战。先后任排长、连长、营长，参加过武汉、徐州会战。1942 年春，伍卓峰随中国远征军途经云南赴缅甸对日作战，任第 6

军第49师少校作战参谋。在战火纷飞的抗日军旅中，亲历惨烈战斗，面对阵亡战友，满怀家国情怀，写下了不少诗作及挽联手稿。中华人民共和国成立后，伍卓峰被关押，含冤于狱中去世。

【注释】

①士哥：犹言士兵哥哥，战友哥哥。本诗乃作者随远征军入缅作战失利后回国途中，经野人山见死难战友白骨森森有感而作。

②沉疴：久治不愈的重病。

③粼粼：原稿作"燐燐"，疑笔误。昊天：意略同皇天或老天爷，我国古人心目中至高无上主宰一切的神，周围的日、月、风、雨诸神都得听其指令。

④君：指荒塚中的死者，即题中所言"士哥吾同志"。

题抱石云台山画卷[①]

徐悲鸿

好事如痴兼画迷，捕风捉影写云台。
若言笔墨精能处，伯仲之间见夏圭[②]。

（选自1944年1月6日昆明《扫荡报》副刊）

【作者简介】徐悲鸿（1895—1953），江苏宜兴人。中国现代美术事业的奠基人，杰出的画家和美术教育家，尤以画马享誉世界。徐悲鸿自幼随父亲徐达章学习诗文书画。1912年在宜兴女子初级师范等学校任图画教员。1916年入上海复旦大学法文系半工半读，并自修素描。先后留学日本、法国，游历西欧诸国，观摩研究西方美术。1927年回国，先后任上海南国艺术学院美术系主任、中央大学艺术系教授、北京大学艺术学院院长。1933年起，先后在法国、比利时、意大利、英国、德国、苏联举办过中国美术展览和个人画展。

【注释】

①傅抱石（1904—1965），我国现代著名的国画家、美术史研究和绘画理论家。傅抱石少年时代饱受艰辛，当过瓷器店学徒和补伞匠。热爱中国传统书画、篆刻艺术，刻苦自学。1921年，傅抱石考入江西第

一师范学校，号“抱石斋主人”，从此走上艺术之路。1933年，傅抱石进入东京日本帝国美术学校研究部，很快以画、文、书、印“四绝”全才崭露头角，尤以山水画见长。1935年7月，傅抱石任教于南京中央大学艺术系。中华人民共和国成立后，傅抱石除在南京师范学院美术系任美术史教授外，先后担任中国美术家协会江苏省分会主席、江苏省国画院院长等职务。云台山画卷系傅抱石名作。云台山位于河南省焦作市修武县境内，拥有十一大景点，是我国著名风景名胜区。

②伯仲：兄弟中老大、老二。伯仲之间即相差无几的意思。夏圭，字禹玉，南宋画家。浙江杭州人。曾任画院待诏。夏圭初学画人物，后改攻山水画，用秃笔带水作大斧劈皴，收到“淋漓苍劲，墨气袭人”的效果。构图常取半边，焦点集中，空间旷大，近景突出，远景清淡，清旷俏丽，独具一格，人称“夏半边”，后人认为此系南宋偏安的写照。夏圭“主张脱落实相，参悟自然”，趋向笔简意远，遗貌取神。画雪景学范宽。后人把他与马远并称“马夏”，合李唐、刘松年称“南宋四家”。传世作品有《溪山清远图》卷、《西湖柳艇图》轴，均辑入《故宫名画三百种》。《遥岑烟霭图》现藏故宫博物院。此句以傅抱石与夏圭相并列，亦有暗讽当局偏安之意。

述　怀（并序）

郭沫若

【作者原序】冰谷先生习医，服务于宪兵司令部医处，与余同寄天官府街为比邻，然未相识也。一日下访，赠诗二章，并出楮素索题[①]。感其意之殷殷，因步原韵，成此二律。余亦习医有年，特憾听觉不敏，以致学而未成。值兹疮痍满目之际，苦无术以图报效，空掉笔墨，于实际毫无裨益。诚自愧之不暇。乃流俗之不察，每谓余与屈、杜相许，特增惶恐耳！兹诗颇见意焉。匪敢言德[②]，聊自解嘲云耳。

归来雌伏古渝州，不羡乘桴学仲由[③]。
笔墨敢令追屈杜，襟怀久欲傲王侯[④]。
巴人扰攘徒趋俗，鬓发零星渐入秋。

国耻靖康臣子恨，等闲白了少年头[5]。
中原满目尽疮痍，愧我当年亦习医[6]。
破阵有人成病疾，临床无术济艰危。
悠悠报国平生志，易易成家白话诗[7]。
可恨耳根清听渺，活人空自羡黄岐[8]。

（选自1944年1月9日昆明《扫荡报》副刊）

【注释】

①楮素：楮树皮是造纸原料，故以楮为纸的代称。素是洁白的生绢，即古时用以写字的“帛”。楮和素都是文字载体。故此借指纸。

②匪：通非。

③雌伏：隐藏，退居，无为，屈居人下，无所作为的意思。可与今四川人所谓“雄起”互为反义词。渝州：隋初改楚州为渝州，治巴县，即今重庆。后遂以渝为重庆的简称。乘桴：指乘坐竹木小筏，出自孔子的《论语·公冶长》：“子曰：‘道不行，乘桴浮于海。从我者，其由与？’子路闻之喜。子曰：‘由也好勇过我，无所取材。’”“由”即仲由，字子路，是孔子弟子中勇气过人者。孔子极力推行自己的礼制、德政主张。但他也担心自己的主张行不通，打算适当的时候乘筏到海外去。他认为子路有勇，可以跟随他一同前去，但同时又指出子路的不足乃在于仅有勇而已。

④久欲：又作“早自”。屈杜：屈原与杜甫，本诗序言：“流俗之不察，每谓余与屈杜相许。”说世人常常将作者比作屈原与杜甫。傲王侯：藐视王侯，以狂傲的态度对待王侯。

⑤国耻靖康臣子恨，等闲白了少年头：语出岳飞《满江红》：“靖康耻，犹未雪。臣子恨，何时灭？”“莫等闲、白了少年头。”借指日寇入侵，国破家灭的耻辱尚未洗雪，自己却老了。

⑥郭氏初留学日本时学医，后因听力弱而弃医从文。

⑦易易：很容易。

⑧黄岐：中医学经典《黄帝内经》以黄帝问，岐伯（中医学祖师）答的形式写成，后借指医术。

舍予兄创作二十周年

郭沫若

吾爱舒夫子，文章一代宗。
交游肝胆露，富贵马牛风。
脱俗非辟隐[①]，逃名岂畏穷？
国家恒至上，德业善持中。
寸舌含幽默，片言振聩聋[②]。
民间风广采，域外说宏通。
阔步谢公屐，高歌京洛钟[③]。
更因豪饮歇，还颂万年松[④]。
舍予兄创作二十周年　弟郭沫若

（选自 1944 年 10 月 16 日昆明《扫荡报》副刊）

【注释】

①辟隐：又作关隐。辟隐：即避隐。远避尘世而隐居。非关隐，即不关隐居之事，与隐居不相干。皆可通。

②寸舌：又作寸楮，意胜。寸楮意略同一小片纸。参阅《述怀》“楮素”注。振，又作震，意胜。

③阔步：又作健步，意胜。谢公屐：指谢灵运（385—433）登山时穿的一种木鞋。谢灵运好游山水，制作出一种“上山则去前齿，下山去其后齿”的木屐，后人称之为“谢公屐”。谢灵运为东晋末年刘宋初年的文学家，诗人。是第一个大量创作山水诗的诗人。其诗与颜延之齐名，并称“颜谢”。谢灵运幼年便颖悟非常，《宋书》本传称其“少好学，博览群书，文章之美，江左莫逮”。谢灵运在朝不得志，曾外任永嘉太守、临川内史等职。与族弟谢惠连、东海何长瑜、颍川荀雍、泰山羊璇之，以文章赏会，共为山泽之游，时人谓之四友。后因罪徙广州，密谋使人劫救自己，事发，于元嘉十年（433）弃市，时年四十九岁。京洛钟：又作惊洛钟，意略胜。洛指洛阳。京洛：原意为“京城洛阳”，因洛阳从夏代开始频繁作为都城，历代多沿用。后特化为“都城”的意思，不必专指洛阳一城。班彪《冀州赋》：“夫何事于冀州……遂发轸於京洛，临孟津而北厉。”班固《东都赋》：“子徒习秦阿房之造天，而不知京

洛之有制也。”蔡邕《述行赋》：“遂发轸于京洛，临孟津而北厉”。曹植《名都篇》：“名都多妖女，京洛出少年。”宋代范仲淹《和葛闳寺丞接花歌》：“众中忽闻语声好，知是北来京洛人。”司马光《遣兴》：“京洛红尘里，闭门常独居。”等皆可为其证。洛钟：洛阳钟鸣。西汉时期，皇宫未央宫前殿钟无故自鸣，三天三夜不停止。汉武帝召问东方朔，东方朔回答说铜是山之子，山为铜之母，钟响就是山崩的感应。三天后，南郡太守上书说山崩了二十多里。“铜山西崩，洛钟东应”遂成为典故。此句极言老舍的名声之大，犹如洛钟震天。

④万年松：又作“后凋松”，意胜。寒冬腊月，松与柏在其他树木之后落叶。语出《论语·子罕》：“岁寒，然后知松柏之后凋也。”

湖滨村居

刘尧民

岸柳萧疏弄晚晴，
伊嘎柔橹带离声。
平湖落叶秋如许，
袅袅西风似洞庭。

无酒无人百感萦，
听风听水纵横横。
装压赖有书千卷，
天海茫茫慰此伧[①]。

（选自1944年11月15日《云南晚报》）

【作者简介】刘尧民（1898—1968），云南会泽县人，中国当代社会科学家。从1942年起，历任云南大学中文系教授、中文系主任。1956年加入九三学社，1959年2月在第三次社员大会上被选为九三学社昆明分社副主任委员并兼任秘书长。政协云南省第二、三届委员。刘尧民曾经担任《政报》《均报》的编辑。著有《孔子哲学》《词与音乐》《废墟诗词》《关于〈天问〉》《诗经研究》《楚辞研究》《先秦文学史》《上古文学史》等著作，在学术研究方面颇有建树。诗也写得很好，由以上两首绝句和会泽金钟山文昌宫题诗可见一斑。会泽金钟山文昌宫题诗："梵王座下万株松，俯瞰孤城夕照红。山水无情人易老，十年归梦绕群峰。"

【注释】

①伧（cāng）：庸碌的人生。

滇缅战场记事诗（四首）

李根源

孟关之捷

几度冲锋入孟关，
兵威震撼野人山。
孟光在望麾前进①，
不使虾夷片甲还②。

【作者简介】李根源（1879—1965），字印泉，又字养溪、雪生，号曲石，别号高黎贡山人，云南腾冲人（生于今梁河县九保镇）。1903年入昆明高等学堂。次年留学日本，先后毕业于振武学堂与士官学校。1905年加入同盟会，次年春任云南留日学生同乡会会长，《云南杂志》社经理。1909年回国，任云南陆军讲武堂监督兼步兵科教官，不久升任总办。武昌起义后，与蔡锷等发动昆明重九起义，成立云南军政府，任军政总长兼参议院院长，继任云南陆军第二师师长兼国民军总统。后参加"二次革命"，反袁世凯称帝活动和"护法"斗争等革命运动。1923年，李根源因反对曹锟贿选总统，退出政坛，隐居苏州。抗日战争爆发后，李根源积极投入抗日救亡运动，与张仲仁等倡议组织老子军。不久离开苏州去内地。1942年夏，任云贵监察使，为滇西抗战的胜利做出重大贡献。1945年初，抗战胜利，李根源辞去了云贵监察使之职，回到家乡云南腾冲，积极倡导修建腾冲国殇墓园。经过半年多的努力，国殇墓园完工后，又在园中建了忠烈祠、纪念塔、纪念碑。国民党要人蒋介石、于右任、何应钦、卫立煌及二十集团军将领都题了词。腾冲抗战中牺牲的军队官兵和民工的名字，都刻于碑上。

【注释】

①孟光：即孟关，今写作猛硔或孟拱，在缅甸境内。元代设路，置军民府，即唐时之西安城。

②虾夷：指日军。1943 年 10 月，史迪威指挥新 22 师、30 师、38 师，自印度向胡康地区发动攻势。12 月 30 日攻下于邦，1944 年 1 月 20 日攻下泰洛，2 月 1 日攻下白卡，3 月 5 日攻下孟关。

攻克猛硔

一麾夺得孟光回，
伊水烟霾渐拨开。
我臆鬼雄李文秀[①]，
也应默佑老乡来。

【注释】

①李文秀：光绪十一年（1885），保山李文秀奉岑毓英命援缅，与英人战，死守猛硔月余，中炮弹折一腿，殁于猛硔之关庙，遂葬之于猛硔。其部卒死者五百余人。事载《滇中琐记·罗生山馆集》，《永昌府文征》中有《李文秀传》。

腾冲克服[①]

锦绣名城作炮灰，
倭鬼无一得生回[②]。
两年受尽沦胥苦，
何幸今朝战转来！

【注释】

①原注：三十三年（1944）九月十四日。

②原注：敌五十六师团。

龙陵克服[①]

电掣雷轰迫不停，
潞龙江水涤余腥。
弯弓直射花球落[②]，

旦夕会师出宛汀[3]。

（选自1945年1月14日昆明《中央日报》，原13首，此选录4首）

【注释】

①原注：三十三年（1944）九月七日克松山，十一月三日克龙陵。

②原注：花球为故山名。

③宛汀：即畹町。

乡 思

老 舍

茫茫何处话桑麻？破碎山河破碎家[1]。
一代文章千古事，余年心愿半庭花[2]。
西风碧海珊瑚冷，北岳霜天羚角斜[3]。
无限乡思秋日晚，夕阳白发待归鸦。

（选自1946年4月18日《和平日报》。选录者注：名作家老舍先生及名剧作家曹禺先生应美国国务院之聘请飞美讲学，重庆文协总会特举行鸡尾酒招待会，到（会）作家郭沫若、茅盾、华林等数十人，情况热烈。老舍先生以此次出国，一年始返。一增故国之思，席间，出手近作《乡思》，并向好友示别。）

【说明】老舍于1945年底在重庆写成这首七律，先发表于1946年4月18日《和平日报》，后收入《老舍自传·望北平》。创作此诗时，中国山河破碎、民不聊生。为此，诗人愁思满怀，百感交集，因而更加怀念家乡的田园之乐。诗中抒发了不求文坛一逞，但愿求得安居乐业的情思。诗人由此进一步展开想象，似看到北国故园的凄冷景象。于是，在秋日的夕阳下，诗人发出无以排解的思乡慨叹。万般无奈，只有任夕阳斜照自己的华发，翘首仰望日暮归巢的老鸦。诗人心中的悲苦酸痛，都借助于“西风”“霜天”“夕阳”和“归鸦”等典型景物表现出来。

【注释】

①桑麻：泛指农作物或农事。如陶渊明《归园田居》诗之二：“相

见无杂言，但道桑麻长。”孟浩然诗《过故人庄》：“开轩面场圃，把酒话桑麻。”

②一代文章千古事：引用自杜甫《偶题》诗句：“文章千古事，得失寸心知。”

③北岳：恒山，亦名“太恒山”，又名“元岳、紫岳、大茂山”，海拔2017米，与东岳泰山、西岳华山、南岳衡山、中岳嵩山并称为五岳。羚角斜：原注：山羊、绵羊遇大风即低头斜视而行，故角斜。

茅屋诗存（三首）

恨　水

哀越人

隐去陶朱跨鹤才①，遨游世外亦豪哉！
谁知千万缠腰物②，点滴脂膏聚得来。

哀宋人

直把杭州当汴梁，西湖歌舞又平常③。
城门闭后开言路，痛哭伤心话靖康④。

哀明人

但叫马阮不高封，三镇何离共建功⑤。
不及满清多尔衮，尚知可法是英雄⑥。

（选自1946年5月3日《观察报》）

【作者简介】恨水，即张恨水（1895—1967），原名心远，笔名恨水，取南唐李煜词《乌夜啼》“自是人生长恨水长东”之意。张恨水是著名章回小说家，也是鸳鸯蝴蝶派代表作家。被尊称为现代文学史上的“章回小说大家”和“通俗文学大师”第一人。作品情节曲折复杂，结构布局严谨完整，将中国传统的章回体小说与西洋小说的新技法融为一体。更以作品多产出名，他五十几年的写作生涯中，创作了一百多部通俗小说，其中绝大多数是中、长篇章回小说，总字数近两千万言。

【说明】这三首诗发表于抗战胜利后八个多月。但据其题目《茅屋诗存》及内容可肯定创作于抗战期间。三首诗均为借古讽今而作。

【注释】

①陶朱：范蠡，字少伯，春秋时越国大夫，帮助越王勾践兴越灭吴，一雪会稽之耻后，功成身退，化名姓为鸱夷子皮，变官服为一袭白衣泛一叶扁舟于五湖之中，遨游于七十二峰之间。期间三次经商成巨富，三散家财，自号陶朱公。世人誉之："忠以为国，智以保身，商以致富，成名天下。"跨鹤：乘鹤，骑鹤。道教认为得道后能骑鹤飞升。

②缠腰物：狭义指金钱；广义指财富。

③这两句从林升《题临安邸》中"西湖歌舞几时休""直把杭州作汴州"化出。《题临安邸》"山外青山楼外楼，西湖歌舞几时休？暖风熏得游人醉，直把杭州作汴州。"汴梁：即汴州（今河南省开封市），北宋京城。隐含抗战期间某些达官贵人躲在大后方花天酒地。

④城门闭后开言路，痛哭伤心话靖康。北宋徽钦二宗不事抗金，到靖康元年（1126）金兵逼近都城汴梁，才关起城门研究对策，为时已晚。次年四月，二帝被金兵掳去，受尽屈辱。但宋都南迁杭州后，高宗与臣僚们忘了靖康之耻而过着花天酒地的奢靡生活。只有百姓"痛哭伤心话靖康"了。

⑤马阮：指马士英和阮大铖。马士英（约1591—1646），字瑶草，贵州贵阳人，明末凤阳总督，南明弘光朝内阁首辅。阮大铖（1587—1646）字集之，号圆海、石巢、百子山樵。桐城（今安徽枞阳藕山）人。明亡后在福王朱由崧南明朝廷中官至兵部尚书，与马士英狼狈为奸，对东林、复社文人大加迫害，南京城陷后乞降于清，后病死于随清军攻打仙霞关的石道上。所作传奇今存《春灯谜》《燕子笺》《双金榜》和《牟尼合》，合称"石巢四种"。三镇：指刘良佐、高杰、刘泽清。刘良佐：字明辅，山西大同左卫人。与高杰同是李自成麾下战将，崇祯十一年（1638）十月，投降明军，封广昌伯。刘泽清：曹县人。明末大将，任总兵官、左都督。清兵入关后，刘泽清与刘良佐、高杰、黄得功同为福王政权江北四镇之一，刘泽清封东平伯，驻庐州。后刘良佐、高杰降清；刘泽清亦降清，清廷以其反复无常而杀之。

⑥多尔衮（1612—1650）：爱新觉罗·多尔衮，努尔哈赤第十四子，皇太极之弟。清朝入关初期的实际统治者。1626年封贝勒。1636年，因战功封和硕睿亲王。1643年辅政，称摄政王。1644年指挥清军

入关，清朝问鼎中原，先后封叔父摄政王、皇叔父摄政王、皇父摄政王。1650 年去世，追尊为成宗义皇帝。1778 年，乾隆帝为其上睿亲王封号，评价其“定国开基，成一统之业，厥功最著”。可法：史可法（1601—1645），字宪之，又字道邻，祥符（今河南开封）人。明末南京兵部尚书东阁大学士，因抗清被俘，不屈而死。南明朝廷谥之忠靖。清高宗追谥忠正。其后人收其著作，编为《史忠正公集》。

怒江行杂咏（三首）

梅　夫

春　讯

南国天时无寒暑，深冬暖意满云关。
草林不待春风至，嫩绿已铺万叠山。

渡澜沧[1]

迤逦山形曲曲流，狐狼迹印遍沙洲[2]。
寂寞沧江碧浪滚，三峡猿啼同此愁[3]。

赞保山[4]

钥锁西陲控两江，富饶三迤势无双[5]。
民兵苦战凭天险，一战成功敌寇降。

（选自 1946 年 5 月 19 日《民意日报》副刊《人生》）

【作者简介】梅夫，即普梅夫（1908—1989），1908 年出生于云南省建水县。20 世纪 20 年代开始有作品发表，出版过诗集《磨剑集》。

【注释】

①澜沧：澜沧江，是湄公河上游在中国境内河段的名称，主干流总长度 2139 公里，是我国西南地区的大河之一，是世界第九长河，亚洲第四长河，东南亚第一长河。澜沧江流经青海、西藏和云南三省，在云南省西双版纳自治州勐腊县出境成为老挝和缅甸的界河后始称湄公河。

②迤逦：曲折绵延的样子。狐狼迹印：喻指日寇践踏的痕迹。

③三峡猿啼：用李白《早发白帝城》“两岸猿声啼不住”作比较。

④保山：今保山市，古称永昌，位于云南省西南部，市府所在地距省会昆明486公里，外与缅甸山水相连，国境线长167.78公里。

⑤两江：澜沧江、怒江。三迤：清朝雍正年间先后在云南设置迤东道、迤西道和迤南道，即三迤。此后即以三迤代称云南。

临江仙

秦　筝

桃花落尽春光老，
空余芳草低迷。
斜风习习雨霏霏，
清明过了，
回首思依依。

景物年年相似，
离怀别恨重重。
高歌一曲来熏风，
故乡何处？
隐约暮云中。

1946年4月2日于昆明

（选自1946年6月8日《民意日报》）

送某将军赴美诗①

田　汉

十一万人声已吞，焚香何处叩天阍？
辚辚百辆车如水，载得黄金出玉门②。
十年荼毒几冤禽，一片天山曷丧吟？
万石骨灰千石血，将军端合长农林③。

（原说明节略）

海天万里且披襟，十斛黄金买美金。
何国若逢希特勒，天涯应喜遇知音。
闻将军作新大陆壮游，大批收购美金。

（选自1945年8月15日《观察报》副刊）

【作者简介】田汉（1898—1968），原名寿昌，曾用笔名伯鸿、陈瑜、漱人、汉仙等，湖南省长沙县人。话剧作家、戏曲作家、电影剧本作家、小说家、诗人、歌词作家、文艺批评家、社会活动家、文艺工作领导者。中国现代戏剧的奠基人。多才多艺，著作等身。早年留学日本，20世纪20年代开始戏剧活动，写过多部著名话剧，成功地改编过一些传统戏曲。他还是中华人民共和国国歌《义勇军进行曲》的词作者。

【注释】

①原注："某将军，指当时国民党新疆省主席盛世才。"盛世才（1895—1970），一说（1886—1970），字晋庸，原名振甲，又字德三。辽宁省开原市人。属汉军旗人。中央军校第九分校（新疆分校）上将主任，国民政府国防部上将参议。苏联共产党将领，1933年—1944年为新疆军事、政治首领，有"新疆王"之称。

②诗人原注：将军在新（疆）十年，共屠十一万人。行时万家焚香送行。将军派人替民家保存金珠得若干万两。

③长：原注：音涨（zhǎng），任职。长农林即担任农林部长，因骨灰与血肉是上好肥料。所以盛世才最适合当农林部长。

西 庄[1]

刘文典

西庄地接板桥湾[2]，
小巷斜临曲水间。
不尽清流通滇海，
无边爽气挹西山。
云含蟾影松阴淡，
风送蛩声苇露寒。
稚子候门凝望久[3]，
一灯遥识阿爷还。

（选自1946年6月11日《民意日报》副刊）

【作者简介】刘文典（1889—1958），现代杰出的文史大师，校勘学大师与研究庄子的专家。原名文聪，字叔雅，笔名刘天民。安徽合肥人，原籍安徽怀宁。历任北京大学教授、安徽大学校长、清华大学国文系主任。1938年至昆明，先后在西南联大、云南大学任教。终生从事古籍校勘及古代文学研究和教学。所讲授课程，从先秦到两汉，从唐、宋、元、明、清到近现代，从希腊、印度、德国到日本，古今中外，无所不包。专长校勘学，版本目录学，唐代文化史。著有《淮南鸿烈集解》《庄子补正》《三余杂记》等。1958年7月15日病逝于昆明。

【注释】

①西庄：西庄火车站。当时作者住在官渡六谷村，每次到联大上课，都要从六谷村走几公里路到西庄火车站乘坐火车到昆明火车南站，再步行到联大上课，晚上常常还要赶回家。

②板桥湾：指昆明东郊小板桥。

③稚子：作者之子刘平章。当时正年幼，每日倚门等候父亲归家。

天兵行

刘文典

三十三年秋闻我军渡江而作[①]。
雪山万尺点苍低，七萃军声失马蹄[②]。
海战才闻收澳北，天兵已报过泸西[③]。
春风绝塞吹芳草，落日荒城照大旗。
庾信生平萧瑟甚，穷边垂老听征鼙[④]。

（选自1947年9月7日《西南导报》第一期。此诗曾于1946年6月11日在《民意日报》上发表过，当时未注明“三十三年秋闻我军渡江而作”。）

【注释】

①三十三年秋闻我军渡江而作：民国三十三年（1944）夏，中国军队五十三军、五十四军及预备二师、三十六师进攻滇西，并策应密支那作战。于五月十一日强渡怒江，至九月十四日全歼腾冲日寇，收复腾冲。本诗应是闻收复腾冲之喜讯后的作品。

②雪山：指高黎贡山。当年率军强渡怒江的霍揆彰将军写道：“高黎贡山绝顶，形势险峻，气候恶劣，积雪不化，鸟兽绝踪。”点苍：大理苍山。七萃：本指周天子的禁卫军，泛指天子的禁卫军或精锐的部队。

③收澳北：1942年底1943年初，盟军取得在澳洲北部收复戈纳、布纳、萨纳南达，歼灭日军的重大胜利。泸西：泸水（怒江）之西。

④庾信生平萧瑟甚：庾信（513—581），字子山，小字兰成，北周南阳新野（今属河南）人。宫体文学的代表作家。侯景叛乱时，庾信逃往江陵，辅佐梁元帝。后奉命出使西魏，在此期间，梁为西魏所灭。庾信被留在北方，官至车骑大将军、开府仪同三司；北周代魏后，更迁为骠骑大将军、开府仪同三司，封侯。一直不能回南方。所以，庾信怨愤终老。著有《庾子山集》。杜甫《咏怀古迹五首》之一：“庾信平生最萧瑟，暮年诗赋动江关。”刘文典本诗直接引用清人边连宝（1700—1773）《秋柳》“庾信生平萧瑟甚，吟成枯树泪沾颐”原句。穷边：指边疆云南。征鼙：出征的鼓声。也用以比喻战事。

筇竹寺望五华山及昆明[1]

欧元培

筇竹山高断复连，五华青影白云间。
轻帆掩映斜阳外，湖光万里水连天[2]。

（选自1946年11月16日《民意日报》副刊《人生》）

【作者简介】欧元培（1927—），云南盐津人，云南省水利厅退休干部，曾任中学语文教师多年。中国语言学会会员，昆明金碧诗社会员，云南省老干部诗词协会会员，中华诗词文化研究所研究员，中华诗词协会特聘导师。在《翠湖春晓》《老兵诗刊》《滇海求珠集》《紫薇诗简》等诗刊发表诸多诗词。著有诗词集《霜叶诗草》《青山吟稿》《霜叶斋诗词选》等。

【注释】

①筇竹寺：筇竹寺位于昆明西北郊玉案山上，距城区12公里。该寺闻名遐迩，一因环境清幽，大雄宝殿角上立有一块元朝延右三年（1316）立的圣旨牌，其内容为敕封该寺住持玄坚为“头和尚”，要求官员军民予以保护，并赐存《大藏经》。二是由于寺内保存着光绪年间四川杰出民间雕塑家黎广修耗时整整六年完成的五彩泥塑艺术珍品五百罗汉彩塑。五华山：位于昆明城内，是昆明城区的最高点，现为云南省人民政府所在地。

②湖光：指滇池的波光。

虞美人

马昌平

物价涨到何时了？
薪水加多少？
小儿昨夜又惊风，

签请借支尚在审核中。

八年创痕应犹在，
只是容颜改。
问君还有几多愁？
年华似水不为好人留！

（选自1946年11月24日《正义报》）

【说明】此《虞美人》套用李煜《虞美人》原词句写成。附录：李煜《虞美人》原词："春花秋月何时了？往事知多少？小楼昨夜又东风，故国不堪回首月明中。雕栏玉砌应犹在，只是朱颜改。问君能有几多愁？恰似一江春水向东流。"

词二首

佚　名

忆王孙（步秦观原韵）[1]

行年稍长小儿孙，
闻道拉丁吓断魂[2]。
哭叫声声不忍闻。
未黄昏，
邻舍家家深闭门。

捣练子

南舍避，
北邻空，
一阵敲门一阵凶。
神泣鬼号人不寐，
拉丁搜索到房中。

（选自1946年12月12日《正义报》）

【注释】

①秦观（1049—1100），字少游，一字太虚，号淮海居士，别号邗沟居士，“苏门四学士”之一。扬州高邮（今属江苏）人。北宋著名词人。秦观《忆王孙》原文：“萋萋芳草忆王孙，柳外楼高空断魂。杜宇声声不忍闻。欲黄昏，雨打梨花深闭门。”

②拉丁：抓壮丁。

采桑子（二首）

陈衡哲

【作者原序】三十一年前，曾在康桥寄寓二月，其时朋友间能以气节道义相砥砺，以救国为己任。今国事糜烂至此，追念昔日抱负。不禁怆然泪下。作此以写我忧。

卅年旧事心头涌，
灯月交辉，
花影低回，
夜半清池踏月归。
而今两鬓飘霜雪，
心事凄迷，
国事危疑，
瞻遍人寰事事非。

当年意气期相许：
“待我归来，
看我安排。
会见桑麻遍地[1]！”
而今遍地栽枯骨，
国本全催，
国誉全亏。

旧誓昭昭两泪垂[②]。

（选自1947年7月19日《龙门周刊》第六十七期）

【作者简介】陈衡哲（1890—1976），笔名莎菲，祖籍湖南衡山，1914年考取清华留美学额后赴美，先后在美国沙瓦女子大学、芝加哥大学学习西洋史、西洋文学，分获学士、硕士学位。1920年被聘为北京大学教授，讲授西洋史。1920年9月27日与任鸿隽结婚。后任职于商务印书馆、东南大学、四川大学。著有短篇小说集《小雨点》《衡哲散文集》《文艺复兴史》《西洋史》及《一个中国女人的自传》等。中华人民共和国成立后任上海市政协委员，1976年去世。陈衡哲是我国新文化运动中最早的女学者、作家、诗人，也是我国第一位女教授，有"一代才女"之称。

【注释】

①桑麻遍地：本指农业丰收，此实指经济繁荣景象。

②旧誓：指作者当年"待我归来，看我安排。会见桑麻遍地"的宏愿。

获　稻

范义田

茫茫白露霜作花，
穗穗黄金映暮霞。
新磨镰刀趁晓月，
旋舂脱粒荐秋瓜。
穰穰空有豚蹄祝[①]，
嚷嚷难禁硕鼠牙[②]。
国课催人田赋急[③]，
晚风凄凉响连枷[④]。

1947年秋

【作者简介】范义田（1909—1968），字楚耕，丽江石鼓人。曾往延安追求真理，因病返滇治疗。后专意著述，有《云南古代民族历史之分析》《论诗经》《论屈原》等论著。

【注释】

①穰穰空有豚蹄祝：语出《史记·滑稽列传》：“（一祈祷者）操一豚蹄酒一盂，祝曰：‘瓯窭满篝，污邪满车，五谷蕃熟，穰穰满家。’”说祈祷者祭品微薄，而想要得到的回报却很多。用以讥讽那些不愿付出或只愿少付出却想获取丰厚回报的人。此处反其意而用之，指人民的期盼落空。

②硕鼠：《诗经·国风·魏风·硕鼠》：“硕鼠硕鼠，勿食我黍！三岁贯女，莫我肯顾。”用硕鼠比喻贪得无厌的剥削者。

③国课、田赋：泛指国家赋税与地主田租等加在人民身上的负担。

④连枷：一种农具，由一个长柄和一组平排的竹条或木条构成，用来拍打稻谷物、麦类、豆类、芝麻等，使籽粒脱落。

忆江南

易　乙

今何世？搔首问苍天：壮丁沙场暴白骨，谁个所使然？
哄与骗，金元又银圆。无辜小民哭物价，谁个所使然？

（选自1948年3月6日《正义报》副刊《星期评论》）

感怀即柬揆兄

梅绍农

黄金巨浪正交攻，
冷淡生涯我辈穷。
放眼人间少傲骨，

投机世上多英雄。
但能致富成骄子，
自必攀援来钜公①。
世态炎凉君莫问，
伧夫此日尽封翁②。

（选自《龙门周刊》第119期，1948年7月31日经作者改动过二字。）

【作者简介】梅绍农（1903—1992），原名宗黄，号南村，笔名梅逸，晚年因隐居白沙坡脚而自称白沙老人，云南禄劝县屏山镇人。梅绍农早慧，酷爱诗词。14岁考入昆明私立成德中学，1923年考入东陆大学（云南大学前身）。当时大学文科教授袁嘉谷先生见其旧作《古番楼诗稿》，大喜，在其所著《卧雪诗话》一书中称："绍农诗如翔鹤丽天，飞鸿戏海，往往得自然之妙。"又云："绍农诗如桑麻闲话，字字皆真。"并在诗卷批词中有"嵌奇之致，日进无已，再读太白明远之作，扩充其才，他日让汝出一头地"之语。袁先生编印《东陆诗选》一、二集，梅绍农均名列第一，可谓厚爱备至。梅绍农在大学攻读期间，与同学李纤等人组织《云波》文学社，出版刊物《云波》，并与李分任总编。梅负责诗歌，李负责小说散文。《云波》一出刊，轰动一时。除云南外，《云波》传到上海、北京、广州等其他省市，全国青年作者、读者纷纷投稿和订阅。1927年，梅绍农毕业于东陆大学，先后任宜良中学、南菁学校、昆华工校教师，省立武定中学校长，省教育厅秘书等职。中华人民共和国成立后，梅绍农曾任禄劝临时人民政府秘书，并当选为县州两级人民代表。1957年组建禄劝文化图书馆兼任馆长。1984年当选为禄劝县政协副主席，连任三届。1992年11月23逝世。梅绍农自编有《还我斋诗存》《醉红楼词存》两部凡千余首旧诗词传世。诗界有"云南诗魁"（马子华语）之誉。

【注释】

①钜公：钜通巨，巨公指天子。《汉书·郊祀志上》："上（汉武帝）遂东巡海上，行礼祠八神。齐人之上疏言神怪、奇方者以万数，乃益发船，令言海中神山者数千人求蓬莱神人。公孙卿持节常先行候名山，至东莱，言夜见大人，长数丈，就之则不见，见其迹甚大，类禽兽云。群臣有言见一老父牵狗，言'吾欲见巨公。'已忽不见。"颜师古注引张晏云："天子为天下父，故曰钜公也。"后钜公用以指王公大臣、达官贵人。宋张世南《游宦纪闻》卷十："一时元老钜公，多出其门。"

梅氏这两句诗的意思是：只要你能发财致富，就会成为天之骄子，自然就能招徕达官贵人来攀附你。

②伧（cāng）夫：贫贱的粗汉。封翁：封建时代因子孙显贵而受封典的人。梅氏这两句诗的意思是：纵虽你是贫贱粗鲁之徒，只要你能发财致富，不管他什么世态炎凉，你的老子也就是封建社会中因子孙贤达而受封典的老太爷了。

七月十五日即事

马　曜

正气真存不帝秦①，
刀光剑影警鸡鸣②。
悬空万目睽睽处，
知是田横五百人③。

（选自1948年12月国立云南大学丛书版，马曜《芘湖精舍诗初集》）

【作者简介】马曜（1911—2006），白族，云南洱源县人。1940年西南联合大学中学教师进修班毕业，从事教育、民族工作和学术研究60年，先后任云南民族学院院长、名誉院长、教授。是中国现代教育家、历史学家、民族学家和诗人。主要有《云南古代史》《白族简史》《白族异源同流说》，《庄蹻起义与开滇的历史功绩》《云南简史》和《孔子评论》《马曜学术论著自选辑》等论著。

【注释】

①不帝秦：鲁仲连成功劝阻辛垣衍游说赵国帝秦故事。赵孝成王六年（公元前260年），秦于长平大败赵军，秦将白起坑杀赵国降卒四十余万，诸侯震恐。前258年，秦昭襄王为了达到称帝的目的，派重兵包围赵国都城邯郸。魏安釐王获知此消息，急忙派大将晋鄙驰援赵国。秦昭襄王得知魏出兵救赵，去信恐吓魏王：谁救赵先攻谁！魏王动摇了救赵决心，命令晋鄙停止前进，既摆出救赵的样子，又不敢贸然采取行动。同时派魏将辛垣衍秘密潜入邯郸，想通过赵相平原君赵胜说服赵孝成王一起尊秦为帝，以屈辱换和平，以解邯郸燃眉之急。平原君心急如焚却

束手无策。这时鲁仲连主动去见辛垣衍，生动形象而又透辟地阐明了帝秦的害处，终于让辛垣衍拜服，不敢复言帝秦。而“秦将闻之，为却（往后退）军五十里。”解除了邯郸之围。

②警鸡：报警之鸡。

③田横：秦末群雄之一，原为齐国贵族，在陈胜起义后，田横与兄田儋、田荣也反秦自立，兄弟三人先后占据齐地为王。汉高祖刘邦统一天下后，田横不肯称臣于汉，率五百门客逃往海岛，刘邦派人招抚，田横被迫乘船赴洛，在途中距洛阳三十里地自杀。海岛五百部属闻田横死，亦全部自杀。

金缕曲

郁达夫作 李梨抄

（郁达夫未刊诗）

兄弟平安否？
记离时，都门击筑，汉皞赌酒[①]。
别后光阴过隙，又是一年将旧。
怕说与说来病瘦[②]。
我是无能甘薄命，最伤心，母老妻儿幼。
身后事，赖良友。

半身积存风双袖[③]，
悔当初，千金买笑，量珠论斗！
往日牢骚今懒发，发了还愁无丑[④]？
且莫问文章可有[⑤]？
即使续成秋柳稿，语荒唐，要被方人咒[⑥]。
言未尽，弟顿首。

（选自 1949 年 6 月 4 日《龙门周刊》第 158 期）

【作者简介】郁达夫（1896—1945），原名郁文，幼名荫生，字达夫，幼名阿凤，浙江富阳人，中国现代著名小说家、散文家、诗人。代表作《沉沦》《故都的秋》《春风沉醉的晚上》《过去》《迟桂花》等。

【说明】此“金缕曲”下又有正题为《时病杭州寄北京丁巽甫杨金甫》或《寄北京丁巽甫杨金甫仿顾梁汾寄吴季子》者。

丁巽甫即丁西林（1893—1974），原名丁燮林，字巽甫。江苏省泰兴县人，1913 年毕业于上海交通部工业专门学校，1914 年入英国伯明翰大学攻读物理学和数学。1920 年归国，历任北京大学物理系教授、国立中央研究院物理研究所所长。是我国著名现代剧作家、物理学家和社会活动家。

杨金甫即杨振声（1890—1956），字今甫，笔名希声，山东蓬莱人。曾任国立青岛大学（今山东大学）校长。是我国现代著名教育家、作家、教授。

顾梁汾即顾贞观（1637—1714），原名华文，字远平、华峰，亦作华封，号梁汾，江苏无锡人。清代文学家。明末东林党人顾宪成四世孙。康熙五年（1666）举人，擢秘书院典籍。曾馆纳兰相国家，与相国子纳兰性德交契，康熙二十三年（1684）致仕，读书终老。工诗文，词名尤著，著有《弹指词》《积书岩集》等。顾贞观与陈维嵩、朱彝尊并称明末清初“词家三绝”，同时又与纳兰性德、曹贞言共享“京华三绝”之誉。

吴季子即吴兆骞（1631—1684），字汉槎，号季子，吴江松陵镇（今属江苏苏州）人。顾贞观之挚友。少有才名，与华亭彭师度、宜兴陈维菘有“江左三凤凰”之誉。因顺治十四年科场案，无辜遭累，遣戍宁古塔二十三年。诗作慷慨悲凉，独奏边音，因有“边塞诗人”之誉，著有《秋笳集》。

顾梁汾《寄吴季子》凡二首：

其一：“季子平安否？便归来平生万事，那堪回首！行路悠悠谁慰藉？母老家贫子幼。记不起，从前杯酒。魑魅搏人应见惯，总输他、覆雨翻云手。冰与雪，周旋久。　　泪痕莫滴牛衣透，数天涯、团栾骨肉，几家能彀？比似红颜多薄命，更不如今还有。只绝塞、苦寒难受。廿载包胥承一诺，盼乌头马角终相救。置此札，君怀袖。”

其二：“我亦飘零久，十年来深恩负尽，死生师友。宿昔齐名非忝窃，试看杜陵穷瘦。曾不减夜郎僝僽。薄命长辞知己别，问人生到此凄凉否？千万恨，为兄剖。　　兄生辛未吾丁丑，共些时冰霜摧折，早衰蒲柳。词赋从今须少作，留取心魂相守，但愿得河清人寿。归日急翻行戍稿，把空名料理传身后。言不尽，观顿首。”

【注释】

①“都门击筑”后作者注有“（丁）”，本句当指丁巽甫曾为作者悲歌送别。筑是古代一种弦乐器，其形似筝，以竹尺击之，声音悲壮。《史记·刺客列传》：“太子（丹）及宾客知其事者，皆白衣冠以送之。至易水之上，既祖，取道。高渐离击筑，荆轲和而歌，为变徵之声，士皆垂泪涕泣。”后以“击筑”喻指慷慨悲歌或悲歌送别。汉皞：一作汉皋，是也。汉皋本系湖北襄阳西北一座山名，因借作汉口的别称。又“汉皋赌酒”句后作者注有“（杨）”，本句当指杨金甫曾与作者一起在汉口赌酒豪饮。

②说来：一作“新来”。是。

③半身积存：一作“半生积贮”。意略胜。

④还愁无丑：一作“还要丢丑”。意胜。

⑤可有：一作“何有”，意略胜。本句后作者原注：“二君（指丁巽甫、杨金甫）当时催我诗稿于《现代评论》。”可知本首《金缕曲》是为应付《现代评论》催稿而作。

⑥秋柳稿：古人以秋柳为题之诗不少，但此处当指清代诗人王士祯的《秋柳》诗，王士祯不但写了著名的《秋柳》诗四首，而且成立了“秋柳诗社”，将自己的家园命名为“秋柳园”。因此被号为“三柳”。方人：一作“万人”，一作“才人”，意均较作“方人”胜。

一、附录：高农再编《前言》

这是一部云南诗选。它搜集的是一九三七年抗日战争爆发后，到一九四九年云南解放前发表于云南报刊上的有一定代表性的诗作。

云南——充满诗情画意的祖国西南边疆！自从战国末期楚将庄蹻率兵来此建立滇国以来，她的历史就带上传奇色彩。抗日战争时期，西南联合大学的组成，滇缅公路的通车，促使昆明成了“大后方”仅次于“陪都”重庆的政治文化中心，在全国曾具有举足轻重的影响。而今事过四十年，当年云南以至西南地区人民的斗争生活、精神风貌和诗坛盛况已难以想见了。昆明师范学院中文系罗铁鹰教授搜集编选的这部诗选，却及时为我们提供了一份历史的，又是诗的珍贵资料。

一

温故而知新！

从这些诗中，我们不仅看到了当时诗歌动员人们去抗战的巨大感染力，看到了诗人对英雄的抗日军民的歌颂和那些我们在今天闻所未闻的传奇般的业绩。而且，也看到了经过战争的洗礼，诗人们的进一步觉醒：

在一个劫后的村庄的广场上，
我看见一幅血的哺育图：
是敌人亲手制成的啊！
母亲躺在血泊里，
身边爬着一个小孩子，
两手抱紧
母亲的血的双乳。（杨鹏九《血的哺养》）

于是，诗人们羞于再做旁观者了，而是：

我们在今天发誓：
决定献出我们的

整个!
加入争取民主的人民的队伍……
无条件地
加入!
今天，站在中国老百姓的立场，
我们已不能止于同情。
（同情，不过是莹洁的霜
受不住温度的高升
就会溶解的呀！）
勇敢地
加入!
通过滴着血的夜，
通过布满死角的白天。
面迎一切地袭来，
加入
民主的斗争。
为着千万人的幸福，
如果一定死，
那时就是生。（天羽《加入》）

二

当年，战争的长期性也曾使一部分人苦闷，但却使更多的人可以深入地沉思。1945 年 1 月，昆明的《民主周刊》发表了何达的《雾》:

雾、雾
到处是雾!
是墙，
我们推倒它!
是铁栅栏，
我们锯断它!
是高山，

我们炸翻它!
然而是雾,
到处是雾!
睁着眼睛,
看不见东西;
伸出拳头,
碰不着对象;
抡起大刀,
射出子弹,
——雾还是雾!
像一面惨白的网,
重重地
围困着我们。
在不散的浓雾里,
埋伏着敌人,
隐藏着危险,
孕育着灾害!
这是个什么世界啊?
我们不能这样霉掉烂掉,
点燃起所有的火种,
烧吧!
烧起漫天的大火,
向浓雾冲锋!
向浓雾扫荡!
明明白白地干一场!
让我们看见血,
也看见阳光!

这首四十年前的诗,我们今天读起来不仍然有点感同身受吗!由于“四人帮”所推行的假马克思主义的破产,形形色色剥削阶级的思想迷雾,不是正有待于我们用诗的、马克思主义的火炬点燃起燎原的大火来驱散它吗？

三

当然，在为人民服务的大前提下，诗，作为一种艺术形式，应该允许表现手法上的“百花齐放”。因此，这部诗选无偏见地选录了那一时期发表于云南报刊上的各个流派的诗作；只要不是伤感颓废的，只要表现了积极向上精神的，即使是没有鲜明的时代性和革命性的，如象征派、唯美派的诗，也选录了一些——非以聊备一格，乃因或可借鉴也。

四

由于不仅是“诗”，而且是“史”的资料，这部诗选首先按不同时期分类：第一部为抗日时期诗选，第二部为解放战争时期诗选；然后按内容，前一部分五辑，后一部分四辑；每辑所录诗，大体按写作或发表的时间先后为序排列。此外，还附录了一部分旧体诗词。

这样的安排，也是为了便于温故而知新。只是由于篇幅有限，不免有挂一漏万之憾焉！

五

时势造英雄。任何人不可能离开时代、离开社会而有所建树。战争教育了人民，人民赢得了战争。八年抗战（现多称“十四年抗战”），三年解放战争，那象征着云南诗情画意的山茶花越来越红艳了！

红了山茶，绿到天涯。我们希望这本诗选能在全国引起积极的反响！

福建人民出版社文艺编辑组

1984年6月

二、附录：高农再编《后记》

在各种文学形式中，诗，有人说最容易写；又有人说最难写。平心而论，都有道理。

王国维认为，诗贵真，要求诗人有“赤子之心”。有赤子之心，真情激发而为诗，愈不雕琢，愈真，愈好！何难之有？然而，诗又毕竟是“精言也”，短短几十个字，百把字，要形象地、有节奏地道出人人想道而未道出之情，人人欲状而未状出之景，又确乎不易。

从上述角度看，本集入选的作品也大体可以分为两大类型：一是充满激情的各种政治抒情诗和小叙事诗，取舍标准大体以感情真挚为主，艺术上不宜苛求；二是抒发小我之情的，则取舍标准多偏重于艺术性。

当然，这只是就不同的侧重点而言。事实上一首诗的思想性和艺术性往往是不可分割的。

小我之情，尚毫无那个时代的特点，便不足取；而有些政治抒情诗，艺术上也是很工整的，如卞之琳《慰劳信集》里的诗，往往不仅注意了句的均齐，而且有些通篇用交韵（奇句与奇句，偶句与偶句互押）等，很见功力。

总之，诗，唯其是“精言”，我们读时便需细嚼慢咽才能消化，才能领略其韵味。我们希望大家读后，均能掩卷深思一番，幸勿以炒冷饭而等闲视之也。

福建人民出版社文艺编辑组

1984 年 7 月

三、附录：高农先生给包白痕先生的信

包白痕同志：

遵嘱寄上罗铁鹰同志的遗稿《抗战诗选》。这本书稿我在没离休时的86年（按：依高撰《前言》《后记》的时间，实系84年）就编好了，奈何由于社里不景气，未能发排。心中甚憾，觉得愧对铁鹰同志，但我一直没有忘记。现在将编好的抗战诗选和抽出来的稿件拾陆大本一并寄给你，请你处理。

如果我编的一部分你觉得尚可参照，亦请指正。

希望能读到由您审编的铁鹰同志的《抗战诗选》。

收到稿件，请复！

此致

礼

一个离休老同志

高农

1997年9月22日

稿件拾陆本：

其中编就的：第一部
第二部 > 共拾壹本；

抽出的共伍本。

请收到后回信！

礼

高农又及

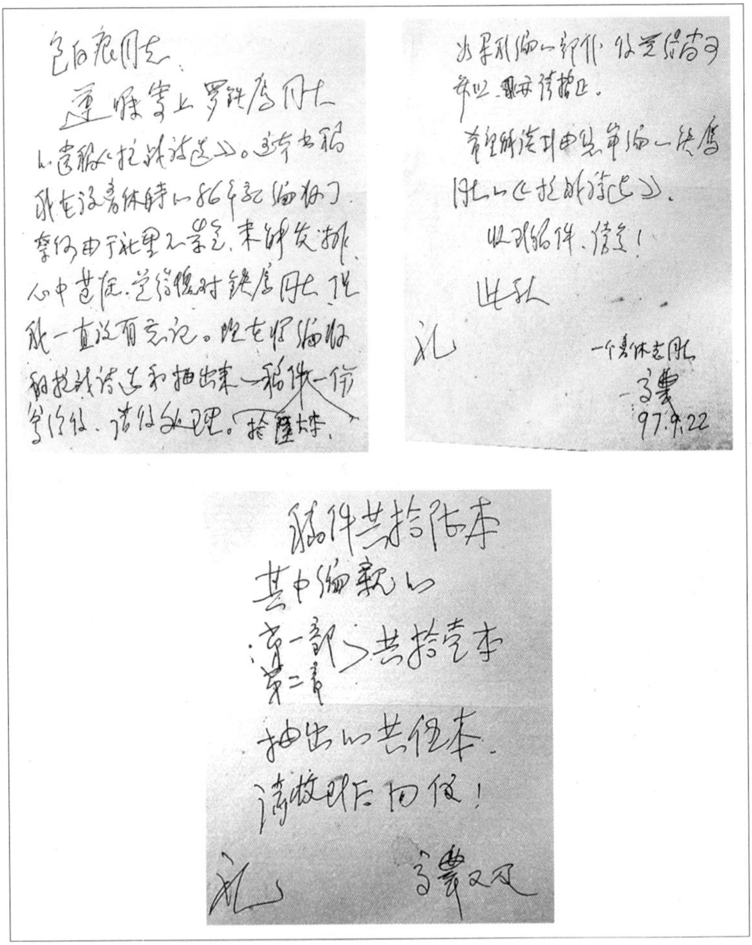

邑白农同志：

遵照学上罗铁鹰同志的遗嘱《铁鹰诗选》。这本书稿是我在任青体时的86年就编好了，可惜由于社里不景气，未能出版，心中甚愧，觉得愧对铁鹰同志，但我一直没有忘记。现在将编好的铁鹰诗选和插图抽出来稿件一份寄给你，请你处理。

如果我编的部分你觉得尚可，那就请出版。

希望能经过你的手编出一本铁鹰同志的《铁鹰诗选》。

收到稿件，请复！

此致

敬礼

一个青体老同志
高丰
97.9.22

稿件共拾陆本

其中编就的

第一部
第二部 共拾壹本

抽出的共伍本。

请收阅后回复！

礼

高丰又及

四、罗铁鹰小传

罗铁鹰（1917—1985），原名罗树藩，以笔名罗铁鹰闻于世，还用过骆驼英、华莱士、林火、周比德等笔名。

1917年2月2日，罗铁鹰出生于云南省洱源县城关镇青昌街一户殷实的白族家庭。幼读私塾，刻苦勤奋。12岁时，由家人陪同，跋山涉水，餐风食露，脚上磨起血泡，仍咬牙坚持，步行二十余天到达昆明，进入昆华中学学习。在这里他接受了科学救国的思想教育，立志学习科学，振兴祖国。罗铁鹰初中毕业后就读于昆华工校，在昆华工校期间，他阅读了中国古代和外国的大量文学作品；也读了鲁迅和当代其他作家的作品。

1936年，罗铁鹰考入上海大同大学物理系。同年，其处女作《雨》在天津邵冠祥主编的《南风》诗刊上发表。经邵冠祥的引荐，罗铁鹰认识了一批诗人，并加入中国诗歌学会。在这段时间里他还写了《乞丐》等一些为劳苦大众呐喊的诗，还写了讽刺诗《饥疥化部队》。

1937年，抗日战争爆发，打破了罗铁鹰科学救国的幻想，他怀着满腔热血，积极参加抗日民主运动。上海沦陷后，他回到云南大学就读于土木工程系。在这里，他产生了为抗日斗争创办一个诗刊的想法。在此之前他已经认识了云南大学中文系主任徐嘉瑞和诗人雷溅波，三人都是中国诗坛社的社员，都有为抗日战争多做贡献的愿望。罗铁鹰向他俩提出在昆明办抗战诗刊《战歌》的想法，获得他俩的一致赞成。于是徐嘉瑞负责筹集资金，三人共同拉稿。初步决定《战歌》只刊登抗日战争的诗歌创作、反侵略压迫的译诗和相关诗歌理论。

罗铁鹰从《云南日报》《文艺月刊》《南方》《文化岗位》等报刊上发现当时在昆明的一批优秀抗战诗歌作者，还有任教于西南联大和云大的朱自清、俞平伯、闻一多、冯至、徐炳昶、陆侃如、施蛰存、李长之、高寒（楚图南）等一批著名诗人和学者。

罗铁鹰便满怀希望地向这些诗人、学者发出了求稿函，并向省外的诗人约稿。不久雷石榆就寄来延安和晋察冀诗人寞隐夫（杜谈）、史轮、盛超群、易河等的诗稿。世界语专家张镜秋也表示每期都为《战歌》翻译西班牙反法西斯战争的诗，马子华、马曜、海燕、晓阳也表示经常供稿，还有《中国诗坛》的编辑表示大力支持，这一切成为《战歌》拥有充足稿源的重要保证。《战歌》不给作者发稿酬，但很多诗人都乐意为它供稿，这就凸显了中华民族的气节和一致抗战的凝聚力。

1938 年 8 月，《战歌》终于在艰难中诞生。创刊号上刊出了罗铁鹰 1936 年在上海写的《给诗人》作为发刊献诗。在《战歌》付印期间，中华全国文艺界抗敌协会云南分会（1939 年底改为昆明分会）理事会希望把《战歌》作为分会的刊物。为了加强昆明文艺界的团结，壮大声势，《战歌》编者无条件同意了。《战歌》是免费赠阅，出版以后，编者还得支付邮费寄到全国各地。为了扩大《战歌》的影响，罗铁鹰去找生活书店昆明分店经理帮助发行，那位经理慨然应允，他不仅在昆明发行《战歌》，还把《战歌》送到全国各地的生活书店发行，甚至发行到香港和新加坡，也请人在仰光发行。所以出了两三期以后，仰光、槟榔屿、吕宋的不少华侨报刊也纷纷响应而帮助发行《战歌》，使《战歌》在海外产生了较大影响。晋察冀边区的军队诗人在戎马倥偬的日子里，也读到《战歌》，也给《战歌》投稿。

1938 年 11 月 16 日，茅盾在他主编的《文艺阵地》二卷三期上发表评论，将《战歌》誉为“闪耀在西南天角的诗星”。1939 年 3 月 16 日，袁水拍又在《文艺阵地》二卷十一期上发表《战歌月刊》一文写道：“这是一份难得的诗与诗论的定期刊”“像《战歌》月刊那样有着充实丰美的内容的专门的期刊，是非常可贵的了。”

《战歌》出版了九期，历时五年，共发表诗歌一万三千余行，诗论七万余字，除了约一千二百行译诗外，其他诗都符合“投稿规约”中“与抗战有关”的要求。《战歌》是在抗日战争期间历时最长，最有影响，最有代表性的诗刊。1941 年，由于发生以“皖南事变”为标志的第二次反共高潮，《战歌》不得不停刊。

1942年秋，罗铁鹰从楚雄回到昆明，为了《战歌》复刊，又去找崇文印书馆的经理洽谈，该馆同意继续出版《战歌》。但等到罗铁鹰把二卷四期的稿子送到崇文印书馆时，该馆顶不住当局的压力而拒绝了。《战歌》的夭折，令罗铁鹰十分痛心。本期的诗稿有冯至的《十四行诗》、王亚平的《我爱这琥珀的湘江》、汪铭竹的《法兰西与红睡衣》，罗铁鹰的《菜油灯》，以及阿垅、李广田、魏荒弩等二十余人的诗稿。后来，在李广田、刘思慕、雷石榆、雷溅波、冯至、李公朴等人的支持下，罗铁鹰于这年年底创办了《金碧旬刊》，刊出上述稿件。《金碧旬刊》保持了《战歌》的战斗风格和精神。

除了主编《战歌》外，罗铁鹰还与诗友们出版过一套《战歌丛书》。这套丛书共七集，依次为雷溅波《战火》、罗铁鹰《原野之歌》、徐嘉瑞《无声的炸弹》、彭桂萼《澜沧江畔的歌》、穆木天《号角》、雷石榆《在战争中歌唱》、罗铁鹰《火之歌》。

1944年，罗铁鹰出版了《海滨夜歌》《诗论集》。被中华全国文艺界抗敌协会推选为常务理事。同年，罗铁鹰受朱家壁将军邀请到泸西，给这一支共产党领导的军队讲授政治经济学和文艺理论，为这支军队提高政治思想觉悟打下了扎实的基础。

1945年，罗铁鹰化名骆驼英出任《真理周刊》的主编。

罗铁鹰除了以笔当枪，撰写诗文，编辑刊物为抗战出力呐喊外，还先后应聘到楚雄县中学、丽江中学、昆华女子中学、泸西县师范学校任职，当过训育主任、教务主任、语文教师等职务，还一度到云南省军荣管理处工作过。他人到哪里，就将抗日宣传工作做到哪里。

1947年，中共云南地方组织为了保护罗铁鹰的人身安全，将他辗转护送到香港，受到夏衍、周而复、邵全麟等在港文化界知名人士的热烈欢迎。罗铁鹰在香港期间，全靠夏衍等人向社会募捐的救济金维持生活，他不愿意靠救济为生，决定自食其力，便应李凌、赵二凤两位朋友之邀赴台湾教书。1948年到台湾，在台北名校“建国中学”任教，当今世界著名的考古人类学家张光直就是他当年的学生之一。不久，他肺结核病复发，几乎要了命。他在养病期间，还十分关注台湾文艺界正在展开的“台湾文学向何处去？”的辩论。他毅然加入了这场论战，撰写了《台湾文学诸问题的论争》，在台北的《新生日报》上连载。文章鲜明地提出了社会主义现实主义的创作原则，尖锐地批驳了形形色色的谬论，在台湾引起震动。周良沛在《“‘台湾文学’论争”中的滇人罗铁鹰——在台湾“台湾新文学思潮（1947—1949）研讨会”上的发言》[①]中指出：“‘台湾文学论争’的笔战，对台湾文学中的许多理论是非的澄清与发展，其积极的影响，不可低估。参加论争并遭国民党追捕、镇压的杨逵、孙达人、张光直等是本土作家，而歌雷、罗铁鹰（骆驼英）、雷石榆等则是为同一目的，参加同一战斗的大陆作家。”“罗铁鹰用矛盾统一的法则与认识论的辩证法，成功地校正了‘论争’中的偏激与错误。罗铁鹰特别强调‘特殊’与‘一般’同艺术创作的典型化的关系，他认为若不能‘从矛盾的统一中摄取题材，铸造典型’‘便是歪曲现实，失去教育意义的、虚伪的艺术。’”罗铁鹰在“台湾文学论争”中所联结着两岸人民心意的光环使他的文学生命永存长青。

1949 年 2 月，罗铁鹰从台湾回到上海，在夏衍、于伶主持的上海军管会文艺处工作。1950 年调上海文化局文艺处研究室，做文艺理论研究工作。年底，罗铁鹰与陆万美一起调云南，陆万美任云南省文化局长，罗铁鹰任云南省文联编辑部主任。1951 年 5 月，罗铁鹰到呈贡参加减租退押，清匪反霸工作。接着又先后到石屏、龙武、晋宁参加土地改革工作。历时三年多，中间两次出席西南文代会和昆明市第二届人民代表大会。

1979 年秋，罗铁鹰回到昆明师范学院任教。

罗铁鹰获得了新生，全身心投入教学与研究。1981 年底，写出了 6.5 万余字的论文《艺术形象论》；1982 年“罗铁鹰”词条列入《新文学家辞典》第三册；1983 年第 1 期《新文学史料》发表了他的《回首话〈战歌〉》。他没有节假日，以衰病之躯白天出入于昆明各大图书馆，抄录收集抗战时期的诗作，晚上进行校对整理，最终选编了《天南星诗选》，即今出版的《抗倭寇战歌争民主呐喊》初编；另外还选编了《反法西斯侵略翻译诗选》。1983年，罗铁鹰正式离休，1985年8月25日逝世，享年69岁。惜乎，未能见两书之出版！

罗铁鹰的一生，是为祖国与人民在抗日战争、解放战争中英勇战斗的一生，也是被冤屈和痛苦消磨了人生黄金时段的一生。然而皇天明鉴，历史公正，最终将清白归还给罗铁鹰，他的英名与他所主编的《战歌》一起将永远在中国抗战文学史闪光。

（说明：本文据宋炳龙《抗战诗人罗铁鹰》一文节录编写）

注：①原载2001年11月24日出版的《文艺理论与批评》双月刊86期。

五、包白痕小传

陈长平

河北大学教授雷石榆先生曾是我的中学老师，他与包白痕先生是诗界知心朋友，通过他的介绍，我认识了现当代著名诗人包白痕先生。1987年，我离休回故乡昆明后，与包先生经常互访深谈，于是成了忘年交而对包先生的经历、业绩、人品的了解也日愈加深。

包白痕（1917—2005），原名包崇章。1917年元月，包崇章出生于浙江省台州市三门县包家村一个普通农民家庭。包崇章少时在故乡小学时，即秉性聪慧，刻苦学习。父亲早逝，靠母亲养育成人，受到母亲的严格教育和师长良好的熏陶。1935年，更名为包白痕，开始写作。在以后多年的艺术创作生涯中，包白痕先生曾使用过辛茹、子呆、苦丁、包谷、白谷等多个笔名。

1936年，包白痕考入南京中央军校十三期工兵科学习，1938年毕业分配到武汉抗日前线作战，任“工兵指挥部”见习官。1939年春，包白痕由湖南经贵州，于夏季到达昆明，进西南运输处人员训练所工作，给《战歌》诗刊写稿，结识了该刊主编——他自称为“来到云岭高原后的第一个朋友”罗铁鹰，接着认识“中华全国文艺界抗敌协会昆明分会”主持人雷石榆先生并参加了中华全国文艺界抗敌协会昆明分会，不久被选为抗敌文协昆明分会监事。其间，先后在成都《诗星》、贵阳《中央日报》副刊《革命军》、《贵州日报》和昆明的《西南文艺》《云南日报》《正义报》《民意日报》等报刊上发表诗歌散文。

1944年，包白痕诗集《无花果》由百合诗社出版。1945年，包白痕与吴朗、海涛、白路等组织火星文社，选址于昆明文林街民强巷3号，编辑出版《火星文艺》，包白痕与吴朗担任主编，经费由社员及其亲友、同事共同赞助。1946年4月20日，未向政府登记的《火星文艺》由李广田写刊名，创刊号由西南联大附近一家“半地下”的印刷厂印制1000册，由昆明华侨书店总经销。创刊号上，作为代发刊词的一首诗写道：“生命的火 / 给阴冷的人间一分光，一分热。”4月下旬，包白痕到保山参加五一运动会，随身携带《火星文艺》创刊号百余本，被当局查获将其押回昆明，《火星文艺》被勒令停刊。同年，包白痕诗集《布谷鸟》由方向社出版。

1947年，夏扬创办《诗播种》，包白痕为该刊编辑，第一辑发刊词为包白痕《播种者之歌》：“我们就种下我们的希望 / 不论得到的是眼泪还是果实 / 土地是人民的土地 / 人民的应该交还人民 / 而且我们还要求 / 播种者收获的不再是饥寒交迫”。这年，剧作家石凌鹤被迫害急于离开昆明，无法筹措一家四口的旅费。包白痕利用自己任西南运输处专员之便，让石凌鹤全家免费乘车，还解决了全家沿途的食宿问题。

1948年，包白痕与马乎（马守纯）、矛戈（贺斌）、金康祥等人成立怒江文艺社，先后编辑出版社刊《文秧》《怒江文艺丛刊》。《怒江文艺丛刊》第二辑《江之歌》以该辑中包白痕的同名诗歌命名。还编辑出版了《怒江诗丛》，其中有包白痕诗集《火山的爆炸》。是年，包白痕还由诗播种社出版了诗集《惨痛的世纪》。

1949年6月，包白痕诗集《蛾的追求》由天津昆仑诗社出版。7月，包白痕参加了“新民主主义者联盟”，担任中共地方组织领导的马达歌咏队队长，在昆明“九九整肃”时被秘密逮捕关进陆军监狱，并以“领导奸匪掩护组织之歌咏队，从事反政府宣传，主演活报剧，破坏戡乱政策”的罪名判处死刑。后于卢汉率部起义前夕获释，随即参加了云南和平起义。

中华人民共和国成立后，包白痕怀着满腔热情投入新中国的文化建设中。

1980年，包白痕创作了《抱砖之歌》，于1992年正式出版，《抱砖之歌》一出版就获得了读者的高度评价。雷石榆先生才读到该诗手稿就“再三击节唏嘘”；郑千山先生则将《抱砖之歌》誉为“苦其心志的实践”和“不灭语言的灯”。

包白痕是中国现当代诗坛上一颗耀眼的明星，他一生向往光明，在追求诗歌艺术创作最高境界的道路上永不止步，直到生命结束之前，还要“努力攀登最后一个顶峰”（包白痕《夕阳红》诗句）。

2005 年 3 月 2 日，包白痕先生走完了人生的最后一步，在昆明延安医院与我永别了，现安息于昆明白沙河公园附近的龙凤公墓。

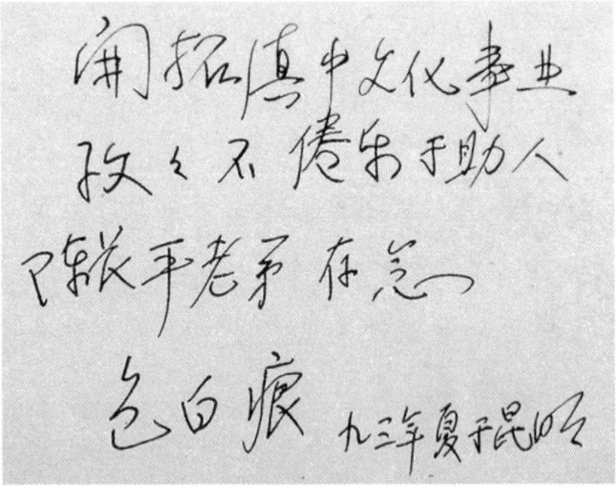

▲包白痕题赠陈长平墨迹

六、陈长平小传

陈秀峰

家叔陈长平先生生于1926年4月19日，中共党员，昆明市人。陈氏先祖乃600多年前随明朝沐国公南下大军来昆的“军师”，与设计建造昆明龟城的堪舆大师汪湛海为“同行”。位于昆明五华山麓的百年“崇德堂堪舆老铺”四合院，是陈氏世代居住的祖宅，可惜于1941年4月8日被日寇飞机炸毁了。

家叔在中学读书时期就爱好文学，曾与同班同学马子培、谢成仪、常少文四人组成“莽草社”，撰写诗文以手抄本方式登载传播。后来又拜我国著名文学家雷石榆先生为师，受到雷先生的精心教育和培养。

1944年，家叔参加革命，投入抗日救亡运动。由于他具有较强的写作能力，又有文艺创作天赋，所以1948年被遴选为“边纵”九支队中队指导员、文艺工作队员，直到中华人民共和国成立后转入地方工作。

1960年至1966年，家叔任金平县勐拉区新勐小学学区校长。1964年入蒙自师范学校进修一年。期间，著有2万余字的学习毛泽东《矛盾论》《实践论》心得笔记2篇。

粉碎“四人帮”后，家叔获得解放，1977年进入金平县委党校任理论教员至1986年离休回昆。

家叔离休以后，属于自己的时间充裕了，除读书看报外，仍然孜孜不倦地写诗作文，不断在省内报刊发表。还为省政协文史委写作“三亲”资料和回忆文章。他查阅各种资料，穷搜博引，写出了大块文章《西南联大校史史略》。该文内容丰富，史料翔实，具有非常珍贵的价值。

另外，家叔还积极参加各种社团活动，成为省市老干诗词协会、省书画协会、春城文艺之家、“一二·一”合唱团及“一二·九”老共青团员合唱团的会员或团员。

▲左：陈长平先生获中共中央、国务院颁发抗日战争胜利六十年纪念章；右：陈长平先生获中共中央颁发西南解放勋章

家叔乐于助人。他常跑云南省图书馆，喜欢翻阅中华人民共和国成立前的省内各种报刊，出自本能地帮助文朋诗友查找已经难于寻到的旧日作品。最典型的例子是把龙显球先生早年连载的12万字小说《流水落花春去也》一字不漏地抄录下来交给作者本人，让龙老激动不已。他还为诗人聂索也抄录了不少零星诗、文。此外，他还为保存尽可能搜集到的20世纪40年代我省颇有才华而又英年早逝的诗人林耀的诗文，自己生活节俭却不惜重金印制成书留传后人，真堪称功德无量。

1950年，中共云南省委、云南省人民政府代表中共中央授予家叔西南解放勋章。

2005年，纪念抗日战争胜利六十周年，中共中央、国务院授予家叔陈长平先生纪念抗日战争胜利六十年纪念章。

家叔为人敦厚诚挚，做事执着，虽未承“堪舆”祖业，但个人言行品德仍受家传高风懿德所影响。如今85岁高龄仍笔耕不辍，学习不止。这正是：

千年古城陈氏翁，舞文弄墨传家风；
茕居南隅丹心在，对家对国均有功。

2013年10月8日

跋

这本诗歌选集终于正式出版了！终于可以对作者、读者有个交代了！我长长地舒了一口气。

这本诗集从无到有，功劳之大当然首推罗铁鹰先生！20世纪三四十年代，如果没有罗先生和他的诗友们的战斗和呐喊，这些战斗的诗篇就不会产生在云南；70年代末至80年代初，如果没有罗先生苦心孤诣的收集整理，就不可能形成这部诗集。所以今天能读到这些诗，首先应感谢罗铁鹰先生。其次，如果没有包白痕与陈长平两先生忠实于朋友的嘱托，妥善保存了这部诗稿近20年，说不定这部诗稿早已亡佚，当然今天也不可能有这部诗集问世，所以我们必须衷心感谢包白痕与陈长平两先生对这部诗稿的妥善保存之功。第三，高农先生在罗铁鹰先生初编书稿的基础上又做了筛选，确定了这部诗集的基本框架和大致顺序，也功不可没，值得我们致以真诚的谢意。第四，李根林、陈思思、文卉苑、成艳、杨玲梅、杨旺萍、江玙、李红波、余明花、唐莉莲、杨雪等十余位学友在写毕业论文的大忙时节抽空将书稿的大部分篇幅输录为电子版，为我最后编定成书提供了方便，节省了时间，在此我个人对以上学友表示深深地感谢。此外，还必须感谢云南省图书馆、云南大学图书馆、云南民族大学图书馆和刁应玄、万永林、陈燕等先生和女士为我重新校对本书原稿中某些不清楚的地方提供的有益帮助。

最后，必须特别说明的是这部诗集整理出来搁置四五年之久，倘若没有云南民族大学领导的大力支持和云南美术出版社的积极帮助，没有中共云南省委党史研究室领导的仔细研读纠谬这本诗集也仍然不可能和读者见面。因此，我们在读到这部诗集时，对云南民族大学领导与云南美术出版社以及中共云南省委党史研究室领导为出版本书所做的努力五内铭感！经过三十余年的艰苦接力，这本小小的诗集漫长的中国式出版之路终于走到终点！罗铁鹰、包白痕、陈长平三先生和书中所选诗作的全部作者若在天之灵有知，也当含笑瞑目了！

本书虽然历经三十余年才正式出版，但因我是研究中国现代文学尤其是研究云南现代文学的门外汉，而且查遍昆明几大图书馆都未能找全发表本书所选诗歌的报刊作为最可靠的校对依据。所以本书之缺点错误自知难免。敬请专家、读者批评指正。

蔡正发

2017年8月1日